루이 랑베르

이 도서의 국립중앙도서관 출판예정도서목록(CIP)은 서지정보유통지원시스템 홈페이지(http://seoji.nl.go.kr)와
국가자료공동목록시스템(http://www.nl.go.kr/kolisnet)에서 이용하실 수 있습니다.
(CIP제어번호: CIP2010001484)

세계문학전집
038

Honoré de Balzac: Louis Lambert

루이 랑베르

오노레 드 발자크 장편소설

송기정 옮김

문학동네

지금, 그리고 앞으로도 영원히 사랑할 여인에게[*]

차례 ▮

루이 랑베르는 1797년 방돔 지역의 작은 도시인 몽투아르*에서 태어났다. 그의 아버지는 자그마한 가죽 공장을 경영했으며 아들이 자신의 뒤를 이어주기를 바랐다. 그러나 일찍이 루이가 공부에 탁월한 재능을 보였기에 그의 아버지는 소망을 접을 수밖에 없었다. 외아들을 둔 부모가 다 그렇듯이 루이의 부모 역시 아들을 무척 사랑했으며 아들의 의견이라면 무조건 따라주었다. 다섯 살 때 루이는 우연히 구약과 신약을 접하게 되었는데, 수많은 책에서 말하는 내용이 모두 담긴 성경은 루이의 운명에 결정적인 역할을 했다. 그는 어린아이의 상상력으로 일찌감치 성경의 신비로운 심오함을 이해했고, 성령과 함께

* 루아르 강변에 있는 루아르에셰르 지방의 소도시.

온 세상을 날아다녔으며, 동방의 시의 낭만적 매력에 흠뻑 빠져들었다. 아니면 신의 손길로 쓰인 그 책의 종교적 숭고함에 그의 순진무구한 영혼이 공감했던 것일까? 이 이야기를 읽는 독자들은 그 문제에 대한 답을 얻을 수 있으리라. 성경은 루이가 맨 처음 접한 책이었다. 루이는 성경을 읽고 나서 읽고 싶은 책들을 구하기 위해 몽투아르의 온 동네를 뒤지고 다녔다. 그는 아이들만이 누릴 수 있는 비밀스러운 매력을 발휘해 책들을 구할 수 있었다. 그 매력에는 아무도 저항할 수 없으니 말이다. 루이는 스승 없이 독서만을 통해 배움의 길에 들어섰고, 어느덧 열 살이 되었다. 당시 흔치는 않아도, 돈 있는 집에서는 군징집 여부를 결정하기 위해 행해지는 추첨에서 떨어질 경우를 대비해 미리 대리 복무자를 정해놓던 때였다.* 그러나 가난한 피혁 제조인인 루이의 부모로서는 아들을 위해 사람을 살 형편이 못 되었다. 그들은 아들이 징집을 피할 유일한 방법으로 성직을 생각했다. 그래서 그들은 루이를 1807년, 블루아 근처 루아르 강변의 메르라는 작은 마을로 보냈다. 그곳의 주임사제가 바로 외삼촌이었다. 이 결정은 루이의 학구열뿐 아니라, 자식을 끔찍한 전쟁터에 보내지 않으려는 부모의 소망도 만족시켰다. 게다가 주위 사람들은 루이의 학문적 소양과 조숙한 지적 능력을 보며 그가 교회에서 입신출세하리라는 희망을 갖게 되었다. 루이의 외삼촌은 학식 있는 오라토리오 회** 수도사였다. 루

---

* 1798년 제정되어 1814년까지 유효했던 법령에 따르면 20세에서 25세에 달하는 청년은 군복무를 해야 했다. 그러나 이에 해당하는 인원이 군대의 수요보다 많았기 때문에 제비뽑기를 통해 징집 여부를 결정했다. 1800년부터 법적으로 제비뽑기에서 군복무가 결정된 사람이 다른 사람으로 대체될 수 있었다.

이는 삼 년쯤 외삼촌 집에 머물다가 1811년 초에 방돔 기숙학교***에 들어갔다. 스탈 남작 부인****의 후원으로 그곳에서 공부할 수 있게 된 것이다.

랑베르는 우연히 이 유명한 부인의 도움을 받게 되었다. 아니 어쩌면 그것은 신의 섭리였는지도 모른다. 신은 버려진 천재가 가는 길을 평평하고 고르게 다져주니까. 그러나 인간에게 일어나는 일을 표면적으로밖에 알지 못하는 우리네들에게, 위대한 사람의 인생에서 일어나는 급작스러운 사건들은 순전히 물리적인 현상으로 보일 따름이다. 하지만 대부분의 전기 작가에게 천재적인 인물은 군중 속에서도 우뚝 솟아 보인다. 그것은 마치 들판에 찬란히 솟아 있는 아름다운 초목이 식물학자의 시선을 끄는 것과도 같다. 이 비유를 루이 랑베르에게도 적용할 수 있을 것이다. 그는 외삼촌의 허락을 받아 부모님 댁에서 휴가를 보내곤 했다. 그러나 또래 아이들처럼 아무것도 안 하면서 빈둥거리는, 누구한테나 유혹적인 **무위도식**에 빠지는 대신, 그는 아침 일찍부터 빵과 책을 챙겨서 깊은 숲 속으로 들어가 책도 읽고 명상에 잠기기도 했다. 그것은 어머니의 잔소리를 피할 수 있는 길이기도 했다. 아들이 공부만 하는 것이 어머니의 눈에는 몹시 위험해 보였던 것이다. 어머니들의 놀라운 직관이란! 그때부터 독서는 루이에게 그 무엇으로도 채울 수 없는 일종의 갈망이었다. 그는 모든 분야의 책을 섭렵

** 16세기 말에서 17세기 초에 창설되었으며, 복종 의무는 있으나 서약 의무는 없는 세속 사제들로 이루어진 수도회이다. 기도, 설교, 성사에 전념하고 사제 후보생 훈련이 주요 활동이며 지적 연마를 중시한다.
*** 현재의 롱사르 학교.
**** 프랑스의 비평가이자 소설가(1766~1817).

했다. 종교, 역사, 철학 그리고 물리 책 들을 즐겨 읽었다. 한번은 달리 읽을 책이 없어 사전을 읽으면서 이루 말할 수 없는 기쁨을 느꼈다고 말한 적도 있다. 나는 그가 정말 그랬으리라고 생각한다. 모르는 명사의 여러 가지 뜻을 찾으면서 숱하게 즐거움을 느껴보지 않은 학생이 있을까? 한 단어에 대한 분석, 단어의 모양, 단어의 역사, 이런 것들은 랑베르에게 오랜 몽상의 기회를 주었다. 그러나 그것은 본능적인 몽상이 아니었다. 흔히 아이들은 본능적인 몽상을 통해 삶의 현상에 익숙해지고, 철학적 지각이나 도덕, 혹은 물리적 세계를 접하게 된다. 그러면서 자신의 의지와 상관없이 나름의 판단력을 키우기도 하고 성격을 형성하기도 한다. 그러나 루이의 몽상은 결코 본능적인 것이 아니었다. 루이는 주위의 현상을 한눈에 파악할 줄 알았고, 사물을 있는 그대로 볼 수 있는 원시인과 같은 통찰력을 가지고 그 현상의 근원과 원칙과 결과를 동시에 궁리하여 설명하곤 했다. 그리하여 종종 자연이 심술을 부려 자연이라는 존재의 변칙을 증명해 보이는 현상을 그는 이미 열네 살 때 쉽게 설명해냈다. 물론 나는 그 뒤로 세월이 한참 지난 후에야 그 사고의 깊이를 짐작할 수 있었다.

루이는 자신이 읽은 책들을 이야기하면서 이렇게 말했다.

"종종 나는 과거의 깊은 심연에서 단어라는 배를 타고 달콤한 여행을 하는 느낌이야. 마치 곤충 한 마리가 물 위에 뜬 나뭇가지에 앉아 물결 따라 떠내려가듯이 말이야. 그리스를 출발해 로마로 가는가 하면, 근대의 역사가 펼쳐지는 곳을 지나기도 하지. 한 단어의 행적과 그 단어에 얽힌 이야기만으로도 얼마나 근사한 책을 만들 수 있을까! 어떤 사건들을 표현할 때, 단어는 여러 가지 다양한 인상을 줄 거야.

예를 들어 같은 단어라도 장소에 따라 각각 다른 생각을 불러일으키기에 단어를 영혼과 육체, 그리고 움직임이라는 세 가지 모습으로 이해할 때, 그것은 더 위대해지는 것이 아닐까? 단어를 잘 들여다봐. 그 단어의 기능이나 효과, 또한 그것이 현실에서 실제로 어떻게 쓰이는가 하는 것을 생각하지 않더라도, 단어에는 그 자체만으로도 사고라는 거대한 숲으로 빠져들게 하는 무엇이 존재한다고 생각지 않아? 대부분의 단어들이 밖으로 표현될 수 있는 수많은 개념을 내포하잖아? 어떤 천재들이 단어를 만들었을까! 단어 하나를 창조하기 위해 엄청난 지혜가 필요하다면, 인간의 말을 만드는 데에는 얼마나 많은 세월이 필요할까? 글자들의 조합이나 형태, 그 형상이 만들어낸 단어의 모양, 이런 것들은 각 민족의 특성에 따라 생소한 존재를 그려내지. 그리고 그것은 우리의 기억 속에 소중히 간직되는 거야. 그 누군들 감각적 인상에서 개념으로, 개념에서 말로, 말에서 상형문자로, 상형문자에서 알파벳으로, 알파벳에서 우아한 글쓰기로의 이동을 철학적으로 설명할 수 있겠어? 그런데 우아한 글쓰기의 아름다움이란 수사학자들이 분류한 일련의 형상 속에 존재하는 것으로, 마치 사유의 상형문자 같은 것이 아닐까? 인간의 사유를 동물 형상으로 그려낸 고대 그림은 동양에서 언어를 문자화하기 위해 처음으로 사용했던 기호를 만드는 데 기여하지 않았을까? 그리고 여러 민족이 사용했던 원시 언어의 파편들로 구성된 우리 현대 언어에도 약간의 발자취를 남겨놓지 않았을까? 그러나 그 옛날, 숭고하고 위엄 있던 원시 언어들은 시간이 흐르면서 점점 위상을 잃고 말았어. 히브리 성경에 울려 퍼지던 그 말들, 그리스 시대에도 여전히 멋있었던 그 말들은 문명이 발달함에 따라 위력을 잃게 되었던 거야. 인간의 말 속에 감춰진 신비는 바로 이 고대 정신에 빚지고 있는 것이 아닐까? 예를 들어 '진실한'이라는 단어에는 일종의 공상적인 정확성 같은 것이 존재하지 않을까? '진실한'이라는 단어인 '브레(vrai)'가 요구하는 빠른 발음에서 순결한 노출의 어렴풋한 영상을, 그리고 모든 사물에서 진실함을 의미하는 말인 '브레'가 부여하는 간결함의 희미한 영상을 볼 수 있지 않아? 이 음절은 뭐라 형용할 수 없는 신선함을 느끼게 해. 이해하기 너무 쉬운 단어를 가지고 이러한 현상을 설명하고 싶지 않아서 '비상(飛翔)'과 같이 그 자체로 의미를 갖는 구체적인 단어가 아니라 '진실한'이라는 추상적인 단어를 예로 들어보았어. 모든 말이 마찬가지가 아닐까? 각 각의 단어에는 생생한 힘이 있는데, 그 힘이란 단어들이 영혼으로부터 빌려온 후, 말과 생각 사이의 작용과 반작용의 신비를 통해 영혼에 되돌려준 거야. 그것은 애인의 입에서 자신이 고백한 만큼의 사랑을 얻어낸 연인에 비유할 수 있지 않을까? 단어들의 생김새만 떠올려봐도 우리는 단어라는 의복으로 단장한 피조물들의 생기를 느끼거든. 모든 존재처럼 단어들에는 그 단어의 주인이 마음껏 행동하고 펼쳐 보일 수 있는 공간이 하나밖에 없어. 그런데 이 주제는 어쩌면 학문 전체를 포함하는 것인지도 몰라." 이렇게 말한 후 그는 어깨를 한 번 으쓱하고는 덧붙였다. "우리네 인간은 너무 위대하면서도 너무 하찮은 존재인걸!"

독서에 대한 루이의 열정적 욕망은 충분히 충족되었다. 메르의 사제는 삼천여 권에 달하는 책을 소장하고 있었다. 이 보물들은 대혁명 당시 인근 수도원과 성 들로부터 약탈한 것이었다. 시민헌법에 서명한 사제의 자격으로 그는 당시 무게로 달아 팔리던 귀한 책들 중에서 최고의 가치가 있는 책들을 건질 수 있었다. 삼 년 만에 루이 랑베르는 외삼촌의 서고에 있던 책들을 모두 읽었을 뿐 아니라, 그 모든 내용을 자신의 것으로 소화해냈다. 모두 읽을 만한 가치가 있는 훌륭한 책들이었다. 독서를 통해 생각을 흡수하는 것은 그에게 흥미로운 일이었다. 그의 눈은 한번에 일고여덟 줄씩 읽어 내려갔으며, 그의 정신은 시선만큼이나 민첩하게 그 의미를 음미했다. 그는 종종 문장 중의 단어 하나만으로도 그 문장의 정수를 파악했다. 그의 기억력은 대단했다. 그는 독서를 통해 얻은 지식이나 스스로의 성찰이나 대화를 통해 떠올렸던 사고를 모두 정확하게 기억했다. 다시 말해 장소, 이름, 단어, 사물, 형상 등 모든 것을 기억했다. 그는 사물들을 기억하는 데 그치지 않았다. 사물들을 보았던 바로 그 순간처럼, 그것들의 자리를 잡아주고, 그대로의 빛을 밝히고 색칠해가면서, 자신의 내부에서 그 사물들을 다시 보았던 것이다. 그의 이러한 능력은 이해력이라는 가장 포착하기 어려운 영역에도 그대로 적용되었다. 그의 표현에 따르면, 그는 자신이 읽은 책 속에서 만난 사유의 정수뿐 아니라, 아주 오래전 그의 정신 상태가 어떠했는지도 기억한다고 했다. 타고난 탁월한 기억력 덕분에 그는 아주 오래전에 얻은 사고부터 방금 피어난 생각까지, 그리고 가장 모호한 사고부터 가장 명쾌한 사고에 이르기까지 그의 정신의 발달 과정과 삶 전체를 회상할 수 있었다. 아직 젊지만 인간의 정신력 집중이라는 어려운 기제에 익숙한 그의 두뇌는 풍요로운 저장고에서 현실적이면서도 신선한 일군의 놀라운 영상들을 끌어내곤 했다. 그리고 그 영상들을 가슴에 품은 채 투명한 명상을 했다.

"원하기만 하면 나는 언제든 내 눈에 쓰인 장막을 걷어낼 수 있어. 그러고 나면 갑자기 나의 자아에 몰입하게 되고, 내 안에 있는 어두컴컴한 방을 발견하게 돼. 그 속에서는 자연현상이 매우 순수한 형태로 재현되지. 외부 감각에 나타나는 것보다 훨씬 더 순수한 형태로 말이야." 루이는 소중한 기억에 독특함을 부여하는 자신만의 고유한 언어로 이렇게 말했다.

열두 살이 되던 해에는 끊임없이 자신의 능력을 시험하여, 상상력을 한없이 발달시켰다. 그가 독서를 통해 인식한 사물의 개념이 하도 정확하여, 실제로 그 사물을 보았다 할지라도 독서를 통해 그의 영혼에 각인된 영상만큼 생생하지는 않았을 것이다. 그는 유추법을 쓰거나 일종의 투시력을 가지고 자연을 이해하는 듯했다.

어느 날 그는 또 이렇게 말했다.

"아우스터리츠 전투 이야기를 읽고 있노라면 당시의 모든 상황이 눈에 선해. 포탄이 날아들고, 병사들의 울부짖는 소리가 내 귀에 울리면서 가슴이 찢어지는 듯 아픈 거야. 화약 냄새가 나고, 말발굽 소리와 사람들의 목소리가 들려. 군대끼리 접전을 벌이는 넓은 평야를 바라보며 감탄하곤 하지. 마치 내가 그 근처 상통 언덕에 있는 느낌이야. 그 광경이 내겐 마치 「요한계시록」의 한 장면처럼 끔찍해."

그는 이처럼 독서에 모든 힘을 소진했던 반면, 자신의 육체적 삶에 대해서는 전혀 의식하지 않았다. 그는 단지 영향력이 엄청난 내적 기관(정신을 관장하는 기관)의 활동을 통해서만 존재했다. 그의 표현을 따르자면, 그는 자기 뒤에 빈 공간을 남겨두었다. 즉 현실과 멀리 떨어져 있다는 것이었다. 그러나 나는 그의 지적 발달 단계에 대해 앞질러

이야기하고 싶지는 않다. 그럼에도 불구하고 어떤 행위를 했느냐가 인생의 척도인 다른 사람들과 달리, 모든 행동을 자신의 사유 속에 옮겨놓았던 루이의 삶을 기술하는 데 있어 그 순서를 바꾸어 말했음을 인정하지 않을 수 없다.

그는 신비주의 저작들에 매료되어 있었다. 그는 "심연은 심연을 부른다네"라고 내게 말하곤 했다. "우리의 정신은 깊은 심연 속에 빠져 있는 것을 좋아해. 우리 인간은 어린아이이건, 어른이건, 노인이건, 모두 다 신비로운 것에 매료되지. 그것의 외양이 어떠하건 간에 말이야." 그의 인생을 일상의 법칙에 따라 판단할 수 있다면, 또 타인의 행복을 우리 행복의 척도나 사회적 편견을 가지고 측정할 수 있다면, 그가 신비주의에 유별난 애착을 가졌던 것은 가히 운명적이라고 할 수 있다. 신성한 정신이라고 그가 독특하게 표현하던, 천상의 사물에 대한 그의 관심은 외삼촌 댁에서 처음 접한 책들이 그의 영혼에 미친 영향 때문이리라. 성경을 읽은 후 그는 성 테레사*와 귀용 부인**의 책을 읽었다. 이 세 가지 책은 그의 지성을 형성하는 데 기초가 되었고, 그의 영혼이 생생하게 반응하도록 했다. 영혼의 도취 상태는 그를 신비주의로 이끄는 수단인 동시에 결과였다. 신비주의에 관심을 가지고 연구한 결과 그의 정신은 고양되었으며, 마음은 정화되면서 고귀해졌다. 또한 그는 신비주의를 통해 신적인 것에 대한 취향을 얻었으며, 위대한 사람들에게 본능적으로 존재하는 여성적인 섬세함을 배웠다.

---

* 스페인의 수녀(1515~1582). 자신의 영적 체험과 신비주의적 기독교에 대한 문학작품을 많이 남겼다.
** 프랑스의 신비주의자(1648~1717).

가장 위대한 사람들은 아마도 여성들에게서 볼 수 있는 헌신하고자
하는 마음을 가진 자들일 것이다. 처음에 가졌던 이러한 성향 덕분에
루이는 중학교에 가서도 순수함을 잃지 않았다. 그의 고귀한 감각적
순결은 그의 피를 더욱 뜨겁게 했을 뿐 아니라 사유의 지평을 넓히는
결과를 가져왔다.

　당시 스탈 남작 부인은 파리에서 40킬로미터 넘게 떨어진 곳으로 추
방되어 방돔 근처의 어느 영지에서 몇 달간 유배 생활을 하고 있었다.
어느 날 부인은 산책중에 우연히 숲 기슭에서 누더기 옷을 걸친 채 책
에 몰두해 있는 피혁 제조인의 아들을 만났다. 그는 『천상과 지옥』의
번역본을 읽고 있었다. 당시 프랑스에서는 생마르탱*, 장스**, 그리고
몇몇 독일계 프랑스 작가들만이 스베덴보리***의 이름을 알고 있었
다. 깜짝 놀란 스탈 부인은 정말 그 책인지 확인하려고 그에게서 책을
빼앗은 뒤 거칠고 퉁명스럽게 질문을 퍼부었다. 그러고는 랑베르를
흘긋 보며 물었다. "너 이 책을 이해하니?" 그러자 아이는 되물었다.
"신에게 기도하시나요?" "물론이지." "그러면 신을 이해하시나요?"

　스탈 부인은 잠시 아무 말도 하지 못했다. 그러고 나서 그녀는 랑베
르 곁에 앉아 그와 이야기하기 시작했다. 내 기억력은 괜찮은 편이지
만, 불행하게도 내 친구만큼 정확하지는 못하다. 그래서 그들의 대화
중 처음 몇 마디만을 기억할 뿐이다. 그 만남은 스탈 부인에게 큰 충

---

* 프랑스의 계몽주의자(1743~1803). 독일의 신비주의자 야코프 뵈메(1575~1624)를
프랑스에 소개했다.
** 프랑스의 작가(1755~1810).
*** 스웨덴의 과학자, 종교학자, 철학자, 신비주의자(1688~1772). 삼 년간의 영계 체험
후 1758년에 『천상과 지옥』을 출간했다. 프랑스어로 번역된 것은 1782년이다.

격을 주었다. 집으로 돌아온 부인은 그 일에 대해 거의 언급하지 않았다. 이야기하고 싶은 마음은 간절했지만, 자신의 이야기가 수다로 변질될지도 모른다는 우려에서 말을 아낀 것이다. 그러나 그 만남을 잊지는 않았던 것 같다. 스탈 부인의 입에서 나온 몇 마디 말이라도 듣고 싶어, 나는 살아 있는 사람들 중에서 유일하게 그 사건을 기억하는 사람에게 당시 만남에 관해 이것저것 물어보았다. 그는 어렵사리 기억을 더듬어 부인이 루이에 대해 한 말을 기억해냈다. 그것은 "진정한 견자(見者)예요!"라는 말이었다. 그러나 루이는 그의 후견인에게 불러일으켰던 대단한 희망을 세상 사람들에게는 증명해 보이지 못했다. 사람들은 스탈 부인이 그에게 보인 호의가 일시적 편애이며 한 여자의 변덕에 불과하다고 생각했다. 예술가들에게 흔한 엉뚱한 변덕 같은 것이라고. 스탈 부인은 루이 랑베르를 황제와 교회로부터 구해내어, 원래 예정되었어야 할 고귀한 운명을 그에게 부여하고자 했다. 그녀에 의하면, 자신이 그를 물에서 건져내어 모세로 만들었으니 그에게 고귀한 운명이 기다리고 있을 것은 당연하다는 것이었다. 그곳을 떠나기 전 스탈 부인은 친구이자 당시 블루아의 도지사였던 코르비니 씨에게 때가 되면 자신의 모세를 방돔 기숙학교에서 공부하게 해달라고 부탁했다. 그러고 나서 필경 그녀는 그를 잊었을 것이다.

열네 살이 되던 1811년 초에 랑베르는 방돔 기숙학교에 입학하여 자신의 철학을 완성한 후, 1814년 말에 졸업했다. 그동안 그가 자신의 후견인에 대해 얼마만큼의 추억을 간직하고 있었는지는 잘 모르겠다. 후견인인 스탈 부인은 그녀가 아니었더라면 행복했을지도 모를 루이의 인생을 바꾸어놓고 나서 그의 장래에 대해서는 무책임했지만,

어쨌든 삼 년 동안 한 학생의 학비와 기숙사 비용을 모두 부담한 것은 큰 호의가 아닐 수 없었다. 당시 상황과 더불어 루이의 성격을 고려한 다면, 스탈 부인의 후한 인심, 그리고 호의의 결과에 대한 그녀의 무관심이 이해될 수도 있을 것이다. 스탈 부인과의 관계에서 매개자 역할을 했던 코르비니 씨는 루이가 학교를 마칠 무렵 블루아를 떠났다. 한편 당시의 정치적 상황은 피후견인에 대한 스탈 부인의 무관심을 이해할 수 있게 해준다. 『코린나』의 작가인 스탈 부인은 자신의 어린 모세에 대해 더이상 아무런 소식도 듣지 못하게 된다. 코르비니 씨는 1812년에 사망했는데, 부인이 그에게 맡긴 100루이라는 돈은 그녀의 기억에 오래 남을 만큼 큰 액수가 아니었다. 게다가 그녀는 사랑*에 열중해 있던 참이고, 1814년과 1815년의 열정의 시기에 그녀의 모든 관심은 자신의 연인에게만 쏠려 있었다. 루이 랑베르는 유럽 어딘가를 여행하고 있을 후견인을 찾아 나서기에는 너무 가난했고 자존심도 강했다. 그래도 그는 스탈 부인을 만나기 위해 블루아에서 파리까지 걸어서 갔다. 그러나 불행히도 그는 그녀가 죽은 바로 그날 파리에 도착했다.** 이미 두 번이나 그녀에게 편지를 썼는데 답장이 없었던 것이다. 그리하여 루이에게 베푼 스탈 부인의 훌륭한 배려는 나처럼 그 이야기의 기묘함에 끌려 그것을 기억하는 몇몇 사람의 기억에만 남게 되었다. 신참의 도착이 학생들에게 불러일으키는 호기심은 우리 학교를 다녀본 사람만이 이해할 수 있다. 특히 랑베르 사건이 우리에게 준

---

* 스위스 태생의 프랑스 소설가이자 정치가인 뱅자맹 콩스탕(1767~1830)과의 사랑을 말한다.
** 1817년 7월 14일.

특별한 인상은 그 학교를 다녀보지 않고는 도저히 상상할 수 없을 것이다.

여기서 반쯤은 군사적이고 반쯤은 종교적*인 우리 학교의 기본 규칙을 잠시 소개한다면, 랑베르가 학교에서 보낸 새로운 삶을 이해하는 데 도움이 되리라. 대혁명 전에 예수교단과 함께 대중 교육을 담당했던 오라토리오 수도회 교단은 몇몇 집안으로부터 유산을 상속받기도 하면서 지방에 여러 개의 학교를 소유했다. 그중 유명한 학교로는 방돔 학교, 투르농 학교, 플레슈 학교, 퐁르부아 학교, 소레즈 학교, 쥐이이 학교 등을 들 수 있다. 방돔 학교로 말할 것 같으면, 여타의 학교와 마찬가지로 장차 군에 복무하게 될 많은 차남들의 교육을 맡고 있었다. 국민의회**의 법령에 따라 많은 교육기관들이 해체되었지만, 방돔 학교는 큰 타격을 받지 않았다. 초기의 위기를 벗어나자마자 방돔 학교는 건물들을 되찾았고, 근처에 흩어져 있던 수도사들은 학교로 되돌아왔다. 그들은 내가 그 학교를 졸업한 뒤로 다녔던 그 어떤 학교와도 비교할 수 없는 고유의 규칙과 습관, 관례와 풍습 등을 고수하면서 방돔 학교를 재건했다.

학교는 도시 한가운데에 자리 잡고 있었고, 학교 건물들 옆으로는 루아르 강이 흘렀다. 외부와 차단된 채 거대한 성곽을 이룬 학교 안에는 교회, 극장, 의무실, 빵집, 정원, 수로 등 교육에 필요한 모든 시설

---

* 1623년부터 방돔 학교는 오라토리오 회 수도사들에게 맡겨졌다. 그러나 이 학교는 1776년 칙령에 따라 파리 군사학교 입학을 희망하는 (주로) 둘째 아들 이하의 귀족청년들의 교육도 담당하고 있었다.
** 1792년 9월 20일에 성립된 프랑스 혁명의회.

이 갖춰져 있었다. 중부 지방에서 가장 유명한 기숙학교였던지라 재학생 중에는 그 지방뿐 아니라 프랑스령 식민지에서 온 자녀들도 많았고, 멀리 사는 부모들은 아이들을 자주 만나러 올 수 없었다. 게다가 방학을 학교 밖에서 보내는 것조차 금지되어 있었다. 일단 입학하면 학생들은 학업을 마친 후에야 학교를 떠날 수 있었다. 신부들의 인솔 아래 가끔 한 번씩 나가는 산책을 제외하고는 모든 것이 그 학교의 전통적 규율의 이점을 드러내도록 치밀하게 계산되어 있었다. 우리를 징계했던 신부에 대한 기억은 아직도 생생하다. 가죽 회초리의 끔찍한 느낌은 그 기억을 더욱 생생하게 만든다. 육체뿐 아니라 정신적으로도 엄청난 고통이었던, 예수회에서 고안한 규칙과 체벌은 당시의 교과 과정에 포함되어 있었다. 특정한 날에는 반드시 부모한테 편지를 써야 했으며, 고해성사도 의무적이었다. 이렇듯 우리의 감정과 죄는 일률적으로 조절되었다. 학생들은 하나같이 수도사 같은 모습이었다. 그 학교에 대한 여러 가지 기억 중 생각나는 것이 하나 있다. 그것은 일요일마다 우리가 감내해야 했던 검열이다. 우리는 모두 제복을 차려입고, 군인들처럼 일렬로 서서, 두 명의 감독관을 기다렸다. 그들은 후원자, 선생님 들과 함께 들어와서는 복장, 위생, 정신 상태의 세 가지 관점에서 우리를 검열했다.

학교 기숙사는 이삼백 명을 수용할 수 있었다. 그리고 학생들은 오랜 관례에 따라 유아반, 초등반, 중등반, 고등반의 네 반으로 나뉘었다. 유아반에는 8학년*과 7학년 학생이, 초등반에는 6학년과 5학년,

---

* 프랑스 교육 제도에 따르면 학년이 올라감에 따라 숫자를 거슬러 부른다. 당시 초등교육이 10학년부터 시작되었으므로 8학년은 우리의 초등학교 3학년에 해당한다.

4학년 학생이, 중등반에는 3학년과 2학년 학생이 포함되었다. 졸업반인 고등반에서는 수사학과 철학, 수학, 물리, 화학을 배웠다. 네 반은 각각 건물과 교실, 운동장을 따로 사용했고, 각 교실의 문은 커다란 공용 광장으로 나 있었다. 그리고 교실들은 모두 식당으로 통했다. 식당은 유서 깊은 종교 교단에 걸맞게 모든 학생들을 수용할 수 있을 만큼 컸다. 다른 학교의 규율과는 달리 우리는 먹으면서 대화를 할 수 있었다. 그것은 오라토리오 회 교단의 몇 가지 관용 중 하나였는데, 그 덕분에 우리는 기호에 따라 음식을 나누어 먹을 수 있었다. 미식가들이 서로 음식을 바꾸어 먹는 일은 학창 시절 가장 즐거운 추억 중 하나이다. 예를 들어 식탁 끝에 앉은 중등반 학생 하나가 후식 대신 (그러니까 당시 우리는 후식도 먹었다) 붉은 콩을 더 먹고 싶으면 입에서 입으로 전달한다. "붉은 콩 대신 후식 더 먹을 사람?" 이 제안은 어떤 먹보가 교환 조건을 수락할 때까지 계속 전달된다. 계약이 이루어지면 조건을 수락한 학생은 자기 몫의 붉은 콩을 보낸다. 그 요리는 손에서 손으로 전해져 그것을 요구한 학생에게 전달되고, 그 학생의 후식은 같은 방식으로 상대방에게 돌아온다. 실수란 절대로 있을 수 없다. 만일 같은 제안이 여럿일 경우라도 각자 자기 차례만 잘 지키면 된다. 예를 들어 "첫번째 콩과 첫번째 후식의 교환"이라고 말하면 되는 것이다. 식탁은 무척 길었고, 끝없이 반복되는 우리들의 암거래는 식탁에 항상 활기를 불어넣었다. 우리는 열심히 이야기했고, 왕성하게 먹었고, 더없이 활기차게 행동했다. 삼백 명 젊은이들의 수다, 접시를 바꾸고 음식 시중을 들며 오가는 하인들, 그리고 감시하는 선생님들, 이 모든 것은 방돔 학교의 식당에 다른 어떤 학교도 견줄 수 없는 구경거리를 만들어주었다. 학교를 방문하는 사람들은 누구든 이 식당을 보고 놀라움을 금치 못했다.

외부와 단절되고, 가족의 사랑도 받지 못하는 우리의 메마른 삶을 조금이라도 부드럽게 해주기 위해 신부님들은 우리에게 비둘기를 기르거나 정원 가꾸는 것을 허락했다. 이삼백여 개의 비둘기 집, 학교 담벽 주위에 모여 있는 천여 마리의 비둘기, 그리고 삼십여 곳의 정원은 식사 시간의 광경만큼이나 호기심을 자아내는 재미있는 구경거리였다. 방돔 학교를 다른 학교와 구별 짓고, 유년기를 그곳에서 보낸 학생들에게는 수많은 추억을 만들어준 그곳 생활의 특별함을 모두 나열하자면 끝이 없을 것이다. 고된 학업에도 불구하고, 수도원 생활 같았던 학창 시절의 유별난 기억들을 즐겁게 추억하지 않을 사람이 어디 있겠는가? 산책하다가 몰래 사 먹던 사탕, 허락받은 카드 놀이, 방학 동안의 연극 공연, 밤에 몰래 하던 서리, 고독을 위해 필요했던 자유, 그리고 사관 생도의 마지막 잔재인 군악대, 우리의 학문, 우리의 담임 신부님, 우리를 가르치던 신부님들, 금지되었거나 혹은 허락되었던 특별한 도박들, 죽마 기병 놀이, 겨울 썰매 놀이, 나무 창을 댄 구닥다리 구두의 시끄러운 발소리, 그리고 특히 구내매점에서 물건 사는 재미, 이 모든 것들을. 구내매점은 우리가 자크 아저씨라고 부르던 사람이 운영했는데, 상급생이건 하급생이건 모두 상품 목록을 보면서 그에게 물건을 주문하곤 했다. 상자, 죽마(竹馬), 연장, 리본으로 장식한 비둘기, 다리에 털이 난 비둘기, 미사 교본(이것은 가장 안 팔리는 품목이긴 했지만), 칼, 종이, 펜대, 연필, 색색의 잉크, 공, 구슬 등 어린아이들을 매혹하는 온갖 색다른 물건들은 아이들에게는 온 세상을 의미했다. 병든 비둘기를 죽여야만 할 때 필요한 약물부터 다음 날 아침에 먹으려고 저녁 때 남겨둔 밥 담을 그릇에 이르기까지 우리는 모든 것을 구할 수 있었다. 용돈을 쓰기 위해 저마다 달려가곤 했던 그 가게, 일요일 휴식 시간에 정기적으로 열리는 그 가게를 바라볼 때 두근거리던 가슴을 어떻게 잊을 수 있겠는가? 부모님에게 받은 용돈이 하도 보잘것없어서 우리를 유혹하던 그 많은 물건들 중에서 하나를 고르느라 얼마나 고심했던가! 단꿈에 젖은 신혼 초, 일시적으로나마 사랑에 빠져 일 년 열두 달 금화 가득한 지갑을 가져다주는 남편의 아내라 한들, 일요일 전날 밤의 우리만큼 행복한 꿈을 꿀 수 있었을까? 물론 그것도 용돈이 아직 남아 있던 월초의 일요일에 국한된 일이었지만 말이다. 6프랑만 있으면 우리는 고갈되지 않는 그 가게 재산을 통째로 살 수 있을 것만 같아 밤새 얼마나 행복했던가! 미사를 보는 동안 우리는 우리의 비밀스러운 계산이 흐트러질까봐 답송조차 하지 않았다. 다음 일요일에 쓰려고 몇 푼이라도 남겨놓는 친구가 있었을까? 아버지가 구두쇠이거나 가난해서 용돈을 받지 못하는 동료들을 우리는 동정하기도 하고, 도와주기도 하고, 멸시하기도 했다. 그렇게 자연스럽게 우리는 일찌감치 사회법칙에 복종했던 것이다.

조그만 도시 한가운데 자리 잡고 있으며 수도원같이 생긴 건물들로 이루어진 학교의 고립 상태와 더불어 학년별로 학생들이 차곡차곡 들어찬 네 개의 공간을 상상할 수 있는 사람이라면 누구라도 신입생의 출현이 불러일으켰을 호기심을 쉽게 이해할 수 있을 것이다. 처음으로 궁전에 발을 들인 젊은 공작 부인이라 한들 신참이 모든 학생들에게 받은 것만큼 혹독한 시련을 당하지는 않았으리라. 여느 날과 마찬가지로 저녁식사 전 쉬는 시간, 두 명의 아첨꾼은 감독 신부님과 이야기를 나누다가 "내일 신입생이 들어올 것이다!"라는 중요한 정보를 처음으로 듣게 되었다. 그 두 학생은 일주일씩 번갈아 우리를 지키는 두 신부님 중 하나와 친하게 지내던 터였다. 마침 그날은 그 신부님이 감독하는 중이었다. 그 소리를 듣자 갑자기 마당에서부터 "신참이다! 신참이다!" 하는 아우성이 울려 퍼졌다. 우리는 일제히 담임 사제에게 우르르 달려가 질문을 퍼부었다. "어디에서 오나요? 이름이 뭔가요? 몇 학년으로 들어오나요?" 등등.

루이의 출현은 『천일야화』 이야기에 버금갈 만큼 흥미로운 사건이었다. 당시 나는 초등반 4학년이었다. 두 명의 담임 교사가 우리를 맡고 있었다. 그들은 성직자는 아니었지만, 우리는 관례대로 그냥 신부님이라고 불렀다. 당시 방돔 학교에는 합법적으로 진짜 오라토리오회 수도사는 세 명밖에 남아 있지 않았다. 1814년, 그들은 서서히 세속화된 학교를 떠나 메르 주임 사제의 전례를 따라 시골에 있는 사제관으로 피신했다. 주중에 우리를 담당했던 주임사제인 오구 신부님은 좋은 사람이기는 하지만 유능한 선생님은 아니었다. 예를 들어 그는 학생들의 다양한 성격을 가려내는 능력도 없었고, 학생들의 체력에 맞게 각각 다르게 체벌을 가할 줄도 몰랐다. 아무튼 오구 신부님은 쾌히 그다음 날 일어날 흥미로운 사건의 주인공에 대해 우리에게 이야기하기 시작했다. 모두들 하던 놀이를 멈추고, 숲 속에서 빛나던 운석처럼 스탈 부인에게 발견된 루이 랑베르의 이야기를 들으러 모여들었다. 오구 신부님은 우선 스탈 부인이 어떤 인물인지 설명해야 했다. 그날 저녁 스탈 부인은 마치 발이 열 개나 달린 거대한 사람으로 보였다. 그후 나는 프랑수아 제라르*가 그린 코린나**의 초상화를 볼 기회가 있었는데, 그녀를 얼마나 크고 아름답게 그렸던지! 그러나 내 상상 속에서 그려보았던 이상적인 여성으로서의 스탈 부인은 그 초상화를 훨씬 능가하는 것이었기에, 『독일론』***같이 매우 남성적인 글을 읽은 뒤에도 스탈 부인이 진짜 어떤 모습이었는지 도저히 상상할 수 없었다. 그런데 루이 랑베르 역시 스탈 부인에 버금가는 비범한 학생이었다. 마레샬 교장 선생님은 그에게 몇 가지 질문을 해본 뒤 그를 고등반에 넣을지 말지 고민했다고 한다. 라틴어 실력이 부족한 탓에 그는 4학년 반에 들어가게 되었다. 그러나 그의 재능을 감안할 때 아마도 매해 한 학년씩 월반할 수 있을 것이며 예외적으로 아카데미 회원이 될 것이 틀림없었다. 세상에! 하급생 중에 붉은 리본으로 장식한 옷을 입은 방돔 아카데미 회원이 나오는 영광을 갖게 될 판이었다. 아카데미 회원은 여러 가지 특권을 부여받는다. 그들은 종종 교장 선생님과 함께 식사를 했고, 일 년에 두 번씩 자신들의 문학작품을 발표했다. 그리고 우리는 그들이 쓴 작품을 들으러 가곤 했다. 비록 학생이라 할지라도 아카데미 회원은 위대한 사람이었다. 솔직히 말해서 방돔 학교 학생들에게는 누구든 진짜 아카데미프랑세즈 회원보다도 붉은 리본과 십자가로 장식한 우리 학교 아카데미 회원이 더 근사해 보였다는 사실을 고백하지 않을 수 없다. 2학년으로 올라가기 전에 그러한 영광을 차지하기란 대단히 어려웠다. 왜냐하면 아카데미 회원들

---

* 프랑스의 화가. 〈코린나의 초상〉은 1807년 작품이다.
** 스탈 부인의 소설 제목이자 그 소설의 주인공.
*** 1810년에 출간된 스탈 부인의 저서.

은 방학 동안 매주 목요일에 운문이나 산문으로 된 단편소설, 서한체 시, 논설문, 비극, 희극 등의 작문을 해야 했기 때문이다. 이러한 작문은 2학년 이하 학생들의 지적 능력으로는 불가능한 것이었다. 무명 아카데미 회원의 작품으로 가장 기억에 남는 작품은 「푸른 당나귀」였는데, 나는 그 이야기를 꽤 오랫동안 기억했다. 네번째 아카데미 회원! 우리 중 누군가가 아카데미 회원이 된다면, 그는 열네 살에 이미 시인이었고 스탈 부인의 총애를 받는 미래의 천재 루이 랑베르일 거라고 오구 신부님은 말했다. 그는 출석을 부르는 사이에 작문 하나를 거뜬히 해치울 정도로 기막힌 능력을 가졌을 뿐 아니라, 단 한 번의 독서로도 모든 내용을 파악하고 이해할 수 있는 천재라는 것이었다. 루이 랑베르는 우리의 머리를 온통 혼란스럽게 했다. 게다가 오구 신부님의 호기심과 신입생을 빨리 만나고 싶은 조바심은 우리의 불타는 상상력에 부채질을 했다. "그가 비둘기를 기른다 해도 비둘기 집은 없을걸. 더이상 자리가 없으니까. 안됐지만 할 수 없지!" 농사꾼인 한 학생이 말했다. "누구 옆에 앉게 될까?" 다른 학생이 말했다. "아! 그 애의 **단짝 친구**가 되었으면!" 어떤 학생은 흥분해 이렇게 말하기도 했다. 학생들 사이의 은어로 **단짝 친구**가 되다라는 말은 설명하기 어려운 의미를 지닌 고유한 표현이다. 그것은 유년 시절의 모든 선행과 악행, 모든 이익과 손해를 나누어 갖는 형제애를 의미한다. 그들은 이해관계에 따라 끊임없이 싸우고 화해하면서 공격하고 방어하는 일종의 계약관계를 이룬다. 이상하게도 당시 내게는 단짝 친구가 한 명도 없었다. 인간이 느끼는 감정에 따라서만 산다면, 아마도 그는 자연스럽게 생기는 감정을 억누를 경우 삶이 피폐해질 것이라고 생각할 것이다.

그날 저녁 오구 신부님이 루이에 대해 한 말은 내 어린 시절의 추억 중 가장 강한 인상을 남겨놓았다. 『로빈슨 크루소』를 읽은 것만큼이나 큰 감동이었다. 세월이 한참 흐른 후에도 나는 그 놀라운 감동을 생생하게 기억했다. 그것은 언어 표현이 각각의 감각기관에 끼친 다양한 효과에 대한 일종의 새로운 발견이었다. 절대적인 언어란 존재하지 않는다. 말이 우리에게 영향을 준다기보다는 우리가 말에 영향을 준다고 봐야 할 것이다. 언어의 위력은 우리 것으로 만든 후 다시 모아 만든 이미지에 비례한다. 그러나 이러한 현상에 대해 말하자면 많은 연구가 필요하므로 여기서는 더이상 언급하지 않겠다. 나는 잠도 오지 않고 해서, 기숙사의 같은 방 친구와 함께 내일이면 우리와 같이 생활할 그 놀라운 천재에 대해 이야기를 나누었다. 당시 방돔 아카데미의 수훈자였고 지금은 고매한 철학적 관점을 지닌 작가가 된 그 친구의 이름은 바르슈 드 페노엥*이었다. 그는 오늘날 방돔 학교의 이름을 빛낼 두 학생이 같은 반, 같은 의자, 같은 지붕 밑에 모여 있게 된 우연도, 그것이 숙명적이라는 사실도 부인하지 않았다. 두 사람만 언급한 것은, 뒤포르**는 이 책이 출판될 당시에는 아직 의회에서 두각을 나타내지 않아 탁월한 방돔 학교 학생에 낄 수 없었기 때문이다. 최근에 피히테를 번역한 바 있고 발랑슈의 친구이자 통역사였던 바르슈는 나처럼 그때 벌써 형이상학에 심취해 있었다. 그는 종종 나와 함께 신과 우리 자신, 그리고 자연에 대해 얼토당토않은 이야기를 하곤

---

* 프랑스의 문인이자 철학자(1799~1855). 발자크는 그에게 『곱세크』를 헌정했다.
** 프랑스의 정치가(1798~1881).

했다. 당시 그는 피로니즘*을 주장했다. 자신의 최고 지위에 집착한 그는 루이의 능력을 인정하려 들지 않았다. 반면 나는 마침 최근에 『유명한 아이들』**을 읽었던지라, 몽칼름***, 피코 델라미란돌라****, 파스칼 등 어려서부터 탁월했던 천재, 즉 인간의 정신사에서 유명했던 비정상아, 말하자면 랑베르의 선배들을 들먹여가면서 그를 반박했다. 당시에는 나 역시 독서에 열중했다. 나를 파리 이공과대학에 보내고 싶은 욕심에 아버지는 내게 수학 개인 교습을 받게 했다. 그런데 마침 수학 선생님이 방돔 학교 도서관 사서였다. 그래서 나는 아이들이 노는 시간에 도서관으로 가서 개인 교습을 받았다. 도서관에 가면 읽고 싶은 책들을 집어 오곤 했지만, 선생님은 내가 어떤 책을 빌려 가는지 주의해 보지 않았다. 내 생각에 당시 선생님은 경험이 별로 없었거나, 아니면 무슨 일엔가 몰두해 있었던 것 같다. 공부 시간 중에 내가 책 읽는 것을 기꺼이 묵인했을 뿐 아니라, 그동안 무엇인가를 열심히 공부하고 있었으니 말이다. 그리하여 우리 둘 사이에 암암리에 맺어진 계약에 따라, 나는 아무것도 배우지 못하는 것을 전혀 불평하지 않았고, 선생님은 내가 책들을 빌려 가는 것을 눈감아주었다. 때아닌 문학에 대한 열정으로 나는 학업을 게을리했지만, 대신 시를 쓰는 데 온통 정신이 팔려 있었다. 나 스스로 판단할 때 너무도 긴 나의 시는 별 가능성이 없는 것이었지만 그래도 친구들 사이에서는 꽤 유명

---

* 그리스 철학자 피론을 시조로 하는 철학정신으로서 사물의 본질은 파악할 수 없는 불확실한 것이라고 생각하는 회의론적 태도나 경향을 의미한다.
** 1810년에 출간된 누가레(1742~1823)의 작품.
*** 프랑스의 군인(1712~1759).
**** 이탈리아의 인본주의자, 신플라톤주의자, 자연철학 신봉자(1463~1494).

했다. 그것은 잉카 제국에 대한 서사시로 시작된다.[*]

오 잉카여! 오 역경에 처한 불행한 왕이여!

친구들은 나의 시 습작을 비웃으면서 시인이라고 놀려댔다. 그러나 친구들의 야유에도 불구하고 시에 대한 내 열정은 수그러들 줄 몰랐다. 나는 서투른 시를 꾸준히 썼다. 마레샬 교장 선생님의 현명한 충고도 소용이 없었다. 선생님은 날개가 미처 자라기도 전에 날려고 애쓰다 떨어진 꾀꼬리의 불행한 이야기를 예로 들어가면서, 불행하게도 고질병이 되어버린 문학에 대한 내 병적인 집착으로부터 나를 구하고자 노력했다. 나는 꼼짝 않고 계속 독서를 즐겼으며, 하급반에서 가장 게으르고 사색적인 학생이 되었다. 그러다 보니 벌도 가장 많이 받았다. 나에 대한 이러한 이야기가 본론에서 다소 벗어난 듯 보이겠지만 루이 랑베르의 출현에 내가 받은 충격을 설명하는 데 도움이 되리라 생각한다. 당시 나는 열두 살이었다. 우선 나와 비슷한 기질을 가진 그 친구에게 나는 막연한 호감을 느꼈다. 드디어 몽상과 명상을 함께 나눌 친구를 만나게 된 것이다. 명예나 영광이 무엇인지 아직 모르는 채 나는 스탈 부인에 의해 영원한 재능을 가졌음이 입증된 그 아이의 친구가 되는 것이 무슨 큰 영광이나 되는 것처럼 느껴졌다. 루이 랑베르는 거대한 위인처럼 보였다.

마침내 그토록 기다리던 그날이 왔다. 점심식사 바로 전에 우리는

---

[*] 필경 마르몽텔(1723~1799)의 서사시 「잉카 제국」(1770)에서 이 시에 대한 착상을 얻었을 것이다.

조용한 복도에서 들려오는 마레샬 교장 선생님과 신입생의 발소리를 들었다. 우리는 일제히 교실 문 쪽으로 고개를 돌렸다. 오구 신부님 역시 우리와 마찬가지로 호기심에 가득 찬 나머지, 우리에게 조용히 공부를 계속하라고 주의를 주는 것조차 잊어버린 모양이었다. 우리는 마레샬 선생님의 손에 이끌려 들어오는 신입생을 보았다. 담임 선생님이 교단에서 내려왔고, 교장 선생님은 격식에 따라 엄숙하게 말했다. "선생님, 루이 랑베르 군을 소개합니다. 이 학생을 4학년에 받아주십시오. 수업은 내일부터 듣도록 하지요." 그러고 나서 담임 선생님과 낮은 목소리로 무엇인가를 의논하더니 큰 소리로 말했다. "이 학생을 어디에 앉히면 좋을까요?" 아무튼 신입생 때문에 우리 중 누군가가 피해를 보아서는 안 될 터였다. 마침 빈 책상이 딱 하나 있어 루이 랑베르는 그 자리를 차지했고, 결국 그는 이 학급에 제일 늦게 들어온 나의 옆자리에 앉게 되었다. 아직 수업중이었는데도 우리는 모두 일어나 루이 랑베르를 관찰하느라 정신이 없었다. 마레샬 선생님은 교실의 어수선한 분위기와 우리의 흥분을 감지하고는 "좀 조용히들 해요. 적어도 다른 학급에 방해가 되지는 말아야지"라고 말했다. 얼마나 다정한 꾸지람인가! 그렇게 말하는 선생님이 우리는 너무도 정겹게 느껴졌다.

그 말이 끝나고 나서 점심시간까지 얼마간의 휴식 시간이 주어졌다. 마레샬 선생님과 오구 신부님이 마당에서 몇 마디 주고받으면서 산책을 하는 동안 우리는 랑베르를 둘러쌌다. 팔십 명가량 되는 우리는 맹금처럼 무모하고 대담한 악마들이었다. 우리 모두가 처음 들어올 때의 그 잔인한 시련을 고통스러워했음에도 불구하고, 어떤 신참에게도 그 시련을 면제해주는 법이 없었다. 신참은 우리의 조소와 짓궂은 질문과 건방지고 무례한 태도를 차례로 감내하면서 수치심을 느끼게 되고, 그럼으로써 우리는 그에게 우리의 관습과 힘과 특성을 알리는 것이다. 랑베르는 침착해서인지 아니면 넋이 빠져서인지 그 어떤 질문에도 답하지 않았다. 그때 우리 중 누군가가 아마도 랑베르는 피타고라스 학파 출신인 모양이라고 비아냥거렸다. 그러자 교실은 온통 웃음바다가 되었다. 그후 랑베르는 졸업할 때까지 줄곧 피타고라스*라는 별명으로 불렸다. 그러나 랑베르의 날카로운 시선, 그의 성정과는 어울리지 않는 우리의 유치함을 경멸하는 듯한 얼굴, 거침없는 태도, 나이와 조화를 이루는 듯한 힘, 이런 것들이 우리에게는 대단히 인상적이어서, 우리 중 가장 짓궂은 학생조차 그에게 일종의 존경심을 품지 않을 수 없었다. 그의 옆에 있던 나는 아무 말도 못 한 채 그를 관찰하느라 정신이 없었다.

루이는 마르고 호리호리한 편에 키가 145센티미터 정도였고, 얼굴은 햇볕에 검게 그을리고 손은 단단한 근육질이었다. 그러나 그것은 그의 본모습이 아니었다. 왜냐하면 그가 학교에 들어온 뒤로 두 달 내내 교실 안에서만 생활한 결과 마치 여자처럼 하얗고 창백하게 변했으니 말이다. 그의 머리는 눈에 띄게 컸다. 숱 많고 약간 곱슬인 검은 머리 때문에 이마에서는 뭐라 말할 수 없는 우아함이 풍겼다. 그런데 이마가 어찌나 넓은지, 아직은 연구 초기 단계에 있던 골상학에 대해

---

* 『백과전서』에 실린 피타고라스에 관한 글에 의하면, 피타고라스는 어떤 청중도 받아들이지 않았으며, 누구와도 대화하지 않고 자신의 이론에 대해 글을 쓰지도 않고 침묵한 채 비밀로 간직했다고 한다.

무지한 우리 같은 사람도 놀랍다는 느낌을 갖게 했다. 예언자처럼 생긴 그의 이마는 둥근 아치형 눈썹 때문에 더욱 아름다워 보였다. 두눈썹은 마치 대리석 조각처럼 깔끔하게 잘리고, 두 선이 코의 윗부분과 만나 완전한 평형을 이루었다. 그 눈썹 밑에서는 검은 눈이 빛났다. 그러나 얼굴이 어땠는지는 잘 떠오르지 않는다. 게다가 그의 얼굴모습은 대단히 불규칙했다. 눈은 영혼을 담은 듯했고, 시선은 감정을 다양하게 표현할 줄 알았다. 어떤 때는 놀랄 만큼 맑고 투명하고, 또어떤 때는 천상의 부드러움을 지닌 듯 보이기도 하는 시선은 명상에 잠길 때면 아무런 색채도 없이 멍해지기도 했다. 그럴 때면 그의 눈은 창문을 비췄다가 돌연 사라져버리는 햇살 같았다. 루이의 체력이나 신체 기관도 변화가 심하고 변덕스럽기는 마찬가지였다. 예를 들어서 목소리는 마치 사랑을 고백하는 여인처럼 부드러웠다가도 이따금—예상 못 한 그의 목소리를 설명하기 위해 이러한 표현을 써도 괜찮다면—참기 어려울 정도로 고약하고 부정확하고 거칠어졌다. 그의 체력으로 말할 것 같으면, 조금 힘든 놀이도 견디지 못할 만큼 허약해서 불구에 가까울 정도였다. 그런데 그가 오고 얼마 되지 않은 어느날, 한 친구가 당시 학교에서 유행하던 과격한 운동을 하지 못하는 그의 허약한 체력을 비웃자, 랑베르는 두 줄로 늘어서 서로 포개지면서 가운데가 볼록하게 솟아 있는 열두 개의 커다란 개인용 책상이 놓여 있는 큰 탁자의 끝을 두 손으로 꽉 잡고 선생님의 교단에 기댄 채 교탁 굄목을 딛고 서서 버티며 이렇게 말했다. "열 명이 붙어서 이 탁자를 움직여봐!" 그 광경을 목격한 나로서는 그가 이상한 힘을 가졌음을 증언할 수 있다. 그에게서 탁자를 떼어내는 것은 불가능했다. 랑베르는 한순간 놀라운 힘을 끌어내어 자신이 정한 한 점으로 모으는 능력이 있었던 것이다. 그러나 어른들도 마찬가지지만 특히 아이들의 경우 첫인상으로 모든 것을 판단해버리는 경향이 있다. 그들은 루이가 학교에 들어온 뒤로 처음 며칠 동안만 그를 관찰했을 뿐이다. 그때 그의 행동 때문에 스탈 부인의 예언은 완전히 빗나가고 말았다. 우리가 기대한 비범함을 그는 하나도 보여주지 않았던 것이다.

시련의 한 학기가 지나자 루이는 평범한 학생으로 통하게 되었다. 오직 나만이 그의 숭고한, 아니 신성하다고까지 말할 수 있는 —어린 아이의 마음속에 천재보다 신에게 더 가까운 존재가 있을까? —영혼 속으로 들어갈 수 있는 유일한 사람이었다. 나는 그와 취향도 같고 생각도 같았다. 그리하여 우리는 단짝이 되었다. 우리의 형제애가 워낙 눈에 띄었기에, 친구들은 우리 둘의 별명을 한데 엮어 하나로 만들어버렸다. 그래서 우리는 따로따로 불릴 수가 없었다. 예를 들어 우리 중 한 사람만 부르려고 해도 "어이! 시인과 피타고라스!"라고 불러야 했던 것이다. 물론 다른 친구들도 이렇게 합성된 별명을 갖는 경우가 종종 있었다. 그리하여 남은 이 년간의 학교생활 동안 가엾은 루이 랑베르의 단짝 친구로서 나와 그의 삶이 매우 친밀하게 연결되어 있었으니, 오늘날 내가 그의 지성사를 쓰기에 이른 것이다.

오랫동안 나는 친구의 마음속에, 그리고 그의 이마에 숨겨진 시혼과 재능을 몰랐다. 내 나이 서른이 되고 나의 관찰력이 충분히 성숙해지고 축적된 후에야, 그리고 찬란한 빛이 다시 내 관찰력을 비추고 난 후에야 비로소 여러 놀라운 일들의 의미를 감지할 수 있었다. 당시에는 그 일들을 잘 파악하지 못했던 것이다. 나는 그 위대함도 이해하지 못하고 그 구조도 파악하지 못한 채 그저 그 사건들을 즐겼다. 게다가 그중에서 두드러진 몇 가지 사건만 기억할 뿐 많은 것들을 잊어버리기까지 했다. 그러나 오늘날 나는 기억 속에서 그 모든 것들을 정연하게 정리하기에 이르렀고, 젊은 시절 아름다웠던 우정의 날들을 회상하면서 머리가 비상했던 그 친구의 비밀을 조금씩 알게 되었다. 학문 때문에 파멸한 많은 사람들의 삶이 베일에 감춰져 있듯이, 장막에 가려져 있던 루이의 삶에 일어난 수많은 사건과 행위의 의미를 이처럼 많은 시간이 흐르고 난 후에야 파악할 수 있게 된 것이다. 따라서 이 이야기는 표현과 판단에서 시대적인 오류투성이일 것이다. 그러나 그 오류는 순전히 정신적인 것으로, 그것 때문에 이 이야기의 흥미가 줄어들지는 않을 것이다.

방돔 기숙학교에 다니기 시작한 처음 몇 개월 동안 루이는 알 수 없는 병에 시달렸고, 그것은 그가 천재적 능력을 발휘하는 데 막대한 지장을 주었다. 그러나 선생님들은 그의 병증에 무심할 뿐이었다. 탁 트인 공기와 독립적인 공부에 익숙하고, 늘 애지중지 아껴주던 늙은 사제의 다정한 보살핌을 받으면서 태양빛 아래에서 사색하던 루이에게, 교칙에 따라 열 맞추어 걸어야만 하고, 팔십 명의 젊은이가 각자 자기 책상 앞 나무 의자에 얌전히 앉아 있는, 사방이 벽으로 꽉 막힌 답답한 교실 안에서 생활하는 것은 여간 고역이 아니었다. 완벽할 정도로 섬세한 감각을 지닌 그로서는 그러한 공동생활이 무척이나 고통스러웠다. 점심식사나 간식 시간에 남은 음식 찌꺼기들로 더러워진 교실에서 나는 냄새와 공기를 오염시키는 발산물들은 항상 그의 후각을 자극했다. 후각은 다른 감각보다 특히 뇌 조직과 직접 연결되어 있기에, 냄새의 변화는 우리의 생각을 혼란스럽게 한다. 이처럼 공기가 오염되었을 뿐 아니라, 가건물로 된 교실 안에는 각 학생의 세간 살림과 더불어 축제에 대비해 죽인 비둘기 사체들, 식당에서 훔쳐 온 음식들이 너절하게 굴러다녔다. 한편 교실 한가운데에는 커다란 돌 하나가 있고, 그 위에는 항상 물이 꽉 찬 양동이 두 개가 놓여 있었다. 그것은 일종의 물통으로, 매일 아침 그곳에서 우리는 선생님의 감독 아래 차례대로 세수하고 손을 씻었다. 그러고 나서 그 옆 탁자로 가면 사환 아주머니들이 우리의 머리도 빗겨주고 파우더도 발라주었다. 하루에 딱 한 번 청소하는(그것도 우리가 일어나기 전에) 교실은 늘 더러울 수밖에 없었다. 세탁장 냄새, 머리를 빗을 때 떨어지는 머리카락이며 비듬, 불결한 가건물, 학생들이 저마다 솜씨를 부려 만든 수많은 잡동사니, 이런 것들로 인해 교실 안 공기는 늘 탁하고 오염되어 있었다. 충분히 환기될 만큼 창문이 많고 문도 컸지만 아무 소용이 없었다. 물론 여기에다 서로 뒤엉켜 지내는 팔십 명의 학생들이 뿜어내는 열기도 덧붙여야 할 것이다. 게다가 학교의 부식토와 우리가 운동장에서 발에 묻혀 오는 진흙이 뒤섞여 일종의 퇴비가 만들어지는 바람에 고약한 냄새마저 풍기곤 했다. 이제까지 살았던 시골의 맑고 향기로운 공기의 결핍과 습관의 변화, 엄격한 규율, 이러한 모든 것이 랑베르를 슬프게 했다. 왼팔을 책상에 괴고 머리를 손으로 받친 채 그는 수업 시간 내내 나뭇잎이나 하늘의 구름만 하염없이 바라보곤 했다. 공부하고 있는 것처럼 보였지만, 그의 펜은 움직이지 않았고 공책은 백지 상태 그대로였다. 담임 선생님은 큰 소리로 루이를 꾸중했다. "랑베르, 자네는 아무것도 안 하고 있군!" '아무것도 안 하고 있다'는 말은 랑베르에겐 가슴을 찌르는 바늘과도 같은 것이었다. 그렇게 꾸중을 들은 후에는 그에게 쉬는 시간의 여유가 주어지지 않았다. 벌과로 쓰기 과제를 해야 했기 때문이다. 벌과는 학교마다 종류가 달랐는데, 방돔 기숙학교의 경우는 쉬는 시간에 수페이지의 문장을 베껴 쓰는 것이었다. 랑베르와 나, 우리 둘은 항상 벌과에 시달려야 했기에, 우리가 우정을 나눈 이 년 동안 쉬는 시간에 마음껏 놀아본 날은 채 엿새도 되지 않았다. 우리의 머리를 살찌워준, 도서관에서 빌려 본 책들이 아니었더라면 이러한 존재 방식이 우리를 완전히 바보로 만들었을 것이다. 운동 부족은 어린아이들에게 치명적인 결과를 초래한다. 어려서부터 체면을 중시하며 남 앞에 근사한 모습으로 나타나는 데 항상 신경을 쓰는 왕족들은 체질이 약하게 마련이어서, 전장의 관습이나 사냥을 통해 그들 운명의 악폐를 바로잡지 않으면 영원히 그 결점을 지니고 살아야 한다고 한다. 예법이나 궁중법이 왕의 골반을 여성화하고 뇌신경을 약화시켜 종족의 퇴화를 가져온다면, 맑은 공기의 결핍, 운동 부족, 쾌활함의 상실, 이런 것들이 학생들에게는 정신적으로나 육체적으로 얼마나 깊은 상처를 입힐 것인가? 따라서 공공기관의 당국자들은 각 학교의 징계제도에 대해 세심한 주의를 기울여야 할 것이다. 흔치는 않더라도 자신의 이해관계만 생각하지 않는 당국자들이 있다면 말이다.

우리는 수없이 많은 벌을 받았다. 우리는 기억력이 워낙 뛰어났던 까닭에 수업 시간에 집중한 적이 없었다. 프랑스어건 라틴어건 문법이건 간에 친구들이 문장을 읽는 것만 들어도 우리는 차례가 되면 척척 반복할 수 있었다. 그러나 불행히도 그것을 알아차린 선생님이 순서를 바꾸어 우리에게 먼저 질문하는 일이 생기면 우리는 무엇을 배우고 있었는지 도무지 알 수가 없었다. 아무리 애써 변명해도 소용이 없었고, 영락없이 벌을 받아야 했다. 게다가 우리는 늘 마지막 순간까지 과제를 미루곤 했다. 읽던 책이 있거나 몽상에 잠겨 있을 때면 과제를 잊어버리기 일쑤였고, 그러면 당연히 벌을 받았다. 1학년 선배가 번역물을 걷으러 우리 교실에 들어왔을 때, 미처 그것을 끝내지 못한 적이 얼마나 많았던가! 랑베르는 이러한 정신적 어려움에는 그래도 그럭저럭 적응해갔다. 그러나 그에 못지않게 힘든 육체적 고통이 그를 괴롭혔다. 우리 모두가 감내해야 했던 그 고통은 정신적 고통만큼이나 괴로웠을 뿐 아니라 종류도 한없이 많았다. 어린아이들은 피부가 약하기 때문에 특히 겨울에는 세심한 주의가 필요하다. 겨울이 되면 아이들은 오만 가지 핑계를 대어 추운 진흙투성이 마당에서 노는 대신 따뜻한 교실로 들어가려 했다. 또한 어머니의 다정한 보살핌이 아직 필요한 유아반과 초등반 학생들은 온통 동상에 걸리거나 살갗이 심하게 트기 일쑤여서 점심시간에 붕대를 감아주어야만 했다. 그러나 아이들이 많은 데다 손이며 발이며 발뒤꿈치를 일일이 감아주어야 하니 제대로 될 리가 없었다. 게다가 치료받느니 차라리 고통을 감내하기를 택하는 학생들도 허다했다. 숙제도 끝내야 하고, 미끄럼 타는 즐거움도 포기할 수 없고, 제대로 치료받지 못하고 아무렇게나 감긴 채 무심히 두었던 붕대도 떼어내야 하는데, 그것들 중 어느 것을 선택한단 말인가? 더군다나 붕대를 감은 나약한 아이들은 학생들 사이에 흔히 놀림감이 되었기에 간호사가 손에 감아준 붕대 조각을 일부러 벗겨버리기 일쑤였다. 따라서 겨울이면 우리 중 몇몇은 손가락과 발가락이 반쯤 얼어 감각이 없어진 채로 고통스럽게 지내곤 했다. 고통스러웠기에 공부가 될 리 없었고, 공부할 수 없었기에 벌을 받아야만 했다. 꾀병에 하도 많이 속은 터라 신부님들은 우리가 진짜 아파도 믿으려 하지 않았다. 기숙사 비용에는 학생들에게 드는 모든 경비가 포함되어 있었다. 학교에서는 신발과 의복을 책임졌다. 따라서 앞서 언급했듯이 매주 의복 검사가 실시되었다. 그것은 관리자들에게는 대단히 효율적인 방법이지만, 통제를 받는 사람들에게는 슬픈 결과를 초래하는 법이다. 신발 뒤꿈치를 꺾어 신거나 신발을 찢는 버릇이 있거나, 잘못된 걸음걸이 때문에 혹은 많은 아이들이 그렇듯이 공부 시간에 움직이고 싶어 안달하느라 신발창이 일찌감치 닳아버린 아이들은 딱하기 그지없었다. 겨우내 그들은 산책할 때마다 엄청난 고통을 견뎌야만 했다. 우선 신발에 바람이 들 때마다 동상의 고통을 고스란히 느낄 수밖에 없었다. 뿐만 아니라 신발을 죄는 끈이나 버클은 어디론가 사라져버리고, 구겨진 신발 뒤축 때문에 발이 신발 바닥에 닿지도 않았다. 그러니 어쩔 수 없이 언 땅 위로 신발을 질질 끌고 다녔다. 그러다 보면 엉성한 구두창 틈새로 물이나 눈이 들어가 발이 퉁퉁 붓기 일쑤였다. 육십 명 중 고통 없이 걸어 다닐 수 있는 학생은 열 명도 안 되었다. 그럼에도 불구하고 모든 학생들이 그저 남들이 그렇게 하듯 묵묵히 걸었다. 마치 우리네 인간 모두가 삶에 이끌려 그럭저럭 살아가듯이. 참을성 있는 아이들은 얼마나 여러 번 이를 악물고 고통을 견디면서 앞으로 남은 길을 계속 가기 위해 안간힘을 쓰면서 울음을 참았던가! 그 나이 때에는 감수성이 예민해서 남들의 웃음거리가 되거나 동정의 대상이 되는 것을 견디지 못한다. 사회에서 그러하듯이 학교에서부터 벌써 강자는 약자를 경멸한다. 진짜 힘이 무엇인지 알지도 못하면서 말이다. 신발은 그래도 대수롭지 않았다. 장갑을 가진 아이는 아예 없었다. 어쩌다 부모나 간호사 혹은 선생님이 몸이 약해보이는 아이에게 장갑을 주는 일이 있었지만 소용이 없었다. 말썽꾸러기들이나 선배 형들이 장갑을 말린답시고 난로에 올려놓아 태워버렸다. 설사 그러한 위기를 모면한다 해도 젖은 장갑을 잘 간수하지 못해 오그라들기 십상이었다. 그러니 누군가가 장갑을 갖는 것은 불가능했다. 장갑은 일종의 특권이었고, 아이들은 모두가 평등하기를 원했다.

이런 갖가지 고통이 루이 랑베르를 한없이 괴롭혔다. 명상을 좋아하고 고요한 몽상 속에서의 무의식적인 움직임이 몸에 밴 사람들처럼 그 역시 신발을 만지작거리다가 삽시간에 망가뜨리는 버릇이 있었다. 그의 낯빛은 여자 같았고, 귀 언저리와 입술은 날씨가 조금만 추워도 금방 텄다. 하얗고 부드럽던 손은 벌겋게 부어 있었다. 또한 그는 감기를 달고 살았다. 방돔 학교 생활에 익숙해질 때까지 루이의 삶은 괴로움의 연속이었다. 결국 고통스러운 삶을 터득하고 난 뒤에는 루이 역시 학교에서 잘 쓰는 표현대로 자기 것은 자기가 알아서 챙겨야 했다. 흔히 말하는 우등생처럼 자신의 침구, 책상, 의복, 신발에 신경을 써야 했고, 잉크나 책, 공책, 펜을 도둑맞지 않도록 주의해야 했다. 다시 말해 어린 우리가 존재하는 데 필요한 수많은 자질구레한 것들을 생각해야만 했다. 우등생이나 행실이 바른 학생들은 대부분 자기중심적이거나 보잘것없는 학생인 경우가 허다했고, 그들은 예외 없이 앞서 말한 자질구레한 일에 대단히 신경을 썼다. 그러나 미래가 촉망되는 학생은 신성하다고까지 말할 수 있는 상상의 지배를 받아 그러한 사항들을 소홀히 하고 폭포수같이 떠오르는 자신의 사유에만 열중하기 일쑤였다. 그뿐이 아니었다. 선생과 학생 들 사이에는 투쟁이 끊임없이 계속되었다. 잠시의 휴전도 존재하지 않는 그 투쟁은 사회에서의 그 어떤 투쟁과도 비교되지 않는다. 집권당과 야당의 투쟁하고나 비교할 수 있을까. 그러나 학생들은 야당 대변인이나 기자 들보다도 한 수 위였다. 그들은 교육의 책임을 맡은 선생들을 재빨리 이용할 줄 알았고, 선생들의 잘못을 신랄하게 비난하며 날카로운 조소를 보내곤 했으니까. 천사라고 할지라도 참을성 있게 그들을 가르치는 것은 불가능할 것이다. 그러니 박봉에 시달리는 데다 총명하지도 않아 가끔은 부당하게 행동하거나 흥분하는 불쌍한 감독 신부를 비난해서는 안 된다. 조롱 섞인 수많은 시선에 끊임없이 염탐당하고, 항상 함정에 둘러싸이는 그는 종종 자신이 저지른 잘못을 아이들에게 덮어씌워 복수했다. 그렇다고 아이들이 그것을 알아차리지 못할 리 없었다.

대단히 악의적인 행동을 한 경우에는 그에 적합한 다른 처벌이 주어졌지만, 방돔 기숙학교에서 **신부들이 가진 최고의 무기***는 회초리였다. 숙제를 잊어버렸다거나, 학업 내용을 잘 이해하지 못했다거나, 야비한 장난을 했을 경우에는 베껴 쓰기 벌과로 충분했다. 그러나 선생의 자존심을 건드리는 것은 회초릿감이었다. 우리가 감내해야 했던 육체적 고통 중에서 가장 괴로웠던 것은 아마도 가죽 회초리로 맞는 것이었으리라. 잔뜩 화가 난 선생님은 손가락 두 개 정도 굵기의 가죽

---

* 라틴어의 원뜻은 '신부들의 최고 논쟁'. 신부들의 교육 방식에 대한 작가의 냉소적 태도를 엿볼 수 있다.

회초리로 우리의 약해빠진 두 손을 있는 힘껏 내리쳤다. 이 전통적인 체벌을 받기 위해 죄인은 자리에서 일어나 교실 한가운데 교단 가까이로 가서 꿇어앉아야만 했다. 그러고는 호기심 가득하고 더러는 조롱 섞인 친구들의 시선을 감내해야 했다. 민감한 영혼을 가진 사람에게 이러한 준비 의식은 더더욱 고통스러운 것이었다. 그것은 마치 사형수가 궁전에서부터 그레브 광장*의 교수대로 끌려가던 여정과 유사했다. 학생들의 성격에 따라 벌을 받는 모습도 제각각이었다. 어떤 아이들은 매를 맞기 전이나 후에 눈물을 흘리면서 울고불고 난리인가 하면, 또 어떤 아이들은 의연하게 고통을 받아들였다. 그러나 아무리 강한 친구라도 매를 기다릴 때 얼굴에 나타나는 발작적인 동요를 억제하기란 여간 힘든 일이 아니었다. 루이 랑베르는 툭하면 매를 맞았다. 그것은 그 자신도 미처 모르고 있던 타고난 능력 때문이었다. 자신의 명상이 "자네는 아무것도 안 하는군!"이라는 선생님의 꾸중으로 무참히 방해를 받으면, 그는 종종 자신도 모르게 뭐라 표현할 수 없는 야만적인 경멸이 담긴 시선을 선생님에게 보냈던 것이다. 라이덴병에 전기가 흐르듯이 그 시선에는 사유가 가득 담겨 있었다. 이 뜻밖의 시선에 아마도 담임 신부님은 큰 충격을 받은 모양이었다. 침묵 어린 신랄한 시선에 모욕감을 느낀 신부님은 다시는 그런 날카로운 시선을 보고 싶지 않았다. 섬광처럼 빛나는 그의 거만한 시선에 처음으로 기분이 상했던 날, 신부님이 다음과 같이 말했던 게 지금도 생생히 기억난다. "랑베르 군, 다시 한번 그런 눈으로 나를 쳐다보면 그때는 회초

---

* 단두대가 있던 파리의 광장.

리로 맞을 테니 그리 알게." 이 말 한마디에 모든 학생들이 고개를 쳐
들고 선생님과 루이를 번갈아 훔쳐보았다. 꾸중이 이치에 맞지 않았
던지라 어린 루이는 불타오르는 눈으로 신부님을 꼼짝 못하게 했다.
그때부터 담임 신부님과 랑베르 사이에 전쟁이 시작되었고, 그 전쟁
은 엄청난 양의 회초리가 부러진 뒤에야 끝이 났다. 루이의 눈이 가진
압도적 위력은 그렇게 드러났다.

　워낙 예민한 데다 여자처럼 가끔씩 우울해지면서 주기적으로 우수
에 젖었던 그 가엾은 시인은 자신의 천재성 때문에 병들어 있었다. 마
치 누구를 사랑하는지도 모르는 채 상사병을 앓는 소녀에 비유할 수
있으리라. 어떤 때는 강해 보이다가도 또 어떤 때는 한없이 나약한 이
아이는 '코린나'에 의해 아름다운 고향 산천을 등지고 학교라는 틀 속
으로 들어왔던 것이다. 학교란 자고로 각 개인의 지성이나 육체적 특
성을 무시한 채 모든 학생을 규칙에 따르게 해 일률적으로 규격화한
다. 아무리 똑똑한 학생이라도, 또 아무리 유별난 기질의 학생이라도
도리가 없다. 이는 마치 금이 압착기에 눌려 조각조각 나뉘어 똑같이
생긴 동그란 금화로 변하는 것과 같을 것이다. 루이 랑베르는 정신적
으로나 육체적으로나 모든 면에서 고통받았다. 회초리로 맞고, 병들
고, 모든 감각이 손상되고, 불행에 짓눌린 그는 자기 책상에 딸린 의
자를 떠나지 않은 채 학교에 존재하는 수많은 폭력에 육체를 내맡길
수밖에 없었다. 형벌을 받는 도중에 미소 짓는 순교자처럼 그는 자신
의 사유가 펼쳐지는 하늘로 피신했다. 아마도 이러한 내적인 삶이 그
자신이 굳게 믿는 신비의 세계를 보게 했으리라!

　루이와 나는 구속을 싫어했고, 우리가 하는 행동은 주로 교칙으로

금하는 것들이었다. 겉보기에 우리는 게으르기 짝이 없었으며, 무슨 일이건 대수롭지 않게 여겼다. 우리는 끊임없이 벌을 받았다. 숙제는 더할 나위 없이 지겨웠고, 벌과라면 지긋지긋했다. 우리는 소위 아무 짝에도 쓸모없는 구제 불능이었다. 선생님들은 우리를 경멸했고, 친구들 사이에서도 우리에 대한 평판은 좋지 않았다. 우리는 친구들에게 우리가 규칙을 어겨가며 몰래 하는 공부의 내용을 알려주지 않았다. 우리를 비웃을까봐 두려웠기 때문이다. 우리는 이렇게 이중으로 멸시를 당했는데, 신부님들의 태도야 부당하다 해도 친구들의 태도는 당연한 것이었다. 우리는 그들과 어울려 공놀이를 할 줄도 몰랐고, 함께 힘차게 달리는 법도 없었으며, 죽마를 타고 노는 일도 없었던 것이다. 특별히 자유를 얻는 날에도 우리는 친구들이 좋아하는 놀이를 하면서 즐겁게 어울릴 수 없었다. 우리 둘은 친구들의 놀이로부터 소외된 채 마당의 나무 밑에 쓸쓸히 앉아 있곤 했다. 이처럼 '시인과 피타고라스'는 학교라는 공동체 안에서 그들만의 소외된 삶을 살았다. 학생들은 그들만의 날카로운 직관과 예민한 자존심으로 우리의 정신이 자신들보다 우월하든가 아주 열등하다는 것을 예감했다. 그리하여 어떤 아이들은 우리의 말없는 귀족주의를 증오했고, 또 어떤 아이들은 우리를 아무 쓸모도 없는 놈들로 여기면서 경멸했다. 이런 감정들은 우리도 모르게 우리 사이에 존재했다. 그런데 이제서야 나는 그 감정들을 이해할 수 있을 것 같다. 루이와 나는 수업 시간이건 쉬는 시간이건 우리 책상이 있는 교실 구석에 웅크려 앉아 두 마리 쥐새끼처럼 지냈다. 이와 같은 특수한 상황 속에서 우리는 학급의 다른 학생들과 늘 전쟁 상태에 있을 수밖에 없었다. 항상 잊힌 채, 구석에 조용히 처

박혀 나름대로 행복했던 우리는 마치 두 그루 나무처럼, 교실의 조화를 유지하기 위해 필요한 두 개의 장식처럼 존재했다. 그러나 종종 심술궂은 몇몇 친구들이 힘을 과시하기 위해 우리를 괴롭혔고, 우리는 그런 친구들을 경멸했다. 그러고 나면 '시인과 피타고라스'는 무시당했다고 생각한 그 친구들에게 사정없이 얻어맞곤 했다.

랑베르의 향수병은 몇 달이나 이어졌다. 그를 사로잡았던 우울증을 어떻게 표현해야 할지 모르겠다. 루이 덕분에 나는 많은 걸작들을 접할 수 있었다. 둘이 함께 『아오스트 계곡의 나병 환자』*에 나오는 주인공 역할을 맡아 연기한 후, 우리는 메스트르가 우아한 필치로 설명한 것을 읽기도 전에 그 책에 표현된 감정들에 공감했다. 이처럼 하나의 작품은 유년기의 추억을 회상하게 할 수는 있어도, 그것이 남긴 추억이 주는 감동에는 절대 견줄 수 없을 것이다. 랑베르의 한숨을 통해 나는 슬픔에 대한 찬미를 배웠다. 그것은 『젊은 베르테르의 슬픔』의 가장 아름다운 구절들보다도 훨씬 더 깊이 내 가슴을 파고들었다. 게다가 정당하게든 부당하게든 법에 의해 비난받는 열정으로 인한 베르테르의 고통을 태양의 찬란함과 계곡의 이슬, 그리고 자유를 갈구하는 가엾은 루이의 괴로움과 비교할 수는 없을 것이다. 베르테르가 욕망의 노예였다면, 루이 랑베르의 영혼은 노예 자체였다. 동일한 재능을 가졌다면 가장 감동적인 사랑, 혹은 가장 순수하기에 가장 진실된 욕망에 근거를 둔 사랑의 감정은 천재의 비탄을 능가할 터이다. 한참 동안 마당의 보리수 나뭇잎을 바라보던 루이 랑베르는 한마디 말을

---

* 그자비에 드 메스트르의 단편소설(1811). 나병 환자와 병사의 대화로 이루어진 소설이다.

던졌다. 그러나 그 한마디는 그의 거대한 몽상을 드러내주었다.

"갑자기 교실 벽이 모조리 무너지고 내가 모르는 어떤 들판에 서 있는 듯한 그런 순간이 있어. 굉장히 행복한 순간이기도 하지. 하늘을 나는 새처럼 마음껏 생각할 수 있다는 게 얼마나 큰 기쁨인지!" 그는 또 내게 이렇게 묻기도 했다. "자연에는 왜 그리도 초록색이 많을까? 자연에는 왜 직선이 존재하지 않을까? 그런데 왜 인간들은 예술 작품에 곡선을 사용하지 않을까? 왜 인간만 직선을 고집할까?"

그가 한 말들로 미루어 볼 때 그가 실제로 자연 공간을 넘나들었음은 의심의 여지가 없다. 분명 그는 자연의 경치를 보았을 것이고 숲의 향기를 맡았을 것이다. 그는 살아 있는, 숭고한 애가(哀歌) 그 자체였다. 그는 체념했고 침묵했다. 늘 고통을 느꼈지만 '고통스럽다'는 말조차 하지 못했다. 이 세상 전체를 먹이로 삼고 싶었던 그 독수리는 좁고 더럽고 사방이 막힌 벽 안에 갇혀 있어야만 했다. 그리하여 그의 삶은 말 그대로 공상적인 것이 되어버렸다. 어쩔 수 없이 해야만 했던 아무짝에도 쓸모없는 공부를 한없이 경멸하면서 루이는 우리를 둘러싼 사물들로부터 분리된 채 공상의 세계에 머물곤 했다. 모든 아이들에게 모방 심리가 있듯이 나 역시 생각하는 것도, 행동하는 것도 모두 그를 따라 했다. 그보다 어렸던 만큼, 게다가 그보다 감수성이 훨씬 예민했던 만큼, 온몸을 깊은 명상에 잠기게 하는 일종의 수면 상태에 대한 그의 열정에 나는 커다란 감명을 받았다. 우리는 마치 연인처럼 함께 생각하고 서로의 몽상을 나누기도 했다. 본능적 감각이 뛰어났기에, 특별한 지적 능력이 있는 위대한 시인만이 가질 수 있는 날카로운 예지를 그는 이미 소유하고 있었다. 그런데 이러한 날카로움은 종종 시인들을 광기에 빠뜨리기도 한다. 어느 날인가 그는 내게 이렇게 물었다.

"너도 나처럼 너 자신과 상관없이, 네 안에서 기이한 고통이 생겨나는 것을 느껴본 적 있어? 예를 들어 칼날이 내 피부를 찌른다면 어떻게 될까를 상상하면 정말로 찔리기나 한 것처럼 갑자기 극심한 고통을 느끼게 되는 거야. 피만 보지 않았을 뿐이지. 그런데 이런 느낌은 마치 깊은 침묵을 깨는 갑작스러운 소음처럼 다가와 나를 놀라게 한단 말이야. 생각만으로도 육체적 고통을 느낄 수 있다?⋯⋯ 흠! 어떻게 생각해?"

루이가 자신의 생각을 잘 정리해 말할 때면 우리는 함께 순진한 몽상에 빠졌다. 우리는 사유의 발전 단계에 나타나는 현상들을 탐구했다. 그 현상들을 말로는 표현할 수 없었다. 루이는 아직은 생소하지만 언제라도 그 현상들을 설명할 수 있을 메커니즘을 밝혀내기 위해 사유의 발전 단계에서 일어나는 현상들의 가장 작은 움직임도 놓치지 않았다. 가끔은 유치하기도 했던 우리의 토론이 끝난 후, 루이는 내 손을 꽉 잡고 이글거리는 시선으로 나를 바라보며 마치 영혼으로부터 나온 것 같은 말을 한마디 던졌다. 그 말은 그가 하고 싶은 이야기를 요약한 것이었다.

"생각하는 것, 그것은 보는 것이야!" 어느 날 우리가 구조의 원칙에 대해 서로 반대 의견을 제시할 때 루이는 흥분하면서 이렇게 말했다. "모든 인문학은 연역법을 따르지. 연역법은 아주 느린 통찰력이며, 그것을 통해 원인에서 결과를 끌어내기도 하고 동시에 결과에서 원인으로 재이동하기도 해. 하지만 넓은 의미로 볼 때, 모든 시는 다른 모든 예술과 마찬가지로 사물에 대한 빠른 예견에서 발생하는 거야."

그는 유심론자였다. 유물론자였던 나는 지성조차 물리적 현상의 하나라고 주장하면서 감히 그를 반박하곤 했다. 우리 둘은 모두 옳았다. 아마도 유물론과 유심론이라는 말은 한 현상의 양면을 나타내는 것이리라. 사유의 본질 탐구에 몰두했던 그는 학교 수업을 게을리했고 선생님들이 내준 숙제를 경멸했다. 그 결과 항상 힘들어했으나, 그러한 궁핍한 삶을 일종의 자부심을 가지고 받아들였다. 자신이 특별한 가치를 지닌 탁월한 존재라고 확신했고, 그러한 신념은 그가 정신적인 작업을 할 수 있도록 지탱해주었다. 그의 영혼이 내 영혼과 만나는 것을 느끼면서 나는 얼마나 행복했던가! 의자에 나란히 앉아, 한 권의 책을 함께 읽으면서, 서로의 곁에서 잠시도 떠나지 않고, 각자의 존재조차 잊어버린 채, 같은 물에서 헤엄치는 두 마리 물고기처럼 사유의 대양에 빠져 있던 적이 얼마나 많았던가! 이와 같은 우리의 삶은 겉보기에는 무위도식하는 것처럼 보였을지 모른다. 그러나 우리는 마음으로, 그리고 머리로 존재했다. 감정, 사유, 이런 것들만이 학창 시절 우리의 유일한 관심사였다.

랑베르는 나의 상상력에 엄청난 영향을 주었다. 그 영향력은 지금 생각해도 생생히 느껴질 정도이다. 나는 그가 들려주는 불가사의한 이야기들을 경청했다. 그것은 실제 일어난 일조차 엉뚱한 방식으로 표현해, 아이뿐 아니라 어른까지도 정신없이 빠져들게 할 만큼 경이로운 이야기들이었다. 신비에 대한 루이의 열정 때문에, 또한 우리 둘 다 나이에 걸맞게 순진하고 고지식했기에, 우리는 종종 천당과 지옥에 대해 이야기를 나누었다. 루이는 스베덴보리의 이론을 설명하면서 천사에 대한 자신의 믿음을 함께 나누고 싶어했다. 가장 부정확하고

근거 없는 논증을 펼칠 때조차 인간의 능력이 얼마나 대단한 것인지 느끼게 해주었고, 그럼으로써 자신의 말에 진실성을 부여했다. 물론 진실성이 없다면 아무리 언변이 좋다고 해도 아무 소용이 없을 것이다. 그는 때 묻지 않은 순결한 상상력이 믿음을 만들어간다고 생각했다. 그 상상력이 인간의 운명적 종말을 좌우한다는 것이다. 실제로 어느 민족이든 역사의 초창기에 우상이나 교리를 만들지 않던가? 그리고 인간들을 두려움에 떨게 하는 초인간적 존재란 결국 모두 인간의 감정이나 극대화된 욕구를 의인화한 것에 불과하지 않은가? 시정 넘치는 스웨덴의 예언자에 대한 우리의 대화 중에서 아직도 기억에 남는 것을 요약해보면 다음과 같다. 그 뒤로 나는 스베덴보리의 책을 모두 읽어보았다.

우리 안에는 서로 다른 두 개의 피조물이 존재한다. 스베덴보리에 의하면, 천사란 내면이 외관을 제압하는 존재를 일컫는다. 인간은 자신의 이중성을 인식하는 순간 천사적 소명에 복종한다. 그리하여 자신의 내면에 존재하는 섬세한 천사성을 배양하게 된다. 만일 자신의 운명을 직시하는 능력이 부족해 지적인 삶을 풍요롭게 하는 대신 육체적 행위의 지배를 받게 되면 그의 모든 힘은 외적 세계의 타오르는 불 속에서 모두 소진되고 말 것이니, 그리하여 두 본성은 물질화되고 천사는 서서히 소멸할 것이다. 반대의 경우, 인간에게 고유한 본질의 내면을 실체화한다면, 영혼은 물질보다 우세해져서 물질로부터 분리되고자 할 것이다. 우리가 '죽음'이라고 부르는 것을 통해 물질과 영혼이 분리되면, 껍데기를 벗을 만큼 힘이 세진 천사는 비로소 자신의 진정한 삶을 살기 시작한다. 인간마다 다른, 수없이 많은 개성은 바로 이중적 존재로만 설명될 수 있다. 개개인의 성격은 이 이중적 존재를 이해시키고 보여준다. 언뜻 바보처럼 보이게 하는 무기력한 지성을 소유한 인간과, 내면의 시선으로 보는 능력을 지닌 인간의 차이는 천재와 보통 사람 사이에 장님과 견자를 구분하게 하는 것과 같은 거리가 존재함을 짐작하게 한다. 모든 창조의 원칙에 적용될 수 있는 이러한 생각은 하늘나라를 이해하는 열쇠가 될 것이다. 천상과 지상의 피조물들은 외관상 뒤섞여 있는 듯 보이지만 사실은 완전히 다른 영역에 속할 뿐 아니라, 풍습이나 언어도 서로 다르다. 천상의 존재들은 완전성을 추구하는 내면의 정신을 따르기 때문이다. 보이지 않는 세계에서건 실재하는 세계에서건, 누군가가 자격을 갖추지 못한 채 열등한 세계로부터 우월한 영역으로 들어갔다고 가정해보자. 그는 이 다른 세계에서 행해지는 습관도, 사람들이 하는 말도 이해하지 못할 것이다. 뿐만 아니라 그의 존재는 사람들의 마음과 목소리를 마비시킬 것이니, 아무도 그에게 마음을 열지 않을 것이요, 말을 건네지 않을 것이다. 『신곡』에서 단테는 고통의 세계에서 시작해 나선형의 움직임을 따라 천상에까지 이른 이 영역들에 대해 아마도 어느 정도 직감했을 것이다. 스베덴보리의 교리는 수많은 현상을 설명할 수 있는 명석한 정신에 의해 이루어졌다. 그리고 그 현상들에 따르면 천사는 인간들 중에서 나타난다.

지금 내가 논리적으로 요약하고자 애쓰는 이 교리는 랑베르에게 배운 것으로, 신비주의자 특유의 어법으로 표현되어 있어 온갖 신비의 마력을 지니고 있었다. 루이가 사용한 애매모호하고 추상적인 단어들과 표현법은 야코프 뵈메*, 스베덴보리, 귀용 부인 등을 탐독할 때처럼 머릿속에 깊은 인상을 주었다. 그 책들을 탐독하다 보면 마치 아편의 도움으로 꿈속에서 볼 수 있는 여러 형태의 환상이 떠올랐다. 랑베르는 너무도 이상하고 신비로운 현상들을 내게 들려주었는데, 그의 이야기가 나의 상상력을 얼마나 자극했던지 현기증이 날 지경이었다. 아무튼 나는 우리 눈에는 보이지 않는 이 신비로운 세계에 빠져드는 것이 좋았다. 그 세계가 불확실한 미래를 예견했더라도, 혹은 우화처럼 강렬한 인상을 주었더라도 상관없었다. 영혼에 대한 영혼 자체의 격렬한 반응은 나도 모르는 사이에 영혼의 위력을 일깨워주었고, 사색에 익숙해지게 했다.

랑베르는 천사들을 이해하는 그 나름의 체계로 모든 것을 설명하려 했다. 랑베르에게 젊은 시절에 꿈꾸는 순수한 사랑이란 천사와도 같은 두 존재의 결합에 다름없었다. 따라서 그 어떤 것도 천사 같은 여인을 만나고 싶은 그의 열망에 견줄 수 없었다. 그 누군들 그보다 더 사랑을 불러일으킬 수 있었겠는가! 그 누군들 그보다 더 사랑을 느낄 수 있었겠는가! 예민한 감수성을 불어넣어줄 수 있는 무언가가 존재한다면, 그것은 바로 그의 감정, 말, 행동, 아주 작은 몸짓, 그리고 단짝인 우리 둘을 묶어놓았던 공동생활, 이런 것들에 새겨진 순수한 애정이 아니고 무엇이겠는가? 우리 사이에는 내 것 네 것의 구별이 없었다. 우리는 한 사람이 혼자서 다른 사람의 숙제까지 해주려고 서로의 글씨체를 흉내 내기도 했다. 우리 중 하나가 수학 선생님한테 돌려줘야 할 책을 마저 읽어야 할 경우, 그 친구는 독서를 계속했고 다른

---

* 독일의 정신론자, 신비주의자(1575~1624).

친구가 그의 숙제와 벌과까지 대신, 그것도 엉터리로 대충대충 해주었다. 우리에게 숙제란 우리의 평온을 엄습하는 세금 같은 것이었다. 내 기억이 틀리지 않다면, 랑베르의 작문은 월등하게 탁월했다. 그러나 우리 둘 다 바보 취급을 당하는 상황이었기에 선생님은 항상 치명적인 편견을 가지고 우리의 작문을 분석했다. 뿐만 아니라 우리를 놀림감으로 만들어 다른 친구들을 즐겁게 해주려고 따로 남겨두기까지 했다. 두시부터 네시까지 수업을 마치고 난 어느 날 저녁, 선생님은 랑베르의 번역본을 빼앗았다. 그 글은 "가이우스 그라쿠스*, 고귀한 인물"이라는 문장으로 시작되었다. 루이는 그것을 "가이우스 그라쿠스는 고귀한 정신을 지녔다"고 해석했다.

선생님이 불쑥 물었다. "여러분, '고귀한'이란 단어에 정신이라는 뜻이 포함되어 있나요?"

교실은 웃음바다가 되었고 루이는 얼이 빠진 채 선생님을 바라보았다.

"스탈 부인께서 귀족 출신의 고귀한 가문을 뜻하는 단어를 자네가 잘못 해석한 것을 알면 뭐라고 하실까?"

"선생님보고 바보라고 하시겠지요!" 나는 낮은 소리로 속삭였다. 불행히도 이 말을 들은 선생님은 이렇게 응수했다. "시인 양반, 일주일 동안 감옥 신세 좀 져야겠군."

뭐라 형용할 수 없이 정다운 시선을 내게 보내면서 루이는 부드럽게 말했다. "고귀한 정신이여!" 이처럼 스탈 부인은 한편으로는 랑베

---

* 로마의 정치가(BC 153~BC 121). 형 티베리우스 셈프로니우스 그라쿠스와 함께 민중을 위한 개혁을 추구하다 죽임을 당했다.

르의 불행을 초래하는 장본인이기도 했다. 그를 비웃기 위해서 혹은 비난하기 위해서 선생님이건 학생이건 툭하면 그의 면전에 스탈 부인의 이름을 내뱉었다. 루이는 나와 함께 있기 위해 자진해서 감옥에 들어왔다. 그곳에서 우리는 그 어떤 장소보다 자유로웠기에, 기숙사의 고요함 속에서 하루 종일 마음껏 이야기를 나눌 수 있었다. 기숙생들은 저마다 골방을 하나씩 가지고 있었다. 골방은 사방 2미터 정도의 크기에, 위쪽에는 창살이 쳐져 있었다. 그리고 창살문은 우리의 기상과 취침 시간을 감독하는 신부님의 감시 아래 밤이면 닫혔다가 다음 날 아침에 열렸다. 기숙사의 하인들이 철커덕거리며 기민하게 여닫는 문 소리 또한 이 학교의 특색 중 하나였다. 이렇게 지어진 골방은 우리에게 감옥으로 쓰였고, 어떤 때는 몇 달이고 그 속에 갇혀 지냈다. 감옥에 갇힌 학생은 담임 교사의 엄한 감시를 받았다. 선생님은 종종 일정한 시간에 혹은 시도 때도 없이 우리가 벌과 공부 대신 수다나 떨고 있지 않은지 감시하기 위해 살금살금 다가오는 일종의 간수였다. 그러나 계단에 박아놓은 호두 껍질 덕분에, 그리고 우리의 예민한 청각 덕분에 선생님의 발소리쯤은 미리 알아듣고 아무렇지 않게 열심히 공부하는 척했다. 그러나 독서는 금지되었다. 갇혀 있는 시간 동안 우리는 주로 형이상학에 관해 토론하거나, 사유의 현상과 관련된 흥미로운 사건에 대한 이야기를 주고받았다.

지금 내가 이야기하고자 하는 것은 물론 많은 놀라운 사건 중 하나이다. 그것은 단지 랑베르와 관련된 이야기여서만이 아니라 미래의 그의 학문에 결정적인 역할을 한 일이기 때문이다. 교칙에 따르면 일요일과 목요일은 휴일이었다. 그러나 대개 일요일에는 성무 제식에 참석해야 했기 때문에 우리는 목요일만을 휴일로 여겼다. 아침 미사만 끝나면 우리는 방돔 근처의 들판을 마음껏 산책하며 돌아다닐 수 있었다. 로샹보 저택은 우리의 산책길 중 가장 유명한 장소였다. 아마도 가장 먼 곳에 있었기 때문일 것이다. 저학년 아이들에게는 그 피곤한 외출이 흔한 일이 아니었다. 아무튼 일 년에 한두 번 정도씩 담임 선생님은 일종의 보상으로 로샹보 성으로의 소풍을 권했다. 우리가 그곳에 처음으로 간 것은 1812년 늦봄이었을 것이다. 성주가 기분이 내키면 학생들에게 우유를 주기도 한다는 그 유명한 성을 보고 싶은 욕심에 모두 얌전하게 행동했다. 소풍을 방해하는 것은 아무것도 없었다. 루이와 나도 그 성이 들어선 아름다운 루아르 계곡을 본 적이 없었다. 그래서 우리는 전날부터 온통 마음이 들떠 있었다. 우리뿐 아니라 학급 전체가 환희에 차 있었다. 교칙을 위배하는 일이었지만, 우리는 선생님들 몰래 가지고 있던 돈으로 과일이나 우유를 사 먹기로 약속하면서 저녁 시간 내내 그 이야기만 했다. 다음 날 점심식사 후 열두시 반에 우리는 모두 간식으로 배당받은 빵 한 조각씩을 허리에 차고 로샹보 성을 향해 떠났다. 제비들처럼 민첩하게 무리 지어 걸어갔다. 다들 어찌나 열성적이었던지 피곤을 느끼는 아이는 하나도 없었다. 산 중턱에 들어앉은 성과 초승달 모양의 초원을 굽이쳐 흐르는 강물이 반짝반짝 빛나는, 구불구불한 계곡이 바라다보이는 언덕에 이르렀다. 경치가 기가 막혔다. 젊음과 사랑의 생생한 감동이 너무 큰 매혹적 인상을 심어주었기에 그 느낌을 간직하기 위해서는 절대 다시 가지 말아야 할 그런 경치였다. 그곳에 이르자 루이가 말했다. "아니, 이건 어젯밤 내가 꿈속에서 본 바로 그 풍경이야!" 그는 우리가 서 있는 작은 숲, 나뭇잎들이 배치된 모양, 물 빛깔, 성의 망루, 땅의 기복, 멀리 보이는 경치 등 그가 처음 본 것임에 틀림없는 그곳의 세세한 부분까지 모두 기억했다. 당시 나는 겨우 열세 살이고 루이는 열다섯 살이었다. 설사 루이가 천재의 심오함을 지니고 있었다 할지라도 우리는 둘 다 어린아이였다. 아무튼 그 당시 우리 둘의 우정 어린 삶에서는 누구도 아무리 사소한 행동이라도 거짓말을 할 수 없었다. 게다가 루이가 사유를 통한 절대적 능력으로 그 사실의 중요성을 감지했다 하더라도, 그 효력을 당장 예측하기에는 역부족이었을 것이다. 그리하여 그 자신도 그 현상에 놀랐던 것이다. 나는 그에게 어릴 때 로샹보에 와본 적이 없느냐고 물었고 그 질문에 그는 당황했다. 그는 기억을 더듬더니 없다고 대답했다. 많은 사람들의 수면 현상에서 이와 비슷한 일이 나타나곤 한다. 그렇지만 이 사건은 랑베르가 특별한 능력을 가졌음을 깨닫게 해 주었다. 사실 그는 이로부터 모든 학문적 체계를 끌어낼 수 있었다. 다시 말해 마치 퀴비에*가 다른 분야에서 그랬듯이, 그는 사유의 조각들을 모아 하나의 새로운 창조물을 재구성할 줄 알았던 것이다.

우리 둘은 오래된 떡갈나무 아래 앉았다. 잠시 깊이 생각하던 루이가 말했다. "엉뚱한 생각이긴 하지만, 풍경이 내게로 다가온 게 아니라면 내가 풍경에게 간 걸 거야. 만일 내가 기숙사 골방에서 잠자는 동안 이곳에 왔다면, 그것은 내 육체와 정신이 완전히 분리될 수 있음을 말해주는 게 아닐까? 육체가 이동할 수 있듯이 정신도 옮겨 다닐 수 있다는 것을 증명하는 게 아닐까? 그런데 만일 잠자는 동안 나의

* 프랑스의 동물학자, 고생물학자(1769~1832).

56

정신과 육체가 분리될 수 있다면, 어째서 깨어 있을 때는 분리할 수가 없는 것일까? 이 두 명제 사이에는 타협의 여지가 없어. 좀더 세부적으로 설명해볼까? 그러한 현상은 두 가지 형태로 이루어져. 우선 육체라는 껍데기를 가진 제2의 존재가 특별한 능력을 가지고 그러한 일을 해낼 수 있겠지. 왜냐하면 나는 기숙사 방에서 그 광경을 보았으니까. 그것은 가히 학술적 이론을 뒤집는 것일 거야. 그러나 그 현상은 감정이 들끓는, 아직은 그 이름을 알 수 없는 신경 안에서 일어나거나, 혹은 사고가 우글거리는 뇌의 기관에서 일어날 수도 있어. 그런데 이 두번째 가정은 이상한 문제들을 제기하지. 나는 걸었고, 보았고, 들었어. 그러나 걸음이라는 움직임은 공간이 있어야만 포착되고, 소리는 모퉁이 안에서 혹은 표면에서만 작용하고, 색채는 빛에 의해서만 판별되는 거야. 그런데 만일 밤에 눈을 감고서 내 안에서 색깔 있는 물체를 보았다면, 만일 절대적인 침묵 속에서, 음이 만들어질 수 없는 상황에서 어떤 소리를 들었다면, 만일 완벽한 부동의 상태에서 어떤 공간을 넘나들었다면, 그것은 우리가 외적 신체의 법칙과는 무관한 어떤 내적 능력을 소유했기 때문일 거야. 정신은 물질 세계 안으로 침투할 수 있지. 인간의 이중적 삶을 드러내는 수면의 증상에 대해 왜 인간들은 무심했을까? 어째서 그 현상에는 새로운 과학이 존재하지 않는 것일까?" 이렇게 말하더니 그는 이마를 탁 치면서 덧붙였다. "그것이 과학적 법칙은 아니라 할지라도 인간의 무한한 능력을 드러내는 것만은 틀림없어. 적어도 인간의 두 본질이 분리될 수 있다는 걸 말해주니까. 이것이야말로 내가 아주 오래전부터 고민해왔던 문제야. 드디어 내가 우리의 잠재적 감각과 외적 감각이 구분된다는 탁월한 이론을 증명할 수 있게 되었어! 이원론적 인간이여!" 그러더니 그는 잠시 아무 말도 하지 않다가 회의적인 표정으로 말했다. "그런데 어쩌면 우리에게는 두 가지 본성이 존재하지 않는 것은 아닐까? 어쩌면 우리는 내적이고 개선 가능한 하나의 자질만 가졌는지도 몰라. 그리고 그 자질의 실천과 개발로 우리가 아직 깨닫지 못한 활기와 통찰력과 이상을 알게 되는지도 모르지. 우리의 자만심에 의해 생긴 정열과도 같은 경이로움을 사랑하는 우리는 그 결과들을 시적 창조로 변화시킬 수 있을 거야. 그것은 우리가 그 결과들을 잘 이해하지 못하기 때문이지. 이해할 수 없는 것을 신격화하는 것은 얼마나 편리한지! 아! 내 환상이 무너진다면 나는 통곡할 거야. 나는 두 가지 본성과 스베덴보리의 천사성을 믿고 싶었어! 그런데 이 새로운 과학이 내 과거의 믿음을 무너뜨리는 것은 아닐까? 그래, 잘 알려지지 않은 속성에 대한 실험에는 외관상 유물론적인 과학이 포함되지. 왜냐하면 정신은 실체를 이용하고, 분해하고, 실체에 활기를 불어넣어주니까. 그렇다고 해서 정신이 실체를 파괴하는 것은 아니야."

그는 슬픈 얼굴로 잠시 생각에 잠겼다. 아마도 이제 곧 벗어버려야 하는 배내옷과도 같은 어린 시절의 꿈을 보고 있었을 것이다.

그러더니 그는 웃으면서 말했다. "시각과 청각은 신기한 연장을 담은 상자 같은 것일 거야!"

천상과 지옥에 대해 이야기할 때면 그는 늘 지배자의 시선으로 자연을 바라보았다. 그러나 그날, 그는 지극히 과학적인 마지막 말을 하면서 그 어느 때보다도 더욱 대담하게 경치를 내려다보았다. 그의 이마는 천재적인 노력을 기울이느라 터질 것만 같았다. 마땅한 새 단어가 떠오르기 전에는 일단 정신적 능력이라고밖에 말할 수 없는 능력이 그에게는 있었다. 그리고 그 능력을 투영하도록 되어 있는 그의 신체 기관들이 그것을 분출하는 것 같았다. 그의 시선은 사유를 던지고 있었고, 들어 올린 손과 침묵하면서도 떨리는 입술은 무엇인가를 말하고 있었다. 너무 격렬한 정열에 지쳐버렸는지, 아니면 그 정열이 너무 무거워서인지 그의 머리는 가슴께로 축 처져 있었다. 이 아이, 이 거인은 몸을 숙여 내 손을 꼭 잡았다. 진리를 탐구하느라 열이 나서 손이 촉촉이 젖어 있었다. 그러고는 잠시 후 "나는 유명해질 테야!" 하고 말하더니 활기찬 어조로 덧붙였다. "하지만 너도 유명해질 거야. 우리는 둘 다 의지의 화학자가 될 거야."

세심한 마음이여! 나는 그가 우월하다는 것을 잘 알고 있었다. 그러나 그는 내가 절대로 그것을 느끼지 못하도록 신경을 썼다. 그는 나와 함께 사유의 정수를 나누었으며, 자신의 발견에 항상 내가 한몫을 했음을 강조했다. 그리고 부족하지만 내 나름대로 사색할 수 있도록 배려했다. 사랑에 빠진 여인과도 같이 우아했던 그는 순수한 감정을 지녔고 삶을 선하고 다정하게 만드는 세심한 영혼을 가지고 있었다.

그다음 날로 그는 『의지론』을 쓰기 시작했다. 그의 성찰에 따라 집필 계획과 방법이 중간에 수정되긴 했지만 그날의 엄숙한 사건이 그 책의 근원이 되었음은 의심의 여지가 없다. 시종이 옆에 다가올 때마다 전류가 흐르는 듯한 느낌을 받았던 메스머*가 그 경험을 바탕으로 자기학을 발명했듯이 말이다. 당시 자기학은 트리포니우스**의 동굴 속

---

* 독일의 의학자(1734~1815). '동물자기설'로 유명하다.
** 고대 그리스의 도시 델포이에 아폴론 신전을 지은 건축가로 알려져 있다.

에, 이시스와 델포이의 신비에 파묻혀 있던 것을, 메스머가 재발견한 학문이었다. 그는 골상학의 선구자인 갈*을 예고하는 라바터**에 비견할 만한 비범한 인물이었다. 뜻하지 않은 사건으로 인해 이념을 확고히 세운 랑베르는 그 여세를 몰아 자신의 이론을 폭넓게 발전시켜나갔다. 우선 그는 산만하게 습득한 진리와 이론을 분류해 다시 정리했다. 그러고는 마치 주조공이 용광로 속에 철을 흘려 넣듯이 일군의 이론들을 만들었다. 루이는 육 개월간 쉼 없이 연구를 계속했고 이는 동급생들의 호기심을 자극하기도 했지만, 동시에 그의 작업은 치명적인 결말을 초래한 잔인한 희롱의 대상이 되었다. 어느 날이었다. 우리를 박해하던 친구들 중 하나가 우리의 원고를 굳이 보려 했다. 그는 몇몇 폭군을 선동해 우리 보물이 담긴 상자를 난폭하게 빼앗았다. 랑베르와 나는 상자를 빼앗기지 않기 위해 죽을힘을 다해 저항했다. 약탈자들은 상자가 잠겨 있어 열어볼 수 없게 되자 부숴버리려고 했다. 그들의 악의에 찬 장난에 우리는 경악했고 큰 소리로 울부짖으며 항의했다. 정의감 때문인지, 아니면 우리의 영웅적인 저항에 감동해서인지, 아무튼 몇몇 학우들은 우리를 가만히 내버려두라고 거만하게 말하면서 우리에게 값싼 동정심을 베풀기도 했다. 그때 소란스러운 소리에 이끌려 교실에 들어온 오구 신부님이 갑자기 싸움에 개입하여 자초지종을 물었다. 담임 신부님은 적들이 우리의 벌과 공부를 방해했음을 알고는 그들의 포로인 우리를 옹호했다. 그런데 비겁한 약탈

---

* 독일의 의학자(1758~1828). 골상학의 창시자.
** 스위스에서 태어나 독일에서 활동한 시인이자 사상가, 신학자. 골상학의 창시자
(1741~1801).

자들이 신부님에게 용서를 구하기 위해 루이의 원고가 담긴 상자의 존재를 폭로했다. 몰인정한 오구 신부님은 그 상자를 내놓으라고 명령했다. 만일 우리가 저항한다면 신부님이 그 상자를 부숴버릴지도 몰랐다. 할 수 없이 랑베르는 열쇠를 신부님한테 건네주었다. 신부님은 원고들을 들춰보더니 이렇게 말하면서 압수해버렸다. "이런 쓸데없는 짓을 하느라 공부를 게을리했군!" 랑베르의 두 눈에서 눈물이 뚝뚝 떨어졌다. 스스로 정신적으로 우월하다고 생각하던 그의 자존심에 상처를 입었을 뿐 아니라 근거 없이 모욕당했다는 생각, 그리고 우리가 느낀 배신감, 이런 것에 참을 수 없었던 것이다. 우리는 고발자들에게 비난의 시선을 보냈다. 공동의 적에게 우리를 팔다니! 학생끼리 정한 법칙에 따라, 설사 우리끼리는 싸울지언정 우리의 잘못을 신부님에게 고해바치지는 말았어야 하지 않은가! 물론 그들은 얼마 동안 자신들이 저지른 비열한 행동에 일말의 수치심을 느꼈다. 오구 신부님은 필경 그 학문적 보물들의 중요성을 간과한 채 방돔의 어느 삼류 작가에게 『의지론』을 팔아버렸을 것이다. 그리고 그 글이 지닌 사상의 씨앗은 발아하지도 못한 채 무식한 사람들의 손에서 사라져버렸을 것이다.

그로부터 여섯 달이 지난 후 나는 학교를 떠났다. 따라서 나는 랑베르가 그 책을 다시 쓰기 시작했는지 어떤지 알지 못한다. 당시 그는 우리의 이별로 인해 우울증에 빠져 있었다. 루이의 책에 관한 불행한 사건을 회상하면서, 그의 학문의 초석이 된 그 작품을 떠올리면서, 나는 실제로 루이가 생각했던 제목을 내 소설* 속에 등장하는 허구적 작

---

* 소설은 『나귀 가죽』을 말한다. 그 소설 속의 주인공 라파엘은 『의지론』을 집필한다. 그리고 라파엘이 사랑했던 여인의 이름도 루이가 사랑했던 여인의 이름처럼 폴린이다.

품의 제목으로 차용했고, 그에게 소중했던 여인의 이름을 그 소설 속 작중인물 중 하나인 헌신적인 젊은 여인에게 부여했다. 그런데 그에게서 빌린 것은 그뿐이 아니었다. 나의 문학적 주제는 우리가 젊은 시절 함께 명상했던 것에 대한 추억에 많은 빚을 지고 있었고, 나의 글쓰기에 루이의 개성과 연구가 매우 유용했음은 말할 것도 없다. 이제부터의 이야기는 나에게 자신의 모든 것을, 자신의 사유를 물려준 한 사람의 삶을 기록한 작은 돌기둥을 세우는 데 바쳐질 것이다. 어린 시절에 쓴 『의지론』에서 랑베르는 성숙한 관념 세계를 구축했다. 십 년 후, 나는 우리에게 강한 인상을 준 어떤 현상에 몰두하던 몇몇 학자를 만나 이야기를 나누다가, 루이의 이론이 얼마나 중요한 것인지를 비로소 이해하게 되었다. 그는 그때 이미 그 현상들을 기적이라 할 만큼 완벽하게 분석한 터였다. 그런데 이제까지 나는 그것을 어린 시절의 유치한 발상으로만 여기고 까마득히 잊고 있었던 것이다. 그리하여 내 불쌍한 친구가 이룩한 주요 업적들을 기억하는 데에는 여러 달이 필요했다. 모든 기억을 되살린 결과 나는 그의 연구 업적을 다음과 같이 정리할 수 있었다. 단언컨대 1812년부터 이미 그는 『의지론』*에서 여러 가지 이론을 세우고 논의했는데, 그에 따르면 언제라도 그것들을 증명할 수 있으리라는 것이었다. 그의 철학적 이론은 필히 시간적 간격을 두고 드문드문 나타나는 위대한 사상가들 무리에 그가 속하기

---

* 『의지론』은 쇼펜하우어의 『의지와 표상으로서의 세계』(1818)를 연상시킨다. 실제로 발자크가 이 작품에서 전개하는 철학 사상의 많은 부분이 쇼펜하우어의 이론과 만난다. 이 소설 속 화자는 루이 랑베르가 1812년에 이미 『의지론』을 집필했다고 밝히고 있어, 일견 이 작품이 쇼펜하우어의 영향을 받았다는 것이 모순처럼 보일 수도 있지만 『루이 랑베르』는 1832년에 쓰인 작품이다.

에 충분할 만큼 깊이 있는 것이었다. 그리하여 그것은 미래의 과학적 원리를 꾸밈없이 드러내며 그 원리의 근원적 뿌리는 서서히 자라나 어느 날 지성의 세계에 아름다운 열매를 맺게 할 터였다. 예를 들어 보잘것없는 장인에 불과했던 베르나르*는 에나멜의 비밀을 밝혀내고자 열심히 땅을 판 결과, 16세기에 누구도 범할 수 없는 절대적인 천재의 권위를 가지고 지질학적인 사실을 발견하게 되었고, 그것에 대한 논증은 오늘날 뷔퐁**과 퀴비에에게 영광을 안겨주었다. 나는 『의지론』의 기초가 되는 몇 가지 주요 명제를 가지고 랑베르의 이론을 소개할 수 있으리라 생각한다. 그것을 위해 랑베르가 자신의 이론을 전개하고자 불가피하게 사용했던 여러 명제를 면밀히 검토하고 분석해보려 한다. 그러나 나는 랑베르와는 다른 길을 걸었기에, 그의 연구 성과 중에서 내 연구 체계에 도움이 되는 것만을 선별해 사용했다. 뿐만 아니라 그의 제자라 할 수 있는 나는 그의 이론을 내 나름의 방식으로 해석하고 내 나름의 색채를 가미하였다. 따라서 내가 그의 이론을 충실히 전달할 수 있을지는 잘 모르겠다.

새로운 사상을 펼치기 위해서는 새로운 단어가 필요할 것이다. 혹은 의미가 확장되고 보다 잘 정의된 옛 용어를 받아들여야 할 것이다. 그리하여 랑베르는 자신의 학문적 기본 체계를 설명하기 위해 평범하고 일상적인 단어들을 사용했는데, 그 용어들의 해석만 보아도 막연하게나마 그의 사유를 짐작할 수 있다. '의지'***라는 용어는 사유를

---

* 프랑스의 도예가이자 작가인 베르나르 팔리시(1510~1589)를 가리킨다.
** 프랑스의 자연과학자, 작가(1707~1788).
*** 이는 쇼펜하우어가 도입한 개념으로, 그는 '의지'와 '의욕'을 구분한다. 의욕은 경험적인 것이며, 의지는 형이상학적인 개념으로 근원적인 힘을 말한다.

발전시키는 매개체를 나타내는 데 쓰인다. 좀더 구체적으로 말하자면, '의지'란 일군의 힘인데 그 힘에 의해 인간은 자기도 모르게 자신의 삶을 형성하는 행위들을 재현할 수 있다. '의욕'이란 로크가 철학적 성찰에서 인용한 용어로, 인간이 '의지'를 사용할 수 있게 하는 행위를 말한다. 랑베르에게 '사유'란 의지의 산물들 중의 진수를 의미한다. 또한 그것은 '사유'의 본질인 관념이 만들어지게 하는 매개체이기도 하다. 모든 두뇌 활동에 붙는 '관념'이라는 보통명사는 행위를 구성하며, 그 행위에 의해 인간은 사유할 수 있다. 이렇듯 '의지'와 '사유'는 두 가지 기본 능력이다. 그리고 '의욕'과 '관념'은 그 두 가지 활동에 따른 두 개의 결과이다. 랑베르에게 '의욕'은 추상적인 상태로부터 구체적인 상태에, 유동적 단계로부터 확고한 표현에 이르는 관념을 나타내는 것인 듯 보인다. 하지만 그 용어들에 대한 통찰은 서로 구별하기가 매우 어렵다. 랑베르에 의하면 '의욕'과 '의지'가 외적 삶의 움직임과 행동을 구성하듯이, '사유'와 '관념'은 우리 내적 기관의 운동이자 행위이다.

그는 사유에 앞서 의지가 작용하게 했다. "사유하기 위해서는 의지가 있어야 한다"는 것이다. "그러나 많은 사람들이 사유에까지 이르지 못하고 의지의 상태에 머물러 있어. 북쪽 사람들은 오래 살고, 남쪽 사람들은 일찍 죽어. 하지만 북쪽 사람들은 무감동한 삶을 사는 반면, 남쪽 사람들은 의지 때문에 끊임없는 흥분 상태에 놓여 있지. 너무 춥거나 너무 더운 지방에서는 사람들이 무기력해지기도 해." 그가 사용한 매개체라는 표현은 유년 시절에 어떤 것을 관찰하다가 떠오른 것이었다. 그는 그 관찰의 중요성을 의심치 않았는데, 이상하기 이를 데 없던 그 현상은 아무것도 무심히 넘기지 않는 그의 상상력을 자극하기에 충분했다. 가냘프고, 예민하고, 섬세하고, 상냥했던 그의 어머니는 여성으로서의 특질을 완벽하게 갖춘 여인이었다. 그러나 불행히도 운명은 그녀를 사회의 밑바닥에 머물러 있게 했다. 사랑 그 자체였던 여인, 그리하여 참고 견디는 여인이었던 그녀는 자신의 모든 능력을 모성애에 쏟은 후 젊은 나이에 세상을 떠났다. 여섯 살 때 랑베르는 어머니 침대 곁 커다란 요람 안에 깨어 있는 채로 누워 있곤 했다. 그때 그는 빗질을 하고 있는 어머니 머리에서 정전기 불꽃이 튀는 것을 보았다. 그 뒤 열다섯 살이 된 루이는 어릴 때 즐겨 보던 그 광경을 토대로 과학적 이론을 정립했다. 그가 목격한 것은 알 수 없는 감정을 발산하거나 뭔지 모를 넘치는 힘이 소진되는 운명을 가진 모든 여인들에게 흔히 일어나는 현상으로, 그런 현상이 일어날 수 있다는 것은 부인할 수 없는 사실이다.

랑베르가 자신의 이론을 뒷받침하기 위해서는 몇 가지 해결할 문제가 남아 있었다. 그것은 과학에 던진 도전장이었다. 그는 자신에게 다음과 같은 질문을 하면서 스스로 해답을 찾고자 했다. 만일 전기를 구성하는 원리가 기본적으로 어떤 특별한 유체, 우리의 관념과 의욕이 분출되는 특수한 유체 안에서 싹트는 것이 아니라면? 사유가 흐려지거나 명확해지는 정도에 따라 머리칼은 퇴색하고, 은빛이 나며, 빠지고, 사라져버린다. 그런데 그 머리칼이 혹은 흡수하고 혹은 발산하는 완전히 전기적인 모세관같이 가느다란 조직 체계를 구성하지 않는다면? 우리 내부에서 생성된 본질인 동시에 아직 관찰되지 않은 몇몇 조건에 따라 자발적으로 반응하는, 우리 의지에 따라 유기체적 현상들이, 보이지도 않고 만질 수도 없는 유체의 현상, 그리고 죽은 사람의 신경 조직에 볼타전지를 연결했을 때 발생하는 현상보다도 놀랄 만한 것이라면? 만일 관념의 형성과 그것에 대한 끊임없는 열광이, 눈에 보이지는 않지만 그 활동이 격렬하여 사향 알갱이가 무게를 잃지 않은 채 민감하게 반응하는 미립자의 증발 현상보다도 이해하기 어렵지 않다면? 뇌 안에 있는 유체의 순환은 사유의 변화에 즉각 반응한다. 그러나 만일 몸에 흐르는 피와 그 순환 장치가 방어하고 흡수하고 땀나게 하고 피부로 느끼게 하는 모든 임무를 우리를 감싼 피부 조직에 일임한 채, 우리의 의지가 변질되는 현상에 대응하지 않는다면? 마지막으로, 만일 사유와 의지라는 두 가지 본질의 활발한 활동이 신체 기관들의 완전성이나 불완전성의 결과가 아니라면? 물론 이 경우 신체 기관들의 조건은 모든 양상에서 연구되어야 할 테지만 말이다.

이와 같은 원칙을 세우고 난 후 그는 인간 삶의 현상을 두 가지로 분류하고자 했다. 그리고 확신 가득한 열성을 가지고 각각의 현상을 독특한 방식으로 분석했다. 즉 거의 모든 생물체에서 두 가지 다른 운동을 관찰해 탐색하고, 우리의 본성으로 인정하기까지 했다. 그리고 그것에 '행동(능동적 작용)'과 '반응(수동적 반작용)'이라는 근본적으로 대립되는 용어를 붙였다. 그는 말했다. "욕망이란 밖으로 드러나기 전에 우리 의지 안에서 전적으로 실행되는 현상이야. 그렇게 해서 우리의 '의욕'과 '관념'의 총체는 **행동**하고, 밖으로 드러난 외적 행위의 총체는 **반응**하지." 오랜 세월이 흐른 후, 외적 감각의 이중성에 대한 비샤*의 이론을 접한 나는 이 유명한 생리학자와 랑베르의 이론이 놀랍게도 일치하는 것을 발견하고는 깜짝 놀랐다.** 이름을 날리기 전에 세상을 떠난 그들 두 사람은 무언지 모를 진리를 찾아 동일한 길을 걸었던 것이다. 자연의 생명체를 구성하는 다양한 장치들은 이중적으로 작용하는 경향이 농후하다. 인간 신체 기관의 이중적 작용 역시 더 이상 이론의 여지가 없는 것으로서, 매일매일 일어나는 우연한 사건들의 여러 가지 증거로 미루어 보아 그것은 **행동**과 **반응**에 대한 랑베르의 이론을 뒷받침해준다. 알 수 없는 그 무엇, 즉 확실히 알 수 없는 사유나 의지의 다양한 능력을 가능하게 하는 신비로운 작은 섬유들의 총체를 명명하기 위해 사용된 용어인 **능동적으로 행동하는** 존재, 혹은 내적 존재, 다시 말해 투시력을 가진, 모든 것을 성취하는, 구체적으로 증명하기도 전에 이미 완수해버리는 이름 없는 존재는 자신의 본성을 따르기 위해 어떠한 물리적 조건에도 굴복하지 말아야 한다. 반면 **수동적으로 반응하는** 존재, 혹은 외적 존재, 즉 눈에 보이는 인간은 그 물리적 조건 때문에 표현하는 데 있어 저지를 당한다. 그로부터 우리의 이중성에 대한, 겉으로 볼 때 가장 기이한 결과들에 대한 논리적 설명과 정확하거나 혹은 잘못된 여러 체제의 수정이 가능해진다. **능동적으로 행동하는** 존재의 꾸밈없고 자연스러운 몇몇 현상을 예감한 어떤 이들은, 마치 스베덴보리처럼, 시에 대한 사랑에 빠지고 숭고한 원

---

* 프랑스의 해부학 의사이자 생리학자(1771~1802). 조직학과 일반병리학을 확립하였다.
** 비샤는 『삶과 죽음의 생리학』에서 생리학이란 죽음에 저항하는 기능들의 총체라 정의한다. 그에 따르면 자신을 파괴하려는 힘에 대하여 끊임없이 반응(반작용)하는 것이 생명의 법칙이다. 발자크도 비샤처럼 행위와 반응의 관계를 대립된 것으로 파악한다. 그러나 비샤가 반응을 가장 중요한 생명의 원칙으로 파악한 반면, 발자크는 반응을 단지 외적 존재의 특성으로만 파악한 채, 능동적으로 행동(작용)하는 능력을 가진 정신적 존재에 가치를 부여한다.

칙에 취한 불같이 격렬한 영혼에 의해 실재계 너머의 세계로 이끌렸다. 그리하여 그들은 이유도 모르는 채 그 현상들을 찬미하면서, 내면의 장치를 신성화하고 신비로운 세계를 구축하는 기쁨을 느꼈다. 그리고 그 세계로부터 천사들이 탄생했다. 아! 랑베르가 포기하지 못했던 감미로운 환상인 천사들이여! 랑베르는 자신의 분석의 칼날이 그들의 빛나는 날개를 잘라버리는 바로 그 순간까지도 천사에 대한 환상을 품고 있었다.

"결국 천상이란 완벽에 가까운 능력을 가진, 즉 내면의 능동성을 회복한 자들의 '내세'이고, 지옥이란 불완전한 능력을 가진 자들이 떨어져 소멸해버리는 '무'라고 볼 수 있을 거야"라고 그는 말했다.

그런데 예수와 데카르트 사이, 즉 믿음과 회의(懷疑) 사이의 긴 세월 동안 인간의 마음을 지배했던 종교적이고 신비주의적인 경향을 인간의 오성이 수세기 동안 간직했다면, 이러한 인간 내적 본성의 신비를 신의 개입에 의한 것 말고 달리 어떻게 설명할 수 있겠는가? 현자들은 신이 아닌 그 누구에게 보이지 않는 생명체의 비밀을 물을 수 있었겠는가? 지극히 민감하게 행동하고 반응하는 그 생명체는 완벽할 정도의 포괄적 능력을 가졌으며, 불가사의한 어떤 조건만 부여하면 놀라운 힘을 발휘하기도 한다. 그래서 현자들은 투시와 공간 이동이라는 현상을 통해 그 생명체가 '지적 공간'인 '시간'과 '물리적 공간'인 '거리'라는 두 양상 사이에서 공간을 파괴해버리는 것을 보기도 하고, 혹은 회고의 능력 덕분이건 역사 순환의 신비에 의해서건 과거를 재구축하는 것을 목격하기도 한다. 역사 순환의 신비란 꽃씨의 모양, 내종피, 퇴화 기관의 흔적만 보아도 다음에 어떤 분위기, 어떤 향기, 어떤 모양의 꽃을 피울지를 예상할 수 있는 능력과 유사하다. 결국 현자들은 근원적 원인을 파악해서건 육체적인 예감에 의해서건, 생명체의 미래를 불완전하게나마 예측할 수 있는 것이다.

그러나 시적 견지에서 볼 때 별로 종교적이지 않으며, 냉정하고 이성적인, 필시 엉터리일 것이 분명한 어떤 이들은 머리로 혹은 가슴으로 열광하면서 여타의 현상과는 무관한 고립된 현상이 존재함을 주장한다. 그들은 그것이 보편적인 중심으로부터 방사되어 나가는 현상임을 알지 못한 채, 고립된 것들을 진리라고 주장한다. 저마다 자신이 발견한 단순한 사실을 학문으로 세우려고 한다. 그리하여 귀신학이라든가 점성술, 마법 같은, 일시적인 사건이 기초가 된 미래를 예측하는 것과 관련된 학문이 생겨나게 되었다. 그 사건들은 본질적으로 일시적이다. 왜냐하면 완전한 미지의 상황 속에서 사람들의 기질에 따라 변화하기 때문이다. 그러나 학자들의 오류 때문에, 그리고 수많은 순교자를 낳은 종교재판 때문에 **행동하는** 인간이 가진 놀라운 능력은 증명될 수 있었다. 랑베르에 따르면 **행동하는** 인간은 **반응하는** 인간과 완전히 분리될 수 있다. 행동하는 인간은 껍질을 부수고 자기 앞에 가로놓인 사방 벽을 무너뜨릴 수 있다. 선교사들의 말을 빌리자면 힌두교에서는 이러한 현상을 **토케이아드**라고 부른다. 그리고 나서는 또 하나의 능력에 의해 이미 형성되었거나 지금 형성되고 있는 관념, 그리고 과거의 모든 인식을 머리로 포착할 수 있다. 머리 회전이 아무리 둔하다고 할지라도 말이다.

"환영을 볼 수 있다면, 그것은 인간의 본질이 무엇인가 하는 관점에서 인간을 표상하는 관념을 인식하는 능력을 가진 사람들에게나 가능한 것일 거야. 그리고 그들의 삶은 아마도 영원불멸할 거야. 그들의 삶은 외적 감각으로는 지각되지 않아. 그러나 황홀경에 이르거나 완벽하게 보는 능력을 갖게 될 경우, 그들의 삶은 내적 존재에 의해 지각될 수 있을 거야'라고 랑베르는 말했다.

나는 랑베르가 여러 방식으로 '사유'와 '의지'의 결과를 차근차근 따라가면서 이론을 세운 후, 그때껏 자기 자신도 확실히 이해하기 어려웠던 수많은 현상을 설명했다는 사실을 지금에야 희미하게나마 감지할 수 있다. 그의 이론으로 마법사, 신들린 사람, 투시력을 가진 사람, 그리고 중세 시대의 희생자라 할 수 있는 온갖 종류의 마귀 들린 사람들이 너무도 자연스럽게 설명될 수 있었으며, 그들의 순박함은 마치 그들이 가진 진리를 증명하는 것처럼 보였다. 로마 교회가 그들의 신비로움을 질투해 화형시킨 사람들이 가진 놀라운 능력은, 루이에 따르면 원래 근원이 동일한 '물질'과 '사유'의 원칙들 간에 형성된 일종의 친화력으로부터 유래했다. 개암나무 가지로 물을 찾는 사람은 막대기를 내밀었을 때 느껴지는 친근감 혹은 반감에 복종할 따름이다. 그들 중 어떤 사람들에게 역사적 확실성을 부여하려면 그런 종류의 기이한 결과가 발생해야만 했다. 친근감은 확인되거나 증명될 수 있는 것이 아니다. 그것은 단지 사람들이 느끼는 즐거움일 뿐이어서, 그런 행운을 가진 사람들은 아주 특별한 경우가 아니면 그것에 대해 별로 말하지 않는다. 게다가 친근감은 친밀하고 비밀스러운 관계에서 생기는 경우가 많아 그들 사이에서 일어난 느낌은 아무도 모르는 채 잊고 만다. 그러나 친화력과 반대되는 반발력에 의해 생기는 적대감에 대해서는 다행히도 몇몇 기록이 남아 있다. 그 감정을 느꼈던 명사(名士)들이 기록을 남겼기 때문이다. 예를 들어 벨*은 물이 솟아오르는 소리를 들으면 경련을 일으켰다고 한다. 그리고 스칼리제르**로 말할 것 같으면 물냉이를 발견하고는 얼굴이 창백해졌다고 한다. 또 에라스무스는 생선 냄새만 맡아도 몸에서 열이 났다고 한다. 이 세 사람이 느낀 반감은 모두 물이라는 물질 때문에 생겨났다. 또 다른 예도 있다. 에페르농 공작***은 멀리서 어린 들토끼를 보기만 해도 기절했으며, 튀코 브라헤****는 여우를, 앙리 3세는 고양이를, 그리고 알베르 원수는 새끼 멧돼지를 보면서 같은 느낌을 받았다고 한다. 이는 동물들을 보고 느끼는 혐오감으로, 멀리서만 보아도 반감을 느꼈던 것이다. 기즈 기사*****, 마리 드 메디시스******, 그리고 다른 많은 사람들의 경우 장미만 보면, 심지어 그것이 그림 속 장미일지라도 불쾌해했다고 한다. 대법관이던 프랜시스 베이컨이 달의 일식을 예견했는지 아닌지는 잘 모르겠지만, 아무튼 일식 때가 되면 그는 극도로 쇠약해졌다. 일식 현상이 지속되는 동안 거의 죽은 사람 같았던 그는 일식이 끝나자마자 언제 그랬냐 싶게 활기를 되찾곤 했다고 한다. 역사의 우연이 남긴 많은 기록 중에서 발췌한 이 같은 독특한 반감의 효과는 반대로 우리가 알지 못하는 친근감의 효과를 이해할 수 있게 한다. 랑베

---

* 이 이야기는 프랑스의 철학자 벨(1647~1706)이 아니라 영국의 물리학자 로버트 보일(1627~1691)에게 일어났던 일화이다.
** 프랑스 태생의 네덜란드 고전학자(1540~1609). '역사비평의 아버지'라 불린다.
*** 프랑스의 귀족, 장군(1592~1661).
**** 덴마크의 천문학자(1546~1601). 주로 행성의 위치 관측에 전념해, 망원경이 개발되기 이전 시대에 가장 뛰어난 천체 관측 자료를 남겼다.
***** 프랑스의 장군. 종교전쟁시 구교도의 수장이었다(1549~1588).
****** 프랑스 왕 앙리 4세의 두번째 왕비(1573~1642).

르의 통찰 중에서 내가 기억해낸 이러한 탐구의 단면을 통해, 그의 연구 방법이 어떤 것이었는지 짐작할 수 있을 것이다. 그의 이론이 라바터와 갈, 이 두 학자가 고안한 대칭을 이루는 두 개의 학문과 연관성이 있다고 애써 주장하지는 않겠다. 두 사람의 이론은 자연스럽고도 필연적인 귀결이었다. 조금이라도 과학적인 정신을 소유한 사람이라면 누구나 갈의 골상학적 관찰과 라바터의 관상학적 자료들이 제시하는 세세한 내용을 이해할 수 있을 것이다. 한편 메스머의 이론은 그 중요성에도 불구하고 잘 알려져 있지 않다. 루이 역시 간단명료하게 쓰인 그 유명한 스위스 학자의 저서를 접해본 적이 없었다. 그렇지만 그의 이론은 『의지론』의 한 부분에 모두 드러나 있다. 그 논리와 단순한 추론은 루이에게 다음과 같은 사실을 인식하게 해주었다. 즉 의지는 내적 존재의 긴장(수축 운동)을 통해 축적된 후 또 다른 운동에 의해 밖으로 투사되고 결국 물질에까지 이르게 된다는 것이다. 따라서 한 인간의 총력은 역으로 다른 사람들에게 작용해, 그들 자신도 모르게 그들 내부로 침투할 수 있을 것이다. 그들이 자신들에게 가해지는 공격에 저항하지 않는다면 말이다. 이 인문학적 명제를 뒷받침하는 근거는 많지만, 아무것도 그것을 확실하게 증명하지는 못했다. 놀라우리만큼 번뜩이는 이러한 사고를 역사적으로 고찰하기 위해서는 마리우스 장군*의 불행과 자신을 살해할 임무를 맡은 킴브리족에게 그가 한 훈시, 그리고 피렌체의 용감한 사나이에게 한 어머니가 내린 엄

---

* 로마의 장군, 정치가(BC 156~BC 86). 내란 때 민중을 지지했던 그는 보수파 정치가 술라(BC 138~BC 78)에게 패한 후 원로원에서 사형선고를 받았다. 그러나 그의 살해 임무를 맡은 킴브리족 노예는 자기 민족의 정복자를 보고 도망쳐버린다.

숙한 명령 등을 알아야만 한다. 그러니까 루이에게 '의지'와 '사유'는 생생한 힘이었다. 그리하여 그는 자신의 신념을 전달하고자 그것에 대해 말하곤 했다. 그에 의하면 그 두 가지 힘은 말하자면 볼 수 있고 만질 수 있는 것이다. 사유는 느리고도 빠른 것이며, 무겁고도 민첩하고, 밝은 동시에 어둡다. 루이는 사유에 생명체의 모든 특성을 부여했다. 그는 사유가 두드러져 보이게 했으며, 휴식하고, 잠에서 깨어나고, 자라고, 늙고, 작아지고, 쇠약해지고, 활발해지게 했다. 그는 이처럼 이상한 비유적 표현을 통해 '사유'의 모든 행위를 명시하면서 '사유'가 행하는 삶을 포착했고, '사유'라는 실체의 모든 현상을 인식하게 된 직관을 가지고, 사유의 자발성, 힘, 그리고 자질을 증명했다.

"종종 고요와 침묵 한가운데 우리의 정신적 능력이 잠들어 있을 때, 우리가 달콤한 휴식에 몸을 맡기고 있을 때, 우리 자신도 모르게 암흑 속으로 빠져 들어갈 때, 그리고 외적 세계에 대한 명상에 빠져 있을 때, 그럴 때면 문득 어떤 생각이 떠올라. 그리고 그것은 우리의 내적 시선으로만 감지할 수 있는 무한한 공간 속으로 번개처럼 빨리 지나가버리지. 그 빛나는 생각은 도깨비불처럼 갑자기 떠올랐다가는 금방 사라져버리고 말아. 마치 아이들이 부모에게 준 한없는 기쁨이나 슬픔의 감정처럼, 그 생각은 덧없기만 한 거야. 그것은 사유라는 꽃밭에서 피기도 전에 죽어버린 꽃과도 같아. 그런데 가끔씩 그 생각은 힘차게 솟아올랐다가 아무런 흔적도 없이 사라져버리는 게 아니라, 서서히 나타나 자신이 태어난 신체 기관 주변에서 흔들거리면서 균형을 잡기도 해. 그것을 낳는 오랜 분만은 우리를 지치게 하지만, 일단 태어난 후에는 발전하고 풍요로워지며, 젊음의 은총 안에서 밖으로 자라나고, 긴 생명의 모든 특성을 부여받게 돼. 그것은 가장 호기심 어린 시선들을 지지하고, 관심을 끌고, 절대 지치게 하지 않아. 그것에 대한 조사는 오랜 연구 끝에 완성된 책에서만 느낄 수 있는 감동을 불러일으키지. 간혹 여러 생각이 한꺼번에 떠오르는가 하면, 하나의 생각이 다른 생각을 불러일으키기도 하고, 또 생각끼리 서로 뒤얽히기도 해. 그 생각들은 모두 도발적이고 아주 풍부해. 유별나기도 하지. 어떤 때는 생기 없고 막연한 생각도 떠올라. 그런데 그 생각은 힘이 모자란 데다 그것에 생기를 불어넣어줄 정신적 양식도 부족해 그냥 사라져버리고 말아. 생각을 유발하는 정신적 자양분이 충분치 않기 때문이지. 뿐만 아니라 어떤 때는 생각이 깊은 심연을 밝히고자 그 속으로 떨어지는 경우도 있어. 그 생각들은 우리를 놀라게 하고 우리 영혼의 기를 꺾어버리지. 생각이란 우리 내면에 존재하는 하나의 완벽한 체계야. 자연계의 현상 중 하나인 꽃이 피는 방식에 비유할 수 있을 거야. 꽃이 피는 모습은 아마도 미친놈으로나 통할 어떤 천재가 다시 그릴 수 있겠지. 그래! 모든 것은 인간의 내면과 외면에서, 자연이 가르쳐준 알 수 없는 어떤 법칙에 따라 꽃이 개화하듯이, 삶이 매혹적인 창조 행위에 참여하고 있음을 증명하거든! 그 창조 행위는 인간에게 삶의 목표라 할 수 있겠지. 게다가 식물들의 향기나 색깔이 추구하는 것보다 더 놀라운 것이 어디 있겠어! 식물의 향기란 바로 관념이 아닐까! 살에서 손톱으로 이어지면서 유체는 각질로 변해. 이 같은 변화의 신비는 이해할 수도 설명할 수도 없어. 이처럼 물질적 실체인 인간 몸의 변화는 얼마든지 가능한 거야. 그렇다면 정신에도 물리적 현상인 움직임과 무게의 현상이 존재하지 않을까? 모든 사람이 쉽게

74

이해할 수 있도록 예를 하나 들어보지. 기다림은 법적 처벌의 결과일 때에만 극도로 고통스러운 거야. 그런데 그 법에 근거해 몸의 무게는 기다림의 속도에 따라 증가하지. 기다림이 만든 무거운 감정은 현재의 고통에 과거의 고통이 계속 누적되면서 더욱 커지는 것이 아닐까? 요컨대 전기가 흐르는 물질이 아닌 그 무엇에 마력(魔力)을 부여할 수 있겠어? '의지'는 그 마력에 의해 시선들 속에서 위풍당당하게 확립되고, 목소리 속에서 터져 나오고, 혹은 위선에도 불구하고 인간의 표피를 통해 여과되는 거야. 시선 속에서 확립된 의지는 천재성의 명령에 따라 장애물들을 해치우기에 이르지. 사유와 감정의 강한 압력에 따라 넘쳐나리만큼 풍부하게 흘러나오는, 혹은 실이 풀리듯 힘없이 약해졌다가 섬광처럼 솟아나기 위해 쌓이는 전기라는 유체의 흐름은 신비로운 집행자인 거야. 결국 예술과 열정의 해롭거나 이로운 노력, 마음 내키는 대로 거칠어졌다가는 달콤해지고, 끔찍하고, 음탕하고, 소름 끼치다가도 매혹적으로 변하는, 가슴과 오장육부와 머리를 울리는 목소리의 여러 억양, 그리고 수많은 예술가들의 붓 터치가 이룬 정신적 융합은 바로 그 전기가 흐르는 유체의 작용인 거지. 예술가들의 창의적인 손은 수많은 열정적 시도를 거쳐 자연을 상기시킬 줄 알았던 거야. 뿐만 아니라 무기력한 시선부터 가장 소름 끼치는 섬광이 번뜩이는 시선에 이르기까지 눈이 한없이 흐려지는 것도 전기가 흐르는 유체의 작용이야. 이 체계 안에서도 신의 위엄은 전혀 손상되지 않아. 오히려 물질적 사유는 신의 위대함을 다시금 깨우쳐주는걸!"

루이의 말을 들으면서, 그의 빛나는 시선을 받으면서 나는 그의 논리에 끌려갔고 그의 학문적 신념에 경탄하지 않을 수 없었다. 그리하여 '사유'란 내게 무한한 생성을 동반하는 완전히 물리적인 힘처럼 보였다. 그것은 다른 형태의 새로운 인격이었다. 루이가 지성의 공식이라고 주장했던 그 단순한 통찰만 보아도 그의 영혼이 몰두했던 비범한 연구 활동을 충분히 짐작할 수 있을 것이다. 루이는 자신이 세운 이론적 원리의 증거를 위인들의 일화에서 찾으려 했다. 그들의 전기를 살펴볼라치면, 그 위대한 인물들의 행위에는 놀라운 특성이 존재한다. 루이는 자신의 주장을 펼치는 데 활용할 만한 내용을 기억해, 자신의 이론을 증명하는 책의 각 장에 첨부했다. 그리하여 그의 이론은 거의 수학적이라 할 만큼 명확했다. 놀라운 견자의 능력을 지닌 카르다노*의 저작들은 루이에게 소중한 자료가 되었다. 또한 루이는 아시아에 있으면서도 로마에서 폭군 도미티아누스 황제가 처형되던 바로 그 시각에 그 사실을 묘사한 티아나의 아폴로니오스**의 이야기도, 포르피리오스와 헤어진 후 그 친구가 자살할 생각이라는 것을 감지하고는 달려가 만류한 플로티노스***의 일화도 잊지 않고 기록했다. 뿐만 아니라 지난 세기에 신앙에 대해 조소 섞인 의혹을 제기했던 사람들에게 충격을 준 성 아가타 주교의 일화도 빠뜨리지 않았다. 그것은 유일신에 대한 의혹을 제기하는 데 익숙한 사람들에게는 놀라운 사건이지만 신앙심 깊은 몇몇 사람들에게는 너무도 당연한 일이었다. 성 아가타의 주교였던 알폰수스 마리아 데 리구오리****는 강가넬리

---

* 이탈리아의 의사이자 수학자, 천문학자, 철학자(1501~1576).
** 그리스의 신피타고라스학파 철학자(2~97). 예언자이자 마술사이기도 하다.
*** 이집트 태생의 그리스 철학자, 신플라톤주의의 선구자(205~270).
**** 속죄주의자들의 수도회를 만들었다. 엄격주의에 반대하고 자비와 자유의 신앙을 위해 인생을 바쳤다.

교황*을 위로했다고 한다. 교황은 그를 보았고, 그의 말을 들었고, 그가 하는 말에 답도 했다는 것이다. 그러나 바로 그 시각, 주교는 로마에서 멀리 떨어진 곳에 있었다. 그는 미사가 끝나면 돌아와 쉬곤 했던 자기 집 소파에 의식을 잃은 상태로 앉아 있었다. 정신이 들어 눈을 떠보니 하인들이 그 앞에 무릎을 꿇고 있었다. 모두들 그가 죽었다고 생각한 것이다. 그는 말했다. "방금 교황께서 승하하셨소." 이틀 후 교황의 죽음을 알리는 우편물이 도착했다. 그런데 교황이 서거한 시각과 주교가 의식을 찾은 시각이 완전히 일치했다. 루이는 바로 지난 세기에 한 영국 여인에게 일어났던 사건도 빠뜨리지 않고 기록했다. 한 선원을 열정적으로 사랑한 그녀는 애인을 찾으러 런던을 떠났다. 그리고 안내자도 없이 홀로 북아메리카의 사막에서 애인을 발견해 그의 생명을 구했다고 한다. 루이는 어떤 것이 실제 사실인지, 어떤 것이 있을 법한 이야기일 뿐인지를 분별하면서, 고대의 신비, 최고의 명예를 안은 순교자들의 행위, 중세의 미신 연구가들, 범죄에 관한 소송, 의학적 연구 등을 참고했다. 수많은 책에서 입수해 모은 이 풍부한 과학적 일화들은 대부분이 신뢰할 만한 것들이었는데, 신부님한테 압수된 후로는 아마도 원뿔꼴로 접힌 종이쪽지 신세가 되었을 것이다. 가장 훌륭한 인간의 기억에 의해 탄생한 이 저작은 분명 그렇게 사라지고 말았을 것이다. 루이의 저작을 풍요롭게 해준 일화 중 그의 가족에게 일어났던 이야기가 하나 있다. 저술을 계획하기 전에 그가 내게 들려준 이야기이다. 내가 '후(後)존재'라 이름 붙인, 죽음 이후

---

* 교황 클레멘스 14세(1705~1774).

에도 정신이 존재하는 내면의 능력을 가진 존재와 관련된 그 일화에 깊은 인상을 받았기에 나는 기억하고 있었다. 그의 어머니와 아버지가 소송에 걸려 있었는데, 만일 그 소송에서 진다면 그들에게 무엇보다도 가장 소중한 재산인 정직성이 큰 타격을 입게 될 판이었다. 따라서 원고의 부당한 공격에 굴복해야 하는지, 그에게 해명해 무죄를 증명할 수 있을지에 대한 근심은 이루 말할 수 없이 컸다. 어느 가을밤, 부모님 방의 난롯가에 모여 가족들은 그 문제를 논의했다. 이 모임에는 두세 명의 친척과 더불어 루이의 모계 쪽 증조부가 참석했다. 그는 늙은 농부였으나, 위엄 있고 존경받을 만한 풍채를 지녔다. 눈은 맑았으며, 머리에는 세월을 말해주는 흰 머리카락이 무성했다. 흑인들의 **오비***, 야만인들의 **사가모르****처럼 그에게는 일종의 예언 능력이 있어, 사람들은 중요한 일이 생기면 그에게 도움을 청하곤 했다. 손자들이 그의 땅을 경작했고 그의 시중을 들면서 부양했다. 그는 언제 비가오고 맑을지를 말해주기도 했다. 언제 밭의 곡식을 베어야 할지, 언제 추수를 해야 할지도 가르쳐주었다. 그가 말한 일기예보가 하도 정확해 널리 알려지게 되었고 사람들은 점점 더 그를 믿고 존경하게 되었다. 그는 며칠씩 꼼짝 않고 의자에 앉아 있곤 했다. 아내가 죽은 뒤로 종종 그런 무감각 상태에 빠져 있었다는 것이다. 아내에 대한 그의 사랑은 절절하고도 한결같았다. 사람들은 그의 앞에서 사건을 논의하기 시작했는데, 그는 별로 주의 깊게 듣는 것 같지 않았다. 그러나 의견을 말할 차례가 되자 그는 다음과 같이 말했다. "얘들아, 이 사건은

---

* 아프리카의 마술사.
** 북미 토인의 '추장'과 동일한 의미.

너무도 중요해서 나 혼자서는 결정을 내릴 수가 없겠구나. 내 아내와 상의해봐야겠다." 그는 일어서더니 지팡이를 들고 밖으로 나갔다. 그 모임에 참석한 사람들은 모두 놀라면서 그가 어린 시절로 돌아간 게 아닐까 생각했다. 잠시 후 그가 돌아와서는 단호한 목소리로 말했다. "묘지까지 갈 필요도 없었다. 너희들 엄마가 나보다 먼저 이리로 오고 있더구나. 개울가에서 만났지. 소송에서 이기게 해줄 증거물이 될 영수증을 블루아의 공증인이 가지고 있다더구나." 할아버지의 태도나 표정으로 보아 아내의 환영을 보는 것이 그에게는 아주 일상적인 일처럼 보였다. 실제로 문제의 영수증이 발견되었고 소송은 취하되었다.

아버지 집에서 일어난 그 사건으로 인해 아홉 살의 루이는 스베덴보리의 기적적인 예견을 굳게 믿게 되었다. 스베덴보리는 생전에 그의 내적 존재가 지닌 견자의 능력의 수많은 증거를 보여주었던 것이다. 나이가 들고 지적 능력이 발달함에 따라 루이는 기적의 원인을 인간 본성의 법칙에서 찾고자 했다. 그것은 어릴 때부터 그를 사로잡았던 주제였다. 사건과 현상에 관련된 책들이 그의 주위로 모여들게 된 우연, 그리고 그를 가장 위대한 사유의 주인공으로 만든 그 우연을 무엇이라 불러야 할까? "인간이 어떤 행위를 했는지를 증언하는 사건에는 원인이 존재해. 그 사건들은 인간의 지성이 만들어낸 결과이기도 하지. 마치 우리가 어떤 행동을 하기도 전에 우리 사유 안에서 그런 행동이 이루어지듯이, 사건들은 이미 원인 안에 담겨 있어. 예감이나 예언 같은 것은 그러한 원인이 존재한다는 것을 감지할 수 있게 해주지." 루이가 열다섯 살 때부터 오로지 명예만을 위해 마음속에 담아둔

이 같은 원칙을 표명했다는 것을 생각하면서, 나는 그가 파스칼이나 라부아지에*, 라플라스** 같은 천재에 견줄 만한 재능을 잃어버린 것에 통탄하지 않을 수 없었다. 아마도 천사에 대한 환상이 너무 오랫동안 그의 연구를 지배했던 듯하다. 하지만 화학이라는 학문은 금을 만들기 위해 애쓰던 학자들에 의해 생겨난 것이 아닌가? 아무튼 한참 후에 랑베르가 비교해부학, 물리학, 기하학, 그리고 자신의 발명과 관련된 학문을 연구했다면, 그것은 사실이나 현상을 모두 모아 분석하고자 했기 때문일 것이다. 오늘날 자연의 이치를 파악하기 어려운 어둠 속에서도 우리를 안내할 수 있는 유일한 횃불이 바로 분석이기 때문이다. 단지 몇 개의 단어로 해석될 수 있는 이론이라는 희미한 구름 속에 머물러 있기에는 분명 그는 통찰력이 너무 뛰어났다. 오늘날에는 사실에 입각한 가장 단순한 논증이, 대단히 심도 있는 추론을 바탕으로 주장하는 가장 훌륭한 이론보다 더 값진 것이 아닐까? 그러나 그의 삶의 여정 중 더 많은 성과를 가지고 연구했을 것이 분명한 바로 그 시기에 그를 만나지 못했던 나로서는 젊은 시절에 그가 생각하고 고민한 것들을 유추해 생각하면서 그의 저작들의 중요성을 짐작만 할 수 있을 따름이다.

그가 쓴 『의지론』의 결점이 무엇인지를 찾아내기는 어렵지 않다. 탁월한 사람들에게 나타나는 특성을 지녔다 할지라도 그는 아직 어린 아이였다. 추상적 개념에 대해서는 풍부한 지식을 가졌음에도 불구하고, 그는 여전히 젊은 시절에 사로잡혔던 매력적인 이론들을 굳게 믿

---

* 프랑스의 화학자(1743~1794). 새로운 화학 이론인 연소 이론을 확립했다.
** 프랑스의 천문학자, 수학자(1749~1827).

으며 그것들로부터 벗어나지 못했다. 그가 주장한 이론은 몇몇 쟁점에서는 그의 천재성을 보여주는 성숙한 결과를 이끌어냈지만, 다른 몇몇 논점에서는 채 자라지 못한 빈약한 사고에 머물러 있었던 것이다. 그러나 그의 커다란 결점이 시를 사랑하는 사람들에게는 오히려 흥미로워 보일 수도 있었을 것이다. 루이의 아름다운 영혼은 정신주의와 물질주의라는 두 가지 원칙을 놓고 끊임없는 투쟁을 벌였고 그의 저작에는 투쟁의 흔적이 새겨져 있었다. 그 두 가지 원칙은 수많은 천재들이 관심을 갖는 대상이었다. 그러나 누구도 감히 두 원칙을 하나로 융합하지 못했다. 순수한 정신주의자였음에도 불구하고 루이는 어쩔 수 없이 사유의 물질성을 인정하기에 이르렀다. 스베덴보리라는 거대한 우주 안에 산재한 구름들을 아직도 가슴에 애정을 품고 바라보던 바로 그때, 분석적 사고에 밀린 그는 아직은 두 개의 법칙이 한꺼번에 녹아든 치밀한 단일성의 법칙을 만들어내지는 못했다. 그런 연유로 내가 언급한 바 있는 그의 초기 저작들 초고에서 몇 가지 모순점을 발견할 수 있었던 것이다. 불완전한 점이 조금 있다손 치더라도 그의 저작은 후일 그가 신비를 더 심화하고, 기초를 다지고, 연구를 거듭해 발전시켜 만들어냈을 학문의 초안이 아니었을까?

의지에 관한 그의 저작을 압수당하고 육 개월 후, 나는 방돔 기숙학교를 떠났다. 갑작스러운 이별이었다. 얼마 전부터 몸에서 계속 열이 날 뿐 아니라 몸을 꼼짝도 할 수 없을 만큼 의식불명 상태에 빠지기도 한다는 소식을 듣고 놀란 어머니는 너덧 시간 만에 나를 기숙학교에서 빼냈다.[*] 내가 떠난다는 소식을 들은 루이의 슬픔은 이루 말할 수 없었다. 우리는 숨어서 한참을 울었다.

"너를 또 볼 수 있을까?" 그는 두 팔로 나를 안으면서 부드러운 목소리로 말했다. "너는 살겠지. 하지만 나는 죽을 거야. 할 수 있다면 죽은 뒤라도 너에게 나타날게."

마치 그런 일이 꼭 일어날 전조인 것처럼, 그러나 동시에 정말로 그렇게 될까봐 두려운 약속인 것처럼, 확신에 찬 어조로 그런 말을 하는 것은 젊은이들에게만 가능하다. 오랜 시간 동안 나는 막연하게나마 그가 말한 죽음 이후에 나타나는 환영에 대해 생각했다. 지금도 가끔 우울하거나 두렵거나 공포를 느끼거나 고독해질 때면 그 우울했던 이별의 순간이 떠올라 그 생각을 떨쳐버려야 한다. 그러나 그것이 마지막 작별은 아니었다. 내가 학교 마당을 가로질러 나올 때 루이는 구내식당의 창살 쳐진 창문에 달라붙어 내가 지나가는 것을 지켜보았다. 내 바람대로 어머니가 학교에 부탁하여 그는 우리와 함께 저녁을 먹을 수 있었다. 그날 저녁 나는 방돔 기숙학교의 그 숙명적인 현관까지 그를 배웅했다. 그 어떤 애틋한 연인이라도 헤어지면서 우리보다 더 많은 눈물을 흘리지는 않았을 것이다.

"잘 가! 이 사막 같은 곳에 이제 나 혼자 남는구나." 그는 이삼백 명의 학생들이 소리치며 놀고 있는 운동장을 가리키면서 말했다. "사유의 들판을 가로지르는 오랜 경주 끝에 죽을 것같이 피곤해지면, 이제 내 영혼은 누구에게 위안을 얻을 수 있을까? 굳이 말하지 않고도 시선 하나만으로도 너에게 모든 것을 말할 수 있었는데. 이제 누가 나를 이해해줄까? 안녕! 차라리 너를 만나지 않는 편이 나았을 것 같아. 네

---

* 발자크의 여동생 로르 쉬르빌에 따르면, 실제로 발자크는 방돔 학교 시절에 일종의 코마 상태에 빠져 어머니가 학교로 불려 간 적이 있다고 한다.

가 얼마나 그리울지 모르겠다."

"나는 어떻고! 나는 어떻게 되겠어? 내 상황이 더 끔찍하지 않아?" 내가 말했다. "내 머릿속에는 나를 위로할 만한 것이 아무것도 없는 걸." 나는 내 이마를 치면서 이렇게 덧붙였다.

슬픔 가득한 그는 기품 있는 몸짓으로 머리를 설레설레 흔들었다. 우리는 그렇게 헤어졌다. 당시 루이 랑베르는 5피트가 조금 넘는, 지금으로 치면 167센티미터* 정도의 키였는데, 그후에도 그는 별로 더 자라지 않았다. 그의 비교적 생기발랄했던 모습은 온순한 성격을 말해주었다. 모진 학대를 받으면서 길러진 숭고한 참을성, 명상하는 삶에 요구되는 끈기 있는 정신 집중, 이런 것들이 그의 시선에 서려 있던 오만함을 지워주었다. 그 오만한 자만심은 어떤 사람들에게는 기쁨을 주기도 했지만 선생님들은 그 오만함에 압도당하곤 했다. 그의 얼굴에는 매혹적일 만큼 평화롭고 차분한 감정이 드러나 있었다. 그 어떤 빈정거림도, 그 어떤 야유도 그의 평온한 감정을 손상시킬 수 없었다. 타고난 품성이 워낙 온화했기에 자신이 남들보다 힘이 세다거나 우월하다고 생각하지 않았던 것이다. 가느다란 손은 아름다웠고 항상 촉촉했다. 그의 몸은 조각상처럼 멋있었다. 그러나 금색 단추가 달린 회색 교복과 반바지가 우리 모두를 형편없는 모습으로 만들어버려, 랑베르의 균형 잡힌 몸매와 병약한 섬세함은 목욕할 때에만 볼 수 있었다. 루아르 강에서 함께 수영할 때, 그의 하얀 피부는 우리 사이에서 유난히 돋보였다. 우리 피부는 하나같이 추위에 얼어 얼룩덜룩

---

* 발자크 자신의 키와 같다.

하고 물 때문에 보랏빛이 되었던 반면 루이의 피부는 눈에 띄게 하였던 것이다. 몸은 섬세하고 자태는 우아했으며 얼굴에는 불그레하게 생기가 돌던 랑베르는 물에서 나와서도 몸을 떨지 않았다. 아마도 늘 그늘을 피해 태양이 비치는 곳으로 뛰어갔기 때문일 것이다. 그는 바람이 불고 추위가 닥칠 것 같으면 미리 꽃잎을 닫아버리고 맑은 하늘 아래에서만 꽃을 피우려는 용의주도한 꽃들을 닮았다. 그는 적게 먹었고 물밖에 마시지 않았다. 또한 본능 때문인지 취향 때문인지는 모르겠지만, 힘을 소비하는 동작을 삼갔다. 진중한 태도가 몸에 밴 동양인이나 원시인처럼 그는 움직임이 적었고, 움직였다 해도 동작이 아주 단순했다. 그는 습관적으로 머리를 왼쪽으로 살짝 기울였으며, 종종 팔꿈치를 괸 채 한참 동안 있곤 해서 새 옷 소매도 금세 구멍이 났다. 그의 외모에 관해 간단히 묘사했으니 그의 정신에 대해서도 몇 가지 덧붙이고자 한다. 왜냐하면 이제야 비로소 그를 공정하게 판단할 수 있게 되었기 때문이다. 루이는 천성적으로 신앙심이 깊었지만, 로마 교회가 요구하는 엄격한 예배 의식을 준수하지는 않았다. 그는 특히 성 테레사, 페늘롱*, 그리고 지금은 이단이나 무신론자로 취급될 여러 신부와 성인 들의 생각에 공감했다. 그는 예배 의식에서는 아무런 감동도 받지 않았다. 그의 기도는 정기적인 예배 의식과 상관없이 신에 대한 동경과 영혼의 비상으로부터 나왔다. 그는 모든 것을 자연에 맡겼고, 정해진 시간에 기도하기보다 사유하고자 했다. 종종 교회 안에서 그는 신을 생각하는 만큼 철학적 사고에 대해 명상하는 것도

---

* 프랑스의 종교가이자 소설가(1651~1715). 계몽사상에 많은 영향을 주었다.

마다하지 않았다. 루이에게 예수는 그가 생각한 체제에 가장 완벽히 들어맞는 존재였다. "말씀이 육신이 되었다!"*라는 말은 그에게 '의지'와 '말'과 '행위'의 고전적 형식을 표현하는 숭고한 단어로 여겨졌다. 보이지 않는 형태로 제자들에게 나타날 수 있는 경지에 이를 만큼 신에 관한 저작들을 통해 내적 존재를 완성했음에도 불구하고 예수는 자신의 죽음을 예견하지 못했다. 교회 복음의 신비, 예수의 최면 치료, 언어적 능력 등은 루이 자신의 교리를 확신하게 했다. 나는 루이가 그 문제를 언급하면서 오늘날 써야 할 최고의 저작은 『원시교회사』라고 말하는 것을 들은 적이 있다. 함께 토론하던 저녁나절, 신앙심이 깊었던 위대한 시기에 '의지'의 힘으로 일어났던 기적을 논할 때만큼 그가 시적으로 고양된 적은 없었다. 그가 위대한 사유의 시기라고 불렀던 초기 기독교 시대 대부분의 순교자들에게서 랑베르는 자기 이론의 가장 확실한 근거를 보았다. "자신들의 종교를 이 땅에 세우기 위해 장렬하게 고통받았던 기독교 신자들에게 일어난 현상은, 물질적 힘은 결코 관념의 힘이나 인간의 '의지'를 능가하지 못한다는 것을 증명하지 않아? 각 개인은 모든 사람의 의지로 만들어진 그 결과로부터 자기에게 유리한 결론을 이끌어낼 수 있을 거야"라고 랑베르는 말했다.

시나 역사에 대한 그의 생각을 다 말할 필요는 없다고 생각한다. 우리의 언어로 쓰인 명작들에 대한 그의 견해 역시 마찬가지이다. 지금은 별로 특별할 것도 없이 평범해져버린 사상이지만, 당시 어린아이

---

* 요한복음 1장 14절.

의 입에서 나온 그 말은 굉장한 것으로 들릴 수밖에 없었다. 여기에서 그러한 그의 사상을 기록하는 것보다 더 흥미로운 일은 없을 것이다. 루이는 이미 위대함의 반열에 올라 있었다. 그의 재능을 단 두 마디로 표현해본다면, 그는 볼테르만큼이나 영적으로 『자디그』*를 쓰고, 몽테스키외만큼이나 훌륭하게 『술라와 에우크라티우스의 대화』**를 생각할 수 있었을 것이다. 엄정하고 곧은 사고를 가졌던 그는 무엇보다도 자신의 저작에 합목적성을 부여하고자 했다. 뿐만 아니라 그의 섬세한 정신은 새로운 형식만큼이나 새로운 사유를 요구했다. 그러한 조건을 충족하지 못하는 것을 그는 참지 못했다. 그의 비평은 모두 훌륭했다. 그중에서도 "『요한묵시록』은 문서화된 도취 상태이다"라는 문장은 놀랄 만한 것이었고, 그 말은 아직도 내 기억 속에 남아 있다. 그 말은 그가 했던 다른 비평들과 더불어 그의 판단이 얼마나 명쾌한 것인지를 이해하게 해줄 것이다. 그에게 성경이란 옛날부터 구전된 전설들 중 하나에 불과하다. 시간이 지남에 따라 인류가 그 이야기들을 각자 나누어 한몫씩 차지했던 것이다. 따라서 그에 따르면 그리스 신화는 히브리의 성경이나 인도의 성서들과 결코 다르지 않다. 자비를 사랑했던 인도 또한 나름의 방식대로 그들의 성서를 해석했던 것이다.

"우리 성서보다 아시아의 성서가 앞선다는 사실은 의심의 여지가 없어." 그는 말했다. "이러한 역사적 사실을 솔직하게 인정하는 사람들에게는 이 세상이 놀라우리만큼 넓어지지. 이 땅에 닥친 재앙을 견뎌내고 몇몇 사람들이 살아남았던 곳이 바로 아시아의 넓은 고원 지

---

* 볼테르의 철학 콩트 모음집(1747).
** 이 정치 담화는 1724년에 쓰여 1745년에 출판되었다.

대가 아니었나? 그러한 붕괴 혹은 충격 이전에도 인간이 존재했다면 말이야. 매우 어려운 문제지. 그 해답은 바다 깊은 곳에서나 찾을 수 있을 거야. 그러니까 성경에 나오는 인류 발생의 역사는 티베트의 산 허리와 히말라야 산꼭대기들, 그리고 캅카스 산꼭대기들 사이에 걸쳐 있는 인간들의 밀집 장소에서 나온 집단의 계보에 불과한 거지. 입법 자가 소위 '신의 아들들'이라 명명했던 그 유목민 집단이 최초로 떠올린 생각은 분명 공포였을 거야. 그런 이름을 붙인 것은 그 집단에 통일성을 주기 위해서, 혹은 그들 고유의 법칙과 통치 제도를 지키기 위해서였겠지. 모세의 저작들은 일종의 종교적, 정치적 시민 규약이었으니까. 그들은 이 땅의 격변을 거대한 사유에 따른 하늘의 복수로 해석했지. 족장이 지배하는 땅에 정착해 느끼는 아늑함을 맛본 적 없이, 늘 떠돌아다녀야 했던 그 민족의 불행은 그들로 하여금 우울하고 장엄한, 그리고 피비린내 나는 시만을 낳게 했던 거야. 반대로 인도인들은 이 땅이 재빨리 수습되고 태양의 효과가 경탄할 만큼 위대한 것임을 제일 먼저 목격하면서, 행복한 사랑을 노래하고 불을 숭배하게 되었으며 생식에 인격적 존엄성을 부여했지. 그렇게 기막히게 근사한 이미지들을 히브리의 저작들에서는 찾아볼 수 없어. 민족을 보존하기 위해 편히 살 수 있는 장소를 찾아 헤매면서 위험을 무릅써야 했던 그 민족은 배타적이 되고 타민족을 증오할 수밖에 없었던 거야. 이 세 가지 성서는 지금은 사라져버린 나라의 기록들이야. 그러니 그들의 언어와 신화에 대한 엄청난 비밀이 바로 그 안에 다 들어 있는 것이지. 인류의 위대한 역사는 그 속에 등장하는 인물과 장소 들의 이름 안에, 우리가 왠지 모르게 애착을 갖는 그 허구적 이야기 속에 숨겨져 있어.

어쩌면 새로운 인류가 태어날 곳은 바로 그곳인지도 몰라."

루이에 따르면 문학이라 할 수 있는 이 세 가지 저작, 즉 그리스, 인도, 히브리의 신화는 인간의 모든 사유를 담고 있었다. 이 세 저작 중 그러한 주제의 싹을 품지 않은 책은 하나도 없다는 것이다. 그의 이러한 견해는 어린 시절 성경에 대한 그의 연구가 얼마나 심오한 것이었는지, 그리고 그것이 그의 생각을 어디로 인도했는지를 보여준다. 오직 책을 통해 사회를 알았던 그이지만, 그는 늘 사회 전체를 한눈에 내려다보면서 냉정하게 비판할 줄 알았다. "위대한 사람이나 부자 들의 계획에 사회는 절대 제동을 걸지 않아. 그러면서 힘없는 약자들은 핍박하지. 바로 그들이야말로 사회의 보호를 받아야 할 사람들인데 말이야." 이런 생각을 가졌기에 루이는 정치적 이념에 공감할 수 없었다. 그러나 그는 예수 그리스도가 그랬듯이 맹종을 택했다. 방돔 기숙학교 시절 후반부에 이르러 루이는 명예에 더이상 유혹을 느끼지 않았다. 그는 추상적으로나마 학교에서 명성을 떨쳤다. 그러나 명성이란 한낱 망상에 불과한 것이어서, 마치 고대 희생제의 때 제사장들이 제물이 된 인간의 심장에서 인류의 미래를 보았던 것처럼, 루이는 명성이라는 내장을 열어보았지만 그 속에서는 아무것도 발견할 수 없었다. 그는 지극히 개인적인 감정을 경멸하면서 말했다. "명예란 신성화된 이기주의일 뿐이야."

그의 특별했던 어린 시절 이야기를 마치기 전에 여기서 간단하게나마 그의 유년기를 평가해야겠다.

우리가 헤어지기 얼마 전 루이가 내게 말했다. "나는 보편적인 법칙의 공식을 만들었고, 그것이 어쩌면 내게 명예를 가져다줄 거야. 그것은 사실 우리 사회조직의 법칙임이 틀림없어. 하지만 그 보편 법칙을 별도로 생각해보면, 어떤 영향 때문인지는 알 수 없지만 인간 삶은 특히 '뇌'와 '가슴'과 '신경'에 의해 그 움직임이 결정되는 거야. 평범한 단어로 표현된 이 세 가지 구성 요소는 인류 삶의 양식을 무한히 파생시키지. 그리고 그 모든 삶의 양상은 비율의 결과야. 다시 말해 그 세 가지 기본 원칙이 그 원칙에 부합되는 물질적 실체들과 비교적 잘 조화를 이루게 되는 비율에 따라 삶의 양식이 결정되는 것이지." 그는 잠시 말을 멈추더니 이마를 탁 치고는 말했다. "놀라운 사실이야! 위대한 사람들의 초상에서 흥미로운 것을 발견했어. 그들의 목이 모두 짧다는 걸 말이야. 아마도 자연은 그들의 심장이 머리 가까이 있기를 원했나봐." 그는 말을 이었다. "여기서 사회를 구성하는 총체적 양상이 발생하는 모양이야. 신경이 발달한 인간에게는 행동과 힘이, 머리 좋은 인간에게는 천재성이, 가슴이 중요한 인간에게는 믿음이 부여되지." 그러더니 그는 슬픈 표정으로 덧붙였다. "믿음에는 수많은 성소가 있지만, 광명은 천사에게만 있어." 그러니까 루이 자신의 정의에 따르면 그는 가슴인 동시에 머리였다.

그의 지적인 삶은 세 단계로 나눌 수 있다.

어린 시절부터 그는 조숙하게 행동했다. 아마도 그것은 그가 병을 앓느라 몸이 약했던 반면 그의 뇌 기관은 이미 완숙했기 때문일 것이다. 그는 어렸을 때부터 내면에서 작용하는 감각 능력이 뛰어났고 신경 조직의 생성 또한 과도하리만큼 왕성했다. 관념을 추구한 그는 모든 관념을 소화하려는 머리의 갈증을 풀어야만 했다. 그래서 책을 많이 읽었고, 독서를 통해 심사숙고하면서 사물을 가장 단순하게 표현하고, 자기 것으로 만들어 그 본질을 연구하는 능력을 갖게 되었다. 다른 사람들 같으면 오랜 시간의 연구 끝에야 겨우 얻을 수 있을 만한 그러한 지적 능력을 그는 육체적으로 어린아이였던 유년기에 이미 갖추었다. 연구에 몰두할 수 있는 시인의 행복감으로 점철된 행복한 유년기를 보냈던 것이다. 머리 좋은 사람들 대부분이 이르렀던 종착점이 루이에게는 새로운 지적 세계를 찾아 떠나는 출발점이었다. 그 지점에서 그는 이유도 모르는 채, 가장 욕심 부리는 힘든 삶, 가장 탐욕스러운 삶을 살았다. 생존을 위해 그는 자기 자신 안에 스스로 파놓은 함정에 끊임없이 먹이를 던져야 하지 않았던가? 몇몇 세속적인 사람들처럼, 그 역시 결코 충족되지 않는 과도한 식욕을 채워줄 양식이 없어 죽을 수도 있지 않았던가? 그것은 영혼에 존재하는 과도함이나 방탕 같은 것이 아닐까? 그것은 마치 알코올중독에 걸린 사람처럼 갑작스러운 소멸에 이르게 하고야 말지 않을까? 이 지적 발달의 첫번째 단계에 대해서 나는 아는 바가 없다. 단지 오늘에야 그의 지적 발달 단계와 더불어 그의 지식의 놀라운 결실과 성과를 이해할 수 있게 된 것이다. 당시 루이의 나이는 열셋이었다.

그의 두번째 시기 초반을 함께 보낼 수 있었던 것은 내게 행운이었다. 랑베르는 방돔 기숙학교에서 온갖 고초를 겪었고, 사유를 과도하게 소진했다. 그러나 어쩌면 그러한 상황이 그를 구해주었는지도 모른다. 사물들에서 순수한 표현으로, 그 말들에서 이상적인 실체로, 그 실체에서 원칙으로 넘어간 뒤, 다시 말해 모든 것을 추상화한 뒤, 그는 다른 종류의 지적 창작을 열망했다. 그래야만 살 수 있었던 것이다. 학교에서 겪는 불행과 허약한 몸 때문에 억눌려 살았던 그는 종종 사색에 잠겨 감정들을 간파하고, 새로운 학문을 예감했다. 그것은 바로 진정한 관념의 덩어리가 아니었던가! 관념의 질주를 멈춘 그는 보다 높은 영역을 관찰하기에는 너무도 나약했던 탓에 자신의 내면에 천착했다. 그때 그는 내게 사유의 투쟁 모습을 보여주었다. 마치 자기 병의 진행 과정을 연구하는 의사처럼 그는 사유가 끊임없이 역작용을 하면서 그 본질이 무엇인지 알아내려고 애를 쓰는 투쟁의 과정을 보여주었던 것이다. 이렇게 강인하면서도 나약하고, 어린아이처럼 사랑스러우면서도 초인적인 능력을 소유한 루이 랑베르는 우리가 소위 '천사'라 부르는 창조물에 가장 시적이고도 진실한 관념을 부여했다. 그러나 내게 천사만큼이나 시적이고 진실한 존재는 이 세상에 단 하나뿐인 여인*이다. 나는 그녀의 이름도, 자취도, 자태도, 삶도 그 무엇도 이 세상에 드러나지 않게 숨기고 싶다. 나 혼자만 그녀의 비밀을 알고 싶고, 나 혼자만 가슴 깊은 곳에 그 비밀을 파묻고 싶다.

세번째 시기는 잘 알지 못한다. 내가 루이와 헤어지고 난 후이기 때문이다. 루이는 열여덟 살이 되던 1815년 중반쯤에 방돔 기숙학교를 나왔다.** 학교를 나오기 약 육 개월 전에 그는 부모를 모두 잃었다. 열린 정신의 소유자였지만, 우리가 헤어진 뒤로 항상 자신을 억압하며 살았던 루이에게는 이제 마음 통하는 가족이 하나도 없었다. 그리하여 그는 후원자인 삼촌 집에 칩거했다. 그의 삼촌은 시민헌법에 선

---

* 발자크의 연인인 베르니 부인을 일컫는다. 그녀는 발자크에게 정신적, 물질적 지원을 아끼지 않았다.
** 발자크는 여기서 연대기적 오류를 범한다. 앞서 루이는 방돔 기숙학교를 1814년 말에 졸업했다고 쓰고 있기 때문이다. 19쪽 참조.

서한 신부로서 주임사제직에서 쫓겨난 후 블루아에 머물고 있었다. 루이는 얼마간 그곳에서 지냈다. 스스로 부족하다고 생각한 연구를 완성하고픈 열망에 사로잡혀, 그는 스탈 부인을 다시 만나기 위해, 또 한 가장 훌륭한 원전들을 통해 학문을 완성시키기 위해 파리로 갔다. 조카의 말이라면 무조건 동의할 만큼 그를 무척이나 사랑한 늙은 신부는 루이가 파리에 체류하는 삼 년 동안 부모의 유산을 모두 써버리도록 내버려두었다. 그 유산은 수천 프랑에 달했다. 그럼에도 루이는 무척 가난하게 살았다. 1820년 초, 루이는 가진 것 없는 사람들이 처할 수밖에 없는 가난의 고통으로 인해 파리에서 쫓겨나다시피 해 블루아로 돌아왔다. 분명 파리에 체류하는 동안 그는 종종 예술가들을 동요하게 하는 비밀스러운 감정의 격동과 사유의 돌풍에 사로잡히곤 했던 것 같다. 그의 삼촌이 기억하는 것만 들어도, 또한 당시 루이 랑베르가 삼촌에게 보낸 편지들 중 유일하게 남아 있던 단 한 통의 편지만 보아도 그 사실을 확인할 수 있다. 마지막이자 가장 긴 편지였기에 아마도 그의 삼촌이 간직했던 모양이다.

우선 한 가지 일화를 소개하겠다. 어느 날 루이는 프랑스 극장의 기둥 옆 3층 관람석에 앉아 있었다. 그 기둥들 사이로는 칸막이 좌석들이 있었다. 첫번째 휴식 시간에 그는 자리에서 일어서다가 옆의 칸막이 좌석에 방금 도착한 한 여인을 보았다. 가슴이 파인 옷을 곱게 차려입은 젊고 아름다운 그녀의 곁에는 애인이 있었다. 사랑의 행복으로 생기가 넘치는 그녀의 얼굴을 본 순간 랑베르의 영혼과 감각에는 너무도 잔인한 어떤 감정이 북받쳐 올라 그는 극장을 떠나야만 했다. 그 불타는 열정의 순간에도 완전히 꺼지지 않는 이성의 마지막 섬광이 없었더라면, 아마도 그는 그 여인의 시선이 향하는 젊은 남자를 죽이고 싶은, 거의 제어할 수 없는 욕망에 굴복했을지도 모른다. 그것은 파리라는 사교계에서, 먹이에 달려들듯 여인에게 달려드는 야만인의 사랑의 불꽃이 아니었던가? 사유의 덩어리 밑에 억압된 영혼이 빛을 발하며 급속히 분출하는 동물적 본능의 효과가 아니었던가? 결국 그것은 어린아이들이 상상으로 느끼는 칼날의 습격 같은 것이 아니었겠는가? 어른이 된 뒤 그것은 무엇보다 절실한, 거역할 수 없는 욕구로 인한 첫눈의 홀림, 즉 사랑으로 변해버린다.

이제 파리 문화에 충격을 받았던 루이의 정신 상태가 드러나 있는 편지를 보자. 그의 마음은 이기주의라는 깊은 구렁 속에서 끊임없이 상처를 받아 항상 고통스러웠을 것이다. 그곳에는 그를 위로할 친구도, 그의 삶에 활기를 불어넣어줄 적도 없었다. 자신이 느끼는 달콤한 즐거움을 함께 나눌 친구 하나 없이 혼자서만 지내야 했기에 그는 아마도 무감각 상태에서 운명을 마치고 싶었던 듯하다. 기독교 초기의 은자들처럼 지식의 왕국을 단념하고 식물과도 같은 상태로 머물고자 했던 것이다. 이 편지는 그의 그러한 계획을 보여준다. 사회 개혁의 시기에 위대한 영혼들은 언제나 그런 계획에 사로잡혔다. 그러나 그들 중 몇몇은 종교적 소명에 따른 것이 아니었던가? 그들은 오랜 시간 침묵하면서 힘을 모은 후, '말'과 '행동'으로 이 세상을 지배하기 위해 그 침묵에서 나오지 않았던가? 필시 루이는 인간들 사이에서 쓰라린 경험을 수없이 했을 것이다. 그런가 하면 맹렬한 비난을 퍼붓기 위해, 또는 몇몇 지배자들이 모든 것에 지쳐 빠져들고 마는 욕망에 이르기 위해 —불쌍한 사람 같으니! —지독한 조소로 사회를 비판하기도 했을 것이다. 그러나 그 조소로부터 그가 얻은 것은 아무것도 없었다. 어쩌면 아직 확실하게 정리되지 않은 채 머릿속을 떠다니던 어떤 위대한 걸작을 고독 속에서 완성했던 것은 아닐까? 젊음이 끝나가는 시기, 인간의 걸작품이 나오는 시기, 엄청난 생산력이 피어나는 그 시기에 그의 영혼이 투쟁하던 모습이 드러난 사유의 조각들을 읽으면서 누군들 그것을 믿지 않겠는가? 이 편지는 극장에서 일어난 사건과 관련이 있다. '사실'과 '글'은 서로 빛을 발하게 한다. 영혼과 육체도 마찬가지이다. 의혹과 확신, 구름과 빛의 폭풍은 종종 벼락을 피하게 하고 하늘의 빛을 열망하게 만든다. 그리고 그가 세번째로 정신 교육을 받은 시기에 찬란한 빛을 던진다. 완전히 이해할 수 있을 만큼 충분한 빛을. 우연에 의해 쓰이고, 그후 변화무쌍한 파리 생활에 따라 고쳐지고 또 고쳐진 이 글들을 읽노라면 마치 떡갈나무를 보는 것 같지 않은가! 속에서부터 성장해 그 아름다운 푸른 껍질은 갈라 터지고, 꺼칠꺼칠해지고 금이 가면서 위풍당당한 모습으로 변해가는 한 그루의 떡갈나무를! 물론 하늘에서 떨어지는 벼락이나 인간의 도끼가 그것을 존중해 손상을 입히지 말아야 할 테지만!

이 편지와 함께 시인이자 사색가였던 그의 거창한 유년기와 이해받지 못한 젊은 시절은 끝이 날 것이다. 그의 정신적 싹의 윤곽은 여기서 끝을 맺는다. 철학자들은 루이 랑베르의 철학이라는 나뭇잎이 싹이 얼어버려 미처 피지 못한 것을 애석해할 것이다. 그러나 아마도 그들은 지상의 가장 높은 곳보다도 더 높은 어딘가에서 그의 사상이 꽃을 피우는 것을 볼 수 있으리라.

사랑하는 삼촌, 저는 곧 이 도시를 떠나려 합니다. 여기서는 살 수가 없으니까요. 이곳에는 제가 사랑하는 것을 사랑하는 사람이 단 한 명도 없습니다. 제가 놀라워하는 것에 놀라는 사람 역시 하나도 없습니다. 몸을 웅크릴 수밖에 없기에 저로서는 내면으로 점점 깊이 빠져들게 됩니다. 그리고 무척 고통스럽습니다. 이 사교계에 대해 긴 세월 끈기 있게 연구한 결과, 회의 가득한 슬픈 결론에 이르렀습니다. 모든 것의 출발점은 돈입니다. 돈 없이 지내기 위해서라도 돈이 필요하지요. 그러나 아무리 그 쇠붙이가 조용히 사유하고자 하는 사람에게 필요한 것일지라도, 제가 사유하는 데 필요한 유일한 도구라고는 생각지 않습니다. 재산을 모으려면 상황을 잘 선택해야 합니다. 한마디로 신분이나 신용의 특권을 이용해, 혹은 합법적인 특권이건 재주껏 만들어낸 특권이건 어떤 특권이든 이용해, 날마다 다른 사람의 주머니에서 약간의 돈을 빼앗을 권리를 쥐어야 합니다. 그 돈이 매년 얼마간의 재산을 만들어주지요. 정직하게 살면 이십 년이 지나봤자 재산이라곤 사오천 프랑의 연금밖에 남지 않습니다. 수습을 마치고 십오륙 년 동안 열심히 일한 소송대리인, 공증인, 상인, 그리고 자격증을 가진 모든 노동자들은 그들의 노년을 위해 돈을 벌었지요. 그런데 저는 그런 종류의 일은 어떤 것도 적성에 맞지 않는다는 것을 느꼈습니다. 저는 행위보다는 사유를, 행동보다는 관념을, 운동보다는 명상을 더 좋아합니다. 뭐니 뭐니 해도 제게는 돈을 벌고 싶은 사람들에게 필요한 지속적인 관심이란 게 없습니다. 장사를 해보고자 하는 시도, 남에게 돈을 요구하는 채무관계 같은 것이 제게는 너무도 불편해서, 만약 그런 상태에 있다면 저는 아마도 곧 파산하고 말 것입니다. 제가 가진 것은 아무것도 없지만, 적어도 지금 이 순간 남에게 빚진 것은 없습니다. 정신적으로 위대한 일을 이루고자 하는 사람에게는 많은 돈이 필요치 않습니다. 그런데 하루에 이십 수면 충분함에도 불구하고 제게는 그런 돈마저 없습니다. 열심히 일한 사람들의 한가로움을 보장하는 연금이 없으니까요. 저는 명상하고 싶습니다. 그러나 현실적인 문제가 제 사유가 꿈틀거리는 성소에서 저를 내쫓는군요. 저는 무엇이 될까요? 가난이 두렵지는 않습니다. 거지를 경멸하고 절망하게 하고 감옥에 가두지만 않는다면, 제게 닥친 문제를 마음 편히 해결하기 위해 기꺼이 구걸이라도 하겠습니다. 그러나 육체로부터 사유를 해방시켜 제 사유가 마음껏 활동하게 하기 위해 그같이 숭고한 체념을 해보았자 아무 소용이 없습니다. 그런 경험을 하는 데에도 돈이 필요하니까요. 그렇지 않으면 저는 땅과 하늘을 모두 소유한 사상가의 지독한 궁핍을 받아들여야만 할 겁니다. 빈곤 속에서 위대해지려면 타락하지만 않으면 됩니다. 고귀한 목적을 향해 걸어가면서 고통 속에 투쟁하는 사람은 훌륭해 보입니다. 그러나 이곳에서 그 누가 투쟁할 힘을 끌어낼 수 있을까요? 사람들은 암벽을 오릅니다. 항상 진흙탕 속을 구를 수만은 없으니까요. 그러나 이곳에서는 모든 것이 미래를 향해 곧게 나아가는 정신을 방해합니다. 사막의 동굴은 두렵지 않습니다. 그러나 이곳은 두렵습니다. 사막에서는 소일거리가 없어도 적어도 제 자신과 함께할 겁니다. 그러나 이곳에서는 인간이 수많은 욕구를 느끼게 되고, 그 욕구가 충족되지 못할수록 인간의 가치는 점점 떨어집니다. 명상하듯 생각에 잠긴 채 거리로 나가면 이 세상 한가운데에서 구걸하는 가난한 자들의 목소리가 들립니다. 그들은 배고프고 목마른 자들입니다. 그러니까 산책을 하는 데에도 돈이 필요한 것이지요. 아주 조그만 것에도 피곤해지는 우리의 신체 기관은 결코 편히 쉴 수 없습니다. 이곳에서는 시인의 예민한 신경이 끊임없이 동요합니다. 그래서 그에게 영광을 가져다줄 수 있는 요소들도 오히려 고통을 주고 말지요. 예를 들어 상상력은 가장 잔인한 적입니다. 이곳에서는 부상당한 노동자, 분만중인 거지, 병든 창녀나 버려진 아이에게도, 불구의 노인에게도, 악한 자나 범죄자에게조차 은신처를 마련해주고 도움을 줍니다. 그러나 이 세상은 창의력 있는 자에게는, 명상하는 모든 이들에게는 냉혹하기만 합니다. 여기서는 즉각적이고 실제적인 결과만이 중요합니다. 당장은 실질적인 열매를 맺지 못하지만 미래의 어느 순간 굉장한 발견에 이를 수 있는 시도를 사람들은 비웃기만 합니다. 오랜 시간 힘을 기울여야만 하는 지속적이고 심오한 연구를 존중하지 않습니다. 국가는 재능 있는 사람도 돈으로 살 수 있을 것입니다. 마치 군인을 돈으로 사듯이 말입니다. 그러나 국가는 재능 있는 사람들에게 속을까봐 두려워합니다. 그들이 가짜일까봐 걱정인 거지요. 그러나 잠시라면 몰라도 오랫동안 천재인 척 가장할 수는 없습니다. 아! 삼촌, 산 아래, 푸르고 조용한 그늘 밑 수도승의 고독을 깨뜨린 자들은 고통 받는 영혼들을 위해, 단 하나의 사유만으로도 가장 훌륭한 국가를 만들고 학문 발전의 토대를 마련할 그들을 위해 구제원이라도 마련해주어야 하는 게 아닐까요?

9월 20일

삼촌도 아시다시피 학문이 저를 여기까지 이끌었습니다. 이곳에서 저는 정말로 학식 있는 사람들을 만났습니다. 대부분이 놀랄 만한 이들이었습니다. 그러나 학문 연구에서 통일성의 부재는 그들의 모든 노력을 무화시킵니다. 교육에도 학문에도 지도자가 없습니다. 파리 자연사박물관의 어떤 교수는 생자크 거리에 있는 소르본 대학의 교수가 말도 안 되는 어리석은 것만 가르친다는 것을 증명해 보이더군요.* 의과대학 교수는 콜레주드프랑스의 교수를 모욕하고요. 파리에 도착하자마자, 저는 어느 나이 든 아카데미 회원의 강의를 들으러 갔습니다. 그는 오백 명의 청중 앞에서 코르네유는 힘 있고 자부심 강한 천재라는 것을, 라신은 애가적이고 부드러우며, 몰리에르는 그 누구도 모방할 수 없다는 것을, 볼테르는 매우 정신적이고, 보쉬에**와 파스칼은 절망적이리만치 뛰어나다는 것을 설파하고 있었습니다. 어떤 철학 교수는 플라톤이 왜 플라톤인지를 설

---

* '유기체의 단일구성론'에 대해 의견이 달랐던 퀴비에(파리 자연사박물관 교수)와 생틸레르(1772~1884, 소르본 자연대학 교수) 간의 논쟁처럼 당시에 격렬했던 과학 논쟁을 암시한다.
** 프랑스의 신학자, 설교가, 역사가(1627~1704).

명해 유명해지기도 하더군요.* 또 어떤 교수는 단어의 역사를 강의
하는데, 그 단어가 가진 개념은 생각도 하지 않았습니다. 이 교수는
아이스킬로스를 설명하고, 저 교수는 대중은 대중일 뿐 다른 어떤
것도 아니라는 것을 성공적으로 증명하기도 했습니다. 몇 시간에
걸쳐 길게 늘어놓는, 그들이 생각하기에 명쾌하고도 새로운 통찰이
고등교육의 내용이었습니다. 그 교육을 통해 거인들은 인류의 지식
을 향해 한 발짝씩 내딛겠지요. 저는 정부가 진짜 우수한 인재들을
두려워하는 게 아닌가 하는 의심이 듭니다. 재능 있는 사람들 손에
이 사회가 맡겨지는 것이 두려운 것이죠. 그렇게 되면 국가들은 너
무 일찍, 너무 앞서 가게 될 겁니다. 그러니까 교수들은 바보들을
양산해야 하는 것이죠. 방법론도 없고 미래에 대한 이상도 없는 교
수직을 달리 어떻게 설명할 수 있을까요? 교육기관은 도덕적, 지적
세계의 거대한 정부라고도 할 수 있습니다. 그러나 최근에는 여러
개의 학파로 나뉘는 바람에 힘이 약해지고 말았습니다. 그런 까닭
에 인문과학은 안내자도 체계도 없이 나아갈 길을 제시하지 못한
채, 되는대로 정처 없이 떠다니고 있습니다. 이 태만함, 이 부정확
함은 학문뿐 아니라 정치에도 존재합니다. 자연 질서의 경우, 방법
은 단순하지만 그 결과는 위대하고 경이롭습니다.** 그러나 이곳에
서는 방법만 거대하고 결과는 빈약합니다. 정치가 그러하듯 학문도

---

* 이 글은 플라톤 번역자인 빅토르 쿠쟁(1792~1867)을 겨냥하고 있다.
** 발자크는 조프루아 생틸레르가 주장한 '유기체의 단일구성론'에 동의한다. 『인간극』
서문에서는 다음과 같은 글을 읽을 수 있다. "하나의 동물이 존재할 뿐이다. 창조자는 단
하나의 틀을 가지고 수많은 유기체를 만들었다."

마찬가지입니다. 자연에서는 그 힘이 한 발짝 한 발짝 나아감에 따라 힘의 총량이 끊임없이 증가합니다. 그리하여 A 더하기 A는 모든 것을 만들어내지요. 그러나 사회에서는 그 힘이 파괴적입니다. 지금의 정치는 인류의 힘이 하나의 목표를 향해 작동할 수 있도록 서로 조화롭게 합치려 하지 않고 대립시켜 무력화하려 합니다. 유럽의 경우를 보세요. 카이사르에게서 콘스탄티누스 황제로, 나약한 콘스탄티누스 황제에게서 위대한 아틸라 왕으로, 훈족 통치기에서 카를 대제 시대로, 카를 대제 시대에서 레오 10세 시대로, 레오 10세에게서 필리프 2세로, 필리프 2세에게서 루이 14세로, 베네치아에서 영국으로, 영국에서 나폴레옹에게로, 나폴레옹에게서 다시 영국으로 패권이 넘어갔습니다. 이처럼 정치에는 절대로 고정적인 것이 없습니다. 그리고 정치의 끊임없는 변동은 인류 발전에 아무런 도움을 주지 못했습니다. 국가는 위대한 건축물들로 그 나라의 위대함을 증명해 보입니다. 한편 얼마나 행복한 국가인가 하는 것은 개개인이 얼마나 편안하게 사는가에 달려 있지요. 현대의 건축물이 고대의 것만큼 가치가 있을까요? 그렇지 않다고 생각합니다. 개인이 즉각적으로 표현한 예술품, 그리고 천재 혹은 손재주 좋은 사람이 만든 작품이라고 해봐야 옛날 것보다 더 나아진 것이 없습니다. 미식가였던 로마의 장군 루쿨루스가 누린 향락은 대단한 재력가였던 사뮈엘 베르나르나 보종[*], 아니면 바이에른 왕국[**]의 왕이 누린 것만큼이나 엄청나니까요. 결국 인류의 수명은 옛날보다 오히려 더 짧아졌습니다.[***] 성실하게 살려는 사람에게는 하나도 변한 것이 없습니다. 인간은 항상 똑같습니다. 힘만이 유일한 법칙이며, 성공만이 지혜입니다. 예수 그리스도와 마호메트, 루터는 역사가 길지 않은 국가들이 그 안에서 뱅뱅 돌면서 발전을 이룬 동그란 원을 각각 다르게 색칠했을 뿐이지요. 그 어떤 정치 체제 아래에서도 문명은 발생했고, 부는 축적되었으며, 풍속도 생겨났고, 힘 있는 자들과 힘없는 자들 간의 계약도 존재했습니다. 또한 어떤 정치도 멤피스에서 티레로, 티레에서 바알베크로, 타데몰르에서 카르타고****로, 카르타고에서 로마로, 로마에서 콘스탄티노플로, 콘스탄티노플에서 베네치아로, 베네치아에서 스페인으로, 스페인에서 영국으로 가려는 생각이나 욕망을 막을 수 없었습니다. 멤피스에도, 티레에도, 카르타고, 로마, 베네치아, 마드리드, 그 어느 곳에도 아무런 발자취를 남기지 않은 채 말입니다. 위대한 사람들의 정신은 사라졌습니다. 폐허에는 아무것도 보존되어 있지 않습니다. 아무도 "파생된 결과가 그 원인과 더이상 아무 상관도 없을 경우, 붕괴만이 있을 뿐이다"와 같은 금과옥조를 간파하지 못했습니다. 제아무리 뛰어난 천재라도 사회에 관한 중대한 사실들 간의 어떠한 연관성도 발견하

---

* 베르나르는 프랑스의 재정가(1651~1739), 보종은 프랑스의 재정가이자 은행가(1718~1786)이다.
** 바이에른 왕국은 18세기 프랑스 요리에 영향을 주었다고 한다. 발자크가 종종 인용하는 바바루아라는 음료(시럽과 우유를 넣은 홍차)는 그 한 예이다.
*** 1810년대의 사망률은 27퍼센트인 반면, 1850년대의 사망률은 24퍼센트이니 실제로 사망률이 오른 것은 아니다. 그러나 발자크는 1832년 콜레라가 유행함에 따라 사망률이 높았던 기억에 따라 통계적 오류를 범한 듯하다.
**** 티레는 레바논의 고대 도시, 바알베크는 레바논 베카 계곡에 위치한 고대 도시이며, 타데몰르는 시리아 사막 한가운데 위치한 오아시스 '팔미라'의 옛이름, 카르타고는 고대 페니키아인이 튀니스 만 북연안에 건설한 도시국가이다.

지 못합니다. 어떤 정치 이론도 존속하지 못했습니다. 인간이 그러하듯이, 정치 체제는 아무런 교훈도 주지 못하고 다른 정치 체제로 넘어갑니다. 그리고 그 어떤 제도도 이전 제도보다 더 완전한 것을 만들어내지 못합니다. 인도나 이집트같이 신에 의지했던 정치 체제가 멸망한 마당에, 검과 교황 왕관의 정치 체제가 지나간 마당에, 한 사람에 의한 정치 체제는 멸망하고 모든 사람의 정치 체제는 결코 존재할 수 없었던 마당에, 물질적 이해관계에 기대는 지성의 힘에 대한 그 어떤 개념도 지속될 수 없었던 마당에, 인간이 "고통스럽다!"고 외치던 그 모든 시대에 그랬듯이 모든 것을 다시 만들어야 하는 오늘날 이 마당에, 정치로부터 어떤 결론을 끌어낼 수 있을까요? 나폴레옹의 가장 위대한 작품으로 평가되는 법전은 제가 아는 한 가장 가혹한 작품입니다. 재산의 동등한 배분*이라는 분할 법칙에 의해 땅이 무한대로 나뉘면서 국가는 쇠락해졌고, 예술과 학문도 죽어버렸습니다. 잘게 분할된 땅에서는 곡식과 야채를 재배합니다. 숲들이 사라지니 물의 흐름도 사라집니다. 소도 말도 자라지 않습니다. 공격할 수단도 저항할 수단도 없어 침략을 당하게 됩니다. 민중은 궤멸되고 생기를 잃어버리고 말았습니다. 그들은 지도자를 잃었습니다. 이것이 바로 사막의 역사가 아니던가요! 따라서 정치란 정해진 원칙도 없고 고정된 진리도 없는 학문입니다. 그것은 순간순간의 재주이며, 그날그날의 필요에 따른 힘의 적용일 뿐입니다. 두 세기를 멀리 내다보는 사람은 민중의 저주를 받으며

---

* '장자의 권리'를 옹호한 발자크는 민법이 정한 균등 분배 원칙을 비난했다.

광장에서 죽어갈 것입니다. 아니면 숱한 조롱의 채찍을 맞으며 죽어가겠지요. 제겐 그것이 더 끔찍해 보입니다. 국가란 더 똑똑하지도 더 강하지도 않은 개인과 다르지 않습니다. 그리고 국가나 개인의 운명 역시 동일합니다. 개인을 생각하는 것, 그것이 바로 국가를 걱정하는 것 아닐까요? 결과 때문에 그랬듯이 그 본바탕 때문에, 행위 때문에 그랬듯이 원인 때문에 끊임없이 고통 받았던 이 사회를, 자선이란 멋진 오류이고 발전은 아무 의미가 없는 이 사회를 바라보면서 저는 하나의 진리를 깨달았습니다. 삶이란 우리 안에 있는 것이지 결코 우리 밖에 있는 것이 아니라는 것을, 인간들에게 명령하기 위해 인간 위로 올라가는 것은 학교 선생님의 역할이 확대된 것에 불과하다는 것을, 그리고 한눈으로 이 세상을 내려다볼 수 있는 지점에 올라갈 만큼 강한 사람은 자기 발밑은 쳐다보지 말아야 한다는 것을 말입니다.

11월 5일

저는 분명 매우 중대한 사유에 사로잡혀 있습니다. 어떤 발견을 향해 걸어가고 있습니다. 보이지 않는 힘이 저를 빛으로 인도합니다. 그 빛은 일찍이 암흑과도 같았던 제 정신을 비춰주었지요. 그러나 제 손을 묶고, 입을 막고, 제 성향과는 반대 방향으로 저를 이끄는 이 알 수 없는 힘을 뭐라 불러야 할까요? 파리를 떠나야겠습니다. 도서관의 책들, 등불 밝힌 정겨운 집들, 쉽게 사귈 수 있었던,

제게 한없이 호의를 베풀어주던 학자들, 함께 어울리던 젊은 천재들, 그 모두에게 작별을 고해야겠습니다. 무엇이 저를 밀어내는 걸까요? '우연'일까요? '신의 섭리'일까요? 그 둘은 서로 화해할 수 없는 단어입니다. '우연'이 아니라면 '운명'을, 아니면 어쩔 수 없이 보편적 계획을 그대로 따르는 사물들의 법칙을 받아들여야겠지요. 저항해본들 무슨 소용이 있겠어요? 인간이 더이상 자유롭지 못하다면 인간 정신의 기초는 어떻게 될까요? 인간이 자신의 운명을 만들 수 있다면, 인간이 자유의지로 총체적 구상이 완성되는 것을 멈출 수 있다면, 신은 어떻게 될까요? 저는 왜 온 거죠? 가만히 생각해보면, 제 안에는 완성해야 할 텍스트들이 있습니다. 그것을 전개해야 합니다. 하지만 발휘해보지도 못할 능력이라면 그것을 소유한들 무슨 소용이 있겠어요? 제 고통이 어떤 사례가 된다면 기꺼이 이 고통을 떠안고 살겠습니다. 하지만 그렇지도 못합니다. 저는 세상 모르게 홀로 파묻혀 고통을 겪고 있습니다. 그것 역시 신의 섭리입니다. 아무도 그 향기를 알지 못한 채, 아무도 그 아름다운 개화를 찬미하지 못한 채, 깊은 숲 속에서 죽어가는 이름 모를 꽃처럼 말입니다. 고독 속에서 덧없이 향기를 발산하듯이, 저는 이곳 다락방에서 아무도 포착하지 못할 새로운 생각들을 잉태합니다. 어제저녁 메로*라는 젊은 의사와 함께 창가에 앉아 빵과 포도를 먹었습니다. 우리 둘 다 불행했기에 쉽게 가까워졌고 형제처럼 지냈습니다. 이야기를 나누던 중 그에게 이렇게 말했습니다. "나는 떠나지만 당

---

* 1832년에 32세의 나이로 세상을 떠난 피에르 스타니슬라스 메랑(메로가 아님)을 말한다. 뇌 연구에 몰두했으며, 비교해부학과 '유기체의 단일구성론'을 연구했다.

신은 이곳에 남아 내가 생각해낸 사고들의 개념을 발전시켜주세요." "그럴 수 없습니다." 그는 슬픈 어조로 답했습니다. "몸이 너무 약해 연구를 지속할 수가 없거든요. 나는 가난과 싸우다 젊은 나이에 죽고 말 겁니다." 우리는 서로 손을 꼭 잡고 하늘을 쳐다보았습니다. 우리는 둘 다 '동물 구성 성분의 통일성'이란 연구 주제에 관심이 있어 파리 자연사박물관의 비교해부학 강의실과 진열실에서 만나곤 했습니다. 그에 따르면, 지성의 황무지에 새로운 길을 열게 된 것은 이 세상에 보내진 어느 천재의 예지 덕분이라는 것이었습니다. 그러나 그것은 보편 체계에 대한 추론에 근거를 둔 것이라고 생각합니다. 저는 인간과 신 사이에 실제로 존재하는 관계를 규정하고자 했습니다. 그것이 바로 이 시대에 필요한 것이 아닐까요? 분명한 확신 없이는, 실험과 토론의 정신으로 격앙된 이 사회에 제동을 걸 수 없습니다. 이 사회는 이렇게 외칩니다. "우린 깊은 심연이 가로막지 않는 그런 길들로 가고 있는 겁니까?" 비교해부학이 사회의 미래와 같이 중대한 문제와 무슨 상관인가 하고 물으시겠지요. 인간이 과연 어떤 목적을 위한 수단이 될 수 있을까를 자문하려면, 지상의 모든 수단은 인간을 목표로 한다는 사실을 인정해야 하지 않을까요? 인간이 모든 것과 연관되어 있다면, 인간 위에는 아무것도 없는 것일까요? 그렇다면 인간은 무엇과 연결될까요? 모든 사물은 변화합니다. 보잘것없는 사물이 인간이 될 수도 있습니다. 설명할 수 없는 이러한 변형에 결말이 존재한다면 그것은 눈에 보이는 자연과 보이지 않는 자연의 관계가 아닐까요? 이 세상에서 일어나는 행위는 부조리하지 않습니다. 그것은 어떤 목표에 이르지요. 지금 우리가 사는 이 사회의 목표는 좀더 나은 사회를 이루는 것이겠지요. 우리와 하늘 사이에는 엄청난 괴리가 있습니다. 이러한 상황에서 우리는 항상 즐거워할 수만도, 고통스러워할 수만도 없습니다. 천당이나 지옥이라는 개념이 없다면 일반 대중의 눈에 신은 존재하지 않을 겁니다. 그 천당이나 지옥에 이르기 위해서는 커다란 변화가 필요하지 않을까요? 사람들은 영혼이라는 것을 만들어내어 그 문제를 해결했지요. 그러나 저는 신을 인간의 비열함과 환멸, 혐오감이나 타락 같은 것과 연결하는 것이 불쾌합니다. 몇 잔의 럼주보다도 못한 가치로 전락해버릴지도 모를 숭고한 원칙을 어떻게 받아들여야 할까요? 소량의 아편으로 물질의 운동이 억압되어 비물질적이고 무형적이고 정신적인 그 무엇으로 변해버렸다 할지라도, 비물질적이고 정신적인 그것의 능력은 여전히 존재한다는 것을 어떻게 상상할 수 있을까요? 감각기관이 기능을 모두 박탈당한 후에도 우리가 여전히 느낄 수 있다는 것을 어떻게 상상할 수 있을까요? 물질적 실체에 사고 능력이 존재할진대 어떻게 신이 죽을 수 있겠어요? 물질에 생명을 부여하고 그로 인해 생겨난 수많은 생명체, 즉 본능의 결과물을 설명하는 것이 사유의 결과를 설명하는 것보다 쉬울까요? 굳이 인간의 자만심이 만들어낸 부조리한 이론을 끌어들이지 않더라도, 이 세상에서 벌어지는 일들만으로도 신의 존재를 증명하기에 충분하지 않을까요? 우리네 인간은 소멸하고 마는 존재이지만, 많은 시련을 겪으면서 보다 나은 존재로 발전해왔습니다. 신을 향하는 더없이 완벽한 본능에 의해서만 동물과 구별되는 인간이라는 창조물에게 그것이면 충분하지 않나요? 부조리로 이어지지 않고 확실히 모순되지 않는 어떤 원칙이 정신에 존재하지 않는다면, 지금이야말로 사물의 본질에 새겨진 학설을 찾아야 할 때가 아닐까요? 철학의 방향을 바꿔야 하지 않을까요? 우리보다 먼저 존재했던 '무'라고 일컬어지는 것에는 무관심한 채, 우리는 앞으로 다가올 '무'에만 열중했습니다. 신에게 미래를 책임지라고만 했지, 과거에 대해서는 어떤 설명도 요구하지 않았습니다. 그렇지만 우리의 미래를 아는 것만큼이나, 과거에 우리가 어떤 뿌리를 가졌는지를 아는 것도 중요합니다. 우리가 이교도였건 무신론자였건 그것은 이 세상에서 그러했을 뿐입니다. 이 세계는 영원할까요? 이 세계는 창조된 것일까요? 우리는 이 두 명제 사이에서 어떤 타협점도 이끌어낼 수 없습니다. 하나는 틀렸고 하나는 맞는 것이니, 선택하세요! 당신이 어떤 선택을 하든 간에, 우리의 이성이 만들어낸 신의 위상은 작아질 수밖에 없습니다. 그리고 그것은 신의 부정을 의미합니다. 이 세계가 영원하다고 칩시다. 이것에는 의문의 여지가 없지요. 신도 이미 이 세계의 일부이니 그 사실을 받아들일 수밖에요. 반면 이 세상이 창조되었다고 가정해봅시다. 신이란 존재는 이제 불가능합니다. 이 세상을 창조할 생각을 할 수 있다는 것을 미리 알지 못했다면 어떻게 신이 영원할 수 있겠어요? 어떻게 그 결과를 하나도 미리 알지 못할 수 있습니까? 어디에서 본질을 끌어낼 수 있을까요? 물론 신으로부터겠지요. 이 세상이 신으로부터 나왔다면 이 세상에 존재하는 악은 어떻게 받아들여야 할까요? 선으로부터 악이 나왔다면 당신은 부조리에 빠지게 됩니다. 악이 없다면 이 사회에 존재하는 그 많은 법은 다 무엇에 쓸까요? 도처에 벼랑이 있습니다! 도처에 이성을 위협하는 심연이 있습니다. 그러니 사회과학 전체를 다시 연구해야 합니다. 잘 들어보세요, 삼촌. 신이 지성의 명백한 불평등, 인류에게는 보편적인 그 불평등을 인식하지 않는 한, 신이라는 단어는 끊임없이 비난받을 것이고, 사회는 사상누각이 될 것입니다. 인간이 옮겨 다니는 다양한 정신 영역의 비밀은 동물계 전체에서 찾을 수 있을 겁니다. 이제까지 동물계는 그 유사성에 입각해 연구되었다기보다는 차이와 관련해, 그리고 기능이 아닌 기관의 모양의 관점에서 연구되었습니다. 동물들의 기능은 일정한 법칙에 따라 차츰 발전되었습니다. 그 법칙에 대해서는 연구해봐야 할 것입니다. 그 기능은 그것을 나타내는 힘과 관련이 있습니다. 그 힘은 물질적입니다. 그래서 분리되기도 하지요. 물질적 기능! 이 두 단어를 생각하세요. 그것은 운동과 질료 사이의 소통에 대한 문제, 여전히 미지의 상태에 있는, 뉴턴의 법칙으로 어려움이 해결되었다기보다는 단지 다른 어려움으로 바뀌었을 뿐인 그 문제만큼이나 해결하기 어려운 것이 아닐까요? 결국 이 땅의 모든 생명체와 빛의 끊임없는 조합은 지구에 대한 새로운 연구를 필요로 합니다. 같은 동물이라도 지역에 따라 생김새가 달라집니다. 열대지방에 사는 동물과 인도에 사는 동물, 추운 북쪽 지방에 사는 동물의 모습이 각각 다르지요. 태양빛이 수직으로 비치느냐, 비스듬히 비치느냐에 따라 유사하면서도 다른 자연이 만들어집니다. 즉 원칙은 동일하지만, 결과는 완전히 달라지는 것이지요. 벵골의 나비와 유럽의 나비가 서로 다르다는 것, 그런 현상은 우리 눈에 잘 보입니다. 정신 세계에서는 그렇게 차이를 보이는 현상이 더욱 심각합니다. 그러나 정신의 차이를 보기 위해서는 특별한 능력이 있어야 합니다. 콜럼버스, 라파엘, 나폴레옹, 라플라스, 베토벤 같은 위인이 존재하려면 특정한 안면 각도*가 필요하며 뇌의 주름이 많아야 합니다. 햇빛이 들지 않는 계곡에서는 바보만 나옵니다. 이제 결론을 내보십시오. 인간이 얼마나 햇빛의 혜택을 받느냐에 따라 결정되는 그 차이는 왜 생기는 것일까요? 고통받는 대중에게도, 비교적 활동적이고 비교적 잘 먹고 비교적 충분히 햇빛을 받고 사는 이 수많은 대중에게도 해결해야 할 어려움이 존재합니다. 그리고 그들은 신에 대항해 소리칩니다. 왜 우리는 항상 극도의 환희 속에 지상을 떠나고 싶어할까요? 왜 하늘로 오르고자 하는 욕망이 모든 사람들을 사로잡았을까요? 또 왜 그 욕망은 앞으로도 계속 사람들을 사로잡게 될까요? 움직인다는 것은 활기를 띠는 것이므로, 어떤 물질이 움직인다면 그것은 그 물질에 영혼이 있음을 의미합니다. 그리고 그 영혼과 물질의 결합은 인간의 내부에서 사유가 잉태되는 것만큼이나 설명하기 어렵습니다. 이제 학문은 하나입니다. 윤리를 빼고는 정치를 말할 수 없으며, 윤리는 항상 과학적 질문에서 유래합니다. 지금은 인류의 대전 전야와도 같습니다. 힘은 바로 거기에 있습니다. 다만 제게는 전쟁터에 나갈 장군이 보이지 않을 뿐입니다.

---

* 네덜란드의 해부학자 피터르 캄퍼르(1722~1789)에 따르면, 안면 각도에 따라 동물의 지능을 측정할 수 있다고 한다. 안면 각도란 앞니 윗부분에서 출발해 하나는 귀에 이르고 다른 하나는 이마의 가장 돌출된 부분에 이르는 두 선이 만드는 각도를 일컫는다.

그렇습니다, 삼촌. 우리의 적성에 맞는 삶을 고통 없이 포기하기는 어렵습니다. 저는 가슴에 깊은 상처를 안고 블루아로 돌아갑니다. 이 세상에 필요한 진리를 가져가 그곳에서 죽겠지요. 천상을 향해 갈 수 있다고 믿는 사람에게 영광이 중요할까요? 제가 무슨 이득을 얻는다 할지라도 이 회한의 감정을 누그러뜨리지는 못할 겁니다. '랑-베르'라고 발음되는 이 두 음절에 아무런 애착도 없습니다. 제 무덤 위에서 이 두 음절이 존경심이 담겨 발음되건 아무렇지도 않게 발음되건, 훗날의 제 운명은 변하지 않을 테니까요. 저는 강하고 에너지가 넘치는 것을 느낍니다. 강력한 힘을 가질 수도 있겠지요. 제 내면에 빛나는 삶이 존재함을 느낍니다. 그 빛이 하도 찬란하여 세상에 활기를 불어넣을 수도 있을 것만 같습니다. 그런데 저는 일종의 광물 같은 상태에 스스로 갇혀 있습니다. 마치 인도의 작은 반도에 사는 새들의 목덜미에 숨겨진 색깔, 사람들이 찬미하던 그 아름다운 색깔처럼 말입니다. 이 세상을 다시 만들기 위해서는 이 세상 전체를 파악하고 이해해야 할 것입니다. 그러나 그렇게 이 세상을 모두 이해하고 다시 만든 사람들, 그들도 처음에는 기계의 톱니바퀴에 불과하지 않았던가요? 저는 아마도 그 기계에 깔려 으깨어지고 말 것입니다. 마호메트에게는 칼, 예수에게는 십자가, 그리고 제게는 시커먼 죽음뿐입니다. 내일은 블루아에, 그리고 며칠 후면 관 속에 있게 되겠지요. 왠지 아십니까? 종교에 관해 한없이 연구한 끝에, 독일과 영국과 프랑스에서 육십 년에 걸쳐 끈기 있게 출간된 책들을 모두 읽은 후에, 젊은 시절 성경을 통찰해 심오한 진리를 깨닫게 된 후에, 저는 스베덴보리에게로 돌아왔기 때문입니다. 분명 스베덴보리는 모든 종교를 섭렵했습니다. 그러나 그것은 결국 단 하나의 종교로 귀착됩니다. 여러 종교에 무한한 형식이 존재할지라도, 그 의미나 형이상학적 구조는 근본적으로 다르지 않으니까요. 사실상 인간에게는 항상 하나의 종교만이 존재했습니다. 티베트, 인더스 강 계곡, 갠지스 강 유역의 광활한 평원에서 생겨난 인류 최초의 세 가지 신앙인 시바, 비슈누, 브라흐마 숭배*는 결국 수많은 전쟁을 겪은 후, 힌두교의 삼신일체로 귀의하기에 이르렀습니다. 기원전 수천 년 전의 일이지요. 그 삼신일체는 바로 우리의 삼위일체와 같습니다. 이 교리로부터 페르시아에는 마기교**가, 이집트에는 아프리카 토착 종교들과 모세의 율법이 등장했습니다. 그리고 아일랜드의 카비리즘***과 그리스 로마의 다신교도 생겨났지요. 삼신일체 사상이 확산되면서 각 나라 나름의 상상력과 아시아의 신화들이 일치하게 되었습니다. 미트라, 바쿠스, 헤르메스, 헤라클레스 등의 반신(半神)으로 변형된 현인들을 통해 삼신일체 사상이 그 나라들에까지 이르게 되었으니까요. 그즈음 세 개의 원시종교를 개혁한 그 유명한 부처가 인도에서 일어나 자신의 새로운 성전을 세웠습니다. 오늘날까지도 그 종교의 신자 수는 기독교도보다

---

* 인도의 세 가지 신인 시바, 비슈누, 브라흐마는 각각 파괴, 유지, 창조의 신이다.
** 조로아스터교를 일컫는다.
*** 카비르는 그리스 신화에서 대지적 신성이었다.

2억이나 더 많답니다. 예수나 공자의 광대한 교리도 그 속에 담겨 있지요. 기독교가 일어나 깃발을 올렸습니다. 그후 마호메트는 모세의 율법과 기독교를 융합했습니다. 성경과 복음서를 하나로 묶어 아랍 정신에 적합한 코란을 만들었습니다. 그리고 마침내 스베덴보리는 마기교와 브라만주의와 불교와 기독교 신비주의에서 이 네 개의 위대한 종교가 가진 공통적이고 실제적이고 숭고한 면을 택하고, 그 교리에 소위 수학적 논리를 부여한 종교를 만들었습니다. 창시자가 누군지도 모르는 그 종교들의 물결에 빠진 사람들은 조로아스터, 모세, 부처, 공자, 예수, 스베덴보리의 교리 모두가 원리도 같고 목적도 같다는 것을 잘 압니다. 그들 중 막내인 스베덴보리는 아마도 북쪽의 부처라고 할 수 있을 겁니다. 그가 쓴 글들이 불분명하고 장황하긴 하지만, 그의 책들에는 웅대한 사회적 개념의 기본 요소가 담겨 있습니다. 그가 말한 교회의 참정 제도는 탁월하며, 그의 종교는 숭고한 정신을 받아들일 수 있는 유일한 종교입니다. 오직 그만이 신과 접촉하게 할 수 있습니다. 그는 접신에 대한 목마름을 알려줍니다. 다른 종교들이 신의 위엄을 휘감고 있던 초창기에, 그는 신의 위엄을 끌어내 돋보이게 했습니다. 신의 수많은 창조 행위를 보여주었고, 피조물들을 계속 변형시켜 신의 주위를 돌게 함으로써 신을 제자리에 돌려놓았습니다. 그 변형이야말로 가톨릭의 내세보다 더 직접적이고 더 자연스러운 미래입니다. 아량이 없는 자들은 신이 복수심 때문에 한순간의 과오를 벌했음을 비난했지요. 그것은 정의도 없고 선의도 없는 교리라고 말입니다. 영원히 계속되는 복수에 대한 그들의 비난으로부터 신을 구한 이가 바로 그 사람, 스베덴보리입니다. 인간은 누구나 자신이 또 다른 삶이 있는 내세로 들어갈 수 있을지, 우리가 사는 이 세계가 과연 의미 있는 것인지 알고 싶어합니다. 저도 그런 경험을 해보고 싶습니다. 예루살렘의 십자가나 메카의 칼이 그랬던 것처럼 그 시도를 통해 이 세상을 구원할 수 있을 겁니다. 예수의 생애 삼십삼 년 중 우리가 아는 것은 구 년뿐입니다. 그의 침묵의 삶이 영광스러운 삶을 준비한 겁니다. 제게도, 제게도 역시 사막이 필요합니다!

많은 어려움이 따르겠지만 나는 랑베르의 젊은 시절을, 알려지지 않은 그의 삶을 그려봐야겠다고 생각했다. 내 유년기에 즐거운 추억과 행복한 시간이 있었다면 그것은 바로 그와 함께 보낸 시간뿐이었다. 그 몇 년을 제외한 내 삶은 혼란스럽고 우울하기만 했다. 설사 행복한 순간이 있었다손 치더라도 그 행복은 항상 불완전한 것이었다. 쓸데없는 말을 늘어놓았다. 그러나 랑베르의 정신 세계와 지적 세계를 나타내는 두 단어, 불완전하게나마 그의 '내적 삶'의 무한한 양상을 나타내는 두 단어인 '가슴'과 '머리'의 깊이를 다 가늠할 수는 없기에, 이 세상에 알려지지 않은, 그리고 나 역시 모르는, 그의 지성사의 두번째 시기를 이해하는 것은 거의 불가능할 것이다. 그렇지만 나는 그의 불가사의한 삶의 결말이 어떻게 전개되었는지를 몇 시간에 걸쳐 듣게 되었다. 이 책을 아직도 놓지 않고 있다면, 내가 못다 한 이야기를, 하나의 창조물로서의 랑베르라는 인간의 두번째 시기를 이루는 사건들을 이해할 수 있기를 바란다. 그를 피조물이란 단어 대신 창조물이라고 부르지 못할 이유가 없다. 그에게 모든 것은, 결말까지도 놀랍도록 특별하기 때문이다.

루이가 블루아에 돌아오자, 외삼촌은 그의 기분을 바꿔주려고 애를 썼다. 그러나 불쌍한 신부는 신앙심 깊은 그 도시에서 일종의 나병 환자 취급을 당하고 있었다. 아무도 시민헌법에 서명한 혁명가를 받아들이려 하지 않았던 것이다. 그래서 그는 소위 자유주의자, 혁명당원, 혹은 입헌당원 몇몇과 어울리면서 그들의 집에서 이런저런 카드놀이를 하곤 했다. 삼촌이 처음으로 데려간 집에서 루이는 한 젊은 여인을 보았다. 그녀는 이 나라의 대귀족과도 결혼할 수 있을 만큼 재산이 많았지만, 상류 사회 사람들에게는 무시당하는 그 보잘것없는 모임에 남아 있을 수밖에 없었다. 그녀가 처한 독특한 입장 때문이었다. 폴린 드 빌누아 양은 할아버지의 엄청난 재산을 물려받은 유일한 상속자였다. 유대인인 할아버지의 이름은 살로몽이었다. 그는 자기 나라의 풍습을 무시하고 말년에 가톨릭 신자인 여성과 결혼했다. 그에게는 아들이 하나 있었는데 그는 어머니가 속한 가톨릭 공동체 안에서 자랐다. 비누 하나도 아껴 쓰는 수전노였던 아들은 아버지 살로몽이 죽자 빌누아의 영지를 사서 남작령으로 승격시키고 빌누아 남작이 되었다. 그는 결혼하지 않은 채 죽었지만 사생아 딸이 하나 있었다. 그는 그 딸에게 영지를 포함한 대부분의 재산을 남겨주었다. 빌누아 씨는 삼촌인 조제프 살로몽을 고아가 될 딸아이의 후견인으로 지명했다. 유대인인 그 노인은 피후견인에게 어쩌나 애정을 쏟았던지, 그 아이에게 훌륭한 배필을 얻어주기 위해서라면 어떤 희생이라도 감수했을 것이다. 그러나 사생아라는 근본과 시골 사람들이 유대인에게 갖는 편견 때문에, 그녀 자신의 재산과 후견인에게 물려받을 재산을 합하면 엄청난 재산을 물려받을 상속자임에도 불구하고, 옳건 그르건 소위 귀족 계급이라 부르는 철저히 배타적인 사교계에 그녀는 받아들여지지 않았다. 그러나 조제프 살로몽은 시골 귀족 중에서 신랑감을 찾을 수 없다면 파리로 가서 자유주의나 입헌주의 사상을 가진 의원들 가운데에서 찾겠노라고 주장하곤 했다. 그 착한 후견인은 결혼 계약의 약정이 그녀의 행복을 보장해주리라 굳게 믿었던 것이다. 당시 빌누아 양은 스무 살이었다. 그녀의 놀랄 만한 아름다움과 기품 있는 정신은 재산이 주는 것보다 훨씬 큰 행복을 보장해줄 수 있을 터였다. 지극히 순수한 용모는 유대인 특유의 아름다움을 간직하고 있었다. 뭐라 말할 수 없는 완벽함을 지닌, 넓으면서도 순결한 계란형의 얼굴은 동양의 매력을 담뿍 담고 있었고, 변치 않는 하늘의 푸른빛과 땅의 광채를 발산했으며, 믿을 수 없을 정도로 풍요로운 그녀 삶의 모습을 드러내고 있었다. 아름다운 눈은 둥글게 휜 속눈썹이 짙은 기다란 눈꺼풀에 가려져 있었다. 종교적인 순진무구함이 그녀의 이마에서 빛났다. 피부는 새하얬지만 수도사들의 옷처럼 윤기가 없었다. 그녀는 항상 말없이 명상에 잠겨 있었다. 그러나 몸짓과 거동에는 은근한 우아함이 풍겼으며, 말투에서도 온화하면서도 다정한 여성적인 정신이 드러났다. 그렇지만 그녀에게는 분홍빛으로 빛나는 생기가 없었다. 뿐만 아니라 그녀의 뺨은 무사태평한 그 또래 여자들과는 달리 발그레하게 빛나지도 않았다. 얼굴에는 화색이 도는 대신 불그스름한 기운의 어두운 분위기가 감돌았다. 이러한 분위기는 그녀의 단호하고 예민하면서도 날카로운 성격을 나타냈다. 그렇게 예리한 여자를 좋아하는 남자는 많지 않다. 그러나 몇몇 사람들은 그러한 성격을 가진 여자

야말로 섬세한 사람의 순결함과 변치 않는 열정을 지녔다는 것을 안다. 빌누아 양을 보자마자 랑베르는 그녀 안에 천사가 있음을 감지했다. 그의 영혼이 지닌 풍부한 능력과 무감각 상태에 이끌리는 성향, 그런 것들이 그로 하여금 끝없는 사랑에, 젊은이의 첫사랑에, 열정에 빠져들게 했다. 열정이란 으레 그렇듯 누구에게나 맹렬한 것이지만, 그의 격렬한 감각과 사고의 본질과 삶의 방식은 그를 무엇과도 비교할 수 없는 강렬한 힘을 가진 열정에 빠뜨렸다. 그 열정은 그에게 일종의 심연이었고, 불행했던 그는 그 안에 모든 것을 던져버렸다. 그러면서도 그는 자신의 사유가 그 안에 빠져드는 것이 두려웠다. 쉽게 휘면서도 강한 그의 사유는 그 심연 속에서 갈피를 잡지 못했다. 그곳에서는 모든 것이 불가사의이다. 왜냐하면 모든 것이 대부분의 인간에게는 허용되지 않는 정신 세계에서 일어났기 때문이다. 아마도 그를 불행하게 하기 위해서 그 정신 세계의 법칙이 그에게는 밝혀졌던 모양이다. 우연하게도 루이의 외삼촌과 연락이 닿았을 때, 그 호인은 당시 랑베르가 살던 방으로 나를 안내했다. 나는 루이가 남겨놓았을지도 모를 저작들의 흔적을 찾아보려 했다. 그곳에는 종이들이 어질러져 있었다. 삼촌은 루이가 무질서하게 늘어놓은 상태 그대로 보존해두었다. 삼촌에게는 고통을 대하는 노인 특유의 섬세한 감정이 있던 것이다. 그 종이들 틈에서 빌누아 양에게 쓴 편지들을 발견했다. 그러나 도저히 그녀에게 보낼 수 없을 정도로 글씨가 엉망이었다. 나는 랑베르의 글씨체를 알고 있었기에 시간이 걸리긴 했지만 그의 편지들을 해독할 수 있었다. 그 편지들은 열정의 열광 속에서 조바심을 내며 속기술로 써내려간 상형문자와도 같아서 읽어내기가 여간 힘들지 않았다. 격정에 사로잡힌 루이는, 글씨 쓰는 속도가 너무 느려 생각을 제대로 서술할 수 없다는 사실조차 인식하지 못한 채 글을 썼던 것이다. 그는 행들이 종종 뒤섞이는 미완의 글들을 다시 베껴 써야 했을 것이다. 한편으론 자신의 생각을 표현하는 형식이 그녀의 마음을 사로잡지 못할까봐 두렵기도 했을 것이다. 처음에 그는 연서를 쓰기 위해 두 번씩 다시 쓰곤 했다. 아무튼 그에 대한 숭배에 가까운 추억과 그런 종류의 시도에서 갖게 되는 일종의 환상이 없었더라면, 연이은 다섯 통의 편지를 다시 정리하고 의미를 파악하는 일은 불가능했을 것이다. 내가 연민과도 같은 감정을 느끼며 보관하고 있는 그 편지들은 그의 격정이 담긴 유일한 물적 증거이다. 빌누아 양은 아마도 자신에게 보내진 진짜 편지들, 자신이 불러일으킨 흥분 속에 쓰인 감동적인 연서들을 다 없애버렸을 것이다. 그 편지들 중 소위 초고인 첫번째 편지에서는 그 표현양식과 풍부한 내용을 통해 그의 망설임과 두근거림, 그녀의 사랑을 받고 싶은 마음에서 오는 무한한 두려움을 읽을 수 있었으며, 표현이 달라지는 것도, 또한 첫 연서를 쓰는 젊은이를 괴롭히는 갖가지 생각 사이에서 갈등하는 모습도 볼 수 있었다. 첫번째 연서, 그것은 영원히 기억되는 편지, 모든 문장이 몽상의 결과인 편지, 단어 하나하나가 긴 명상을 불러일으키는 편지이다. 그것은 억제할 수 없는 격정일수록 신중하게 표현해야 하는 편지이다. 거인이 초가집 안으로 들어가기 위해 몸을 숙이듯, 젊은 처녀의 영혼에 겁을 주지 않기 위해 겸손해지고 겸허해져야 하는 그런 편지이다. 그 어떤 골동품 상인도 고통과 환희 때문에 손상된 이 기념물들을 연구하고 재구성하기 위해 이처럼 경외심을 가지고, 쓰고 또 쓴 작품들을 손질

하지는 않았을 것이다. 그것이 무엇인지를 아는 사람에게 그 고통과
환희는 너무도 신성한 것이다.

I

아가씨, 당신이 이 편지를 읽을 무렵이면 ─ 이 편지를 읽는다면
말입니다 ─, 내 운명은 당신 손에 달려 있을 것입니다. 왜냐하면
나는 당신을 사랑하기 때문입니다. 당신에게 사랑받기를 소망하는
것, 그것은 내게 생명과도 같습니다. 다른 사람들이 이미 이런 말을
했는지도 모르겠습니다. 내 마음 상태를 당신께 표현하기 위해 쓴
이 단어들을 그들도 사랑을 말하기 위해 썼는지도 모르겠습니다.
그러나 내 말의 진실성을 믿어주세요. 이 말들은 나약하기 이를 데
없지만 진지하답니다. 이렇게 사랑을 고백하는 것이 잘못인가요?
아마도 그렇겠지요. 네, 그렇습니다. 내 마음의 목소리는 내게 충고
합니다. 아무 말도 없이 오직 침묵 속에서 나의 정열이 당신에게까
지 이르게 하라고. 그리고 만일 이 침묵의 증언이 당신을 불쾌하게
한다면 그 정열을 포기하라고. 그러나 그게 아니라면, 만약 당신 눈
에서 호의의 표시를 읽을 수 있다면, 말보다 더 순결한 방법으로 그
정열을 표현하라고 말입니다. 하지만 젊은이의 심장을 두려움에 떨
게 하는 예민한 기질의 목소리에 한참 동안 귀 기울인 후, 나는 죽
어가는 사람이 본능적으로 울부짖는 그 헛된 절규에 충실하기로 마
음을 먹고 이 편지를 씁니다. 오만한 불행에 대해 침묵하기 위해,

그리고 당신과 나 사이를 가로막고 있는 편견의 벽을 넘기 위해, 내게는 이루 말할 수 없는 용기가 필요했습니다. 무일푼인 내가 어떻게 당신같이 부유한 상속녀를 사랑할 수 있겠습니까? 그러나 그럼에도 불구하고 당신을 사랑하기에 사회적 편견에 따른 수많은 생각을 억눌러야 했습니다. 여자들은 종종 말이 앞서는 사랑을 경멸합니다. 사랑 고백은 또 하나의 아첨일 뿐이라고 생각하지요. 당신에게 편지를 쓰기 위해 나는 당신네 여인들의 그런 경멸을 무릅써야 했습니다. 그러니까 있는 힘을 다해 행복을 향해 돌진해야 합니다. 식물이 해를 향하듯 사랑에 이끌려야 합니다. 이성은 마음속에 감춰진 이 소망이 헛된 것임을 말해주지만, 가느다란 희망은 우리에게 용기를 줍니다. 그 비밀스러운 생각으로 인한 고통과 불안감을 떨쳐내느라 얼마나 불행했던지요. 침묵 속에서 당신을 찬미하는 것은 너무도 행복했습니다. 당신의 아름다운 영혼을 바라보느라 완전히 넋이 빠졌기에 당신을 보면서 아무것도 생각할 수 없었습니다. 아니, 당신이 떠나신다는 말을 듣지 못했다면 나는 당신에게 아무 말도 못 하고 말았을 것입니다. 그 한마디가 내게 얼마나 큰 고통을 주었던지요! 그 슬픔을 통해 내가 얼마나 당신을 사랑하는지 알게 되었습니다. 나의 사랑은 무한합니다. 아가씨, 이 땅에서 우리를 위해 피어나는 유일한 행복, 비참함의 어둠 속에서도 빛나는 희망을 주는 유일한 행복을 잃어버릴지도 모른다는 두려움의 고통을 당신은 결코 모를 겁니다. 아니, 당신은 그런 것은 몰라야만 합니다. 어제 나는 깨달았습니다. 내 삶은 이제 내 것이 아니라는 것을, 그것은 이제 당신 손에 달려 있다는 것을. 이제 이 세상에서 내게 여인은 단 한 명뿐입니다. 마치 내 영혼 안에 단 하나의 사유만이 존재하듯이 말입니다. 당신을 향한 사랑이 얼마만큼 나를 궁지로 몰고 갔는지 감히 당신께 이야기할 수가 없습니다. 그러나 아무리 벅찬 어려움이라도 오로지 당신으로 인한 것이기를 바랍니다. 불행에 처한 내 모습을 당신께는 보이고 싶지 않습니다. 고귀한 영혼에게는 불행이 주는 힘이 행운의 위력보다 더 크지 않던가요? 그러니 많은 것에 대해 침묵하겠습니다. 그렇습니다. 사랑에 대해 너무도 아름다운 생각을 가지고 있기에, 나는 사랑의 본성에 위배되는 생각으로 그 사랑을 더럽히고 싶지 않습니다. 내 영혼이 당신의 영혼과 어울릴 만하다면, 내 삶이 순수하다면, 당신의 너그러운 마음으로 그것을 느낄 수 있을 겁니다. 그리고 날 이해해주겠지요! 남자의 운명은 행복을 느끼게 하는 여인에게 모든 것을 바치는 것입니다. 그러나 나는 잘 알고 있습니다. 아무리 내 감정이 진솔할지라도 그것이 당신의 마음을 혼란스럽게 한다면, 그리하여 내 감정이 당신의 마음과 조화를 이루지 못한다면, 당신에게는 그것을 거부할 권리가 있다는 것을 말입니다. 당신이 내게 준 운명이 나의 소망을 거스른다면, 아가씨, 나는 순결하고 섬세한 당신 영혼뿐 아니라 여인의 세심한 동정심에라도 하소연하렵니다. 아! 이렇게 무릎을 꿇고 당신께 애원합니다. 내 편지를 불태우고 모든 것을 잊어주세요. 지우기에는 가슴속에 너무 깊이 박혀 있는, 당신을 향한 존경의 감정을 비웃지 말아주세요. 내 가슴을 조각내주세요. 하지만 가슴이 찢어지도록 아프게 하지는 말아주세요. 내 첫사랑의 표현이, 어리고 순수한 사랑의 표현이 젊고 순수한 마음에만 반향을 일으켰기를 바랍니다! 기도가 신의 품 안에서 사라지듯이 내 첫사랑의 표현이 젊고 순수한 마음속에서 소멸하기를 소망합니다! 당신께 감사를 드립니다. 내 일생 중 가장 달콤한 몽상에 빠져 당신을 바라보면서 감미로운 시간을 보냈습니다. 긴 시간이었지만 순간으로만 느껴졌던 나의 행복을 비웃지 말아주세요. 젊은 처녀들은 종종 그런 것들을 비웃게 마련이니까요. 그냥 대답하지 않으시면 됩니다. 당신의 침묵을 잘 헤아리겠습니다. 그리고 더이상은 나를 보지 못할 것입니다. 행복이 무엇인지 알면서도 영원히 상실해야 한다면, 내가 천상의 기쁨을 간직하고 있으면서도 지상의 고통에 끊임없이 집착하는 추방된 천사와도 같다면, 그렇다면 불행의 비밀처럼 사랑의 비밀을 간직하렵니다. 그러니 안녕! 네, 내 당신을 신께 맡깁니다. 그리고 당신을 위해 신께 간청하겠습니다. 당신이 아름다운 삶을 살게 해달라고 신께 빌겠습니다. 왜냐하면 나는 비록 당신 모르게 나 혼자 살짝 들어간 당신 마음에서 영원히 추방될지라도, 결코 당신을 떠나지 않을 것이기 때문입니다. 그렇지 않다면 이 편지, 나의 처음이자 마지막 간청이 담긴 이 편지에 쓰인 신성한 말들이 무슨 가치가 있겠습니까? 언젠가 내가 당신을 생각하지 않고 당신을 사랑하지 않는 날이 온다 해도, 그것이 행복이건 불행이건, 나의 고통은 가치가 있는 것이 아닐까요?

II

떠나지 않는다고요! 그렇다면 내가 사랑을 받고 있는 건가요! 가없고 보잘것없는 내가! 사랑하는 폴린, 당신은 당신 시선의 위력을 모릅니다. 내가 당신에게, 젊고 아름다운 당신에게, 온 세상을 발밑에 둔 그런 당신에게 선택받았음을 알리기 위해 당신이 내게 던졌다고 느낀 그 시선의 위력을! 내가 느끼는 행복이 어떠한지를 이해시키기 위해 당신께 내 삶을 이야기해야겠다는 생각이 듭니다. 만일 당신이 나를 거부한다면 내겐 모든 것이 끝입니다. 나는 이미 너무 많은 고통을 받아왔으니까요. 그렇습니다, 내 사랑이여, 이 자비롭고 찬란한 사랑은 나의 행복한 삶을 위한 마지막 노력이었습니다. 나의 영혼은 행복한 삶을 지향했지요. 그러나 이미 쓸데없는 연구로 부서지고, 나 자신을 회의하게 만든 두려움으로 소진되었으며, 종종 나에게 죽음을 권유하는 절망으로 부식되어버렸습니다. 아니요. 이 세상 어느 누구도 나의 파멸적인 상상력이 내게 가져다준 무시무시한 공포를 알지 못합니다. 그것은 종종 나를 하늘로 오르게 합니다. 그랬다가 돌연 높디높은 곳에서 땅바닥으로 곤두박질치게 하지요. 힘의 은밀한 도약, 특별한 명철함을 드러내는 몇 안되는 비밀스러운 증거가 내게 대단한 능력이 있음을 말해줍니다. 그러면 나는 내 사유로 세상을 감싸고, 내 마음대로 주물러 그 속으로 침투합니다. 이렇게 나는 이 세상을 이해합니다. 아니, 이해했다고 생각합니다. 그러나 깊은 밤에 문득 홀로 깨어나면 보잘것없고 나약한 나와 마주하게 됩니다. 방금 전 내가 엿보았던 섬광은 생각나지 않지요. 내게는 아무런 도움도, 숨어들 마음의 안식처도 하나 없습니다! 내 정신적 삶의 불행은 내 육체에도 동일하게 작용합니다. 내 정신의 본질은 행복이 주는 기쁨에 무방비 상태로 몰두합니다. 그러나 그것은 동시에 그 기쁨을 분석해 파괴해버리는 끔찍한 성찰의 빛나는 진리에도 몰두합니다. 난관과 성공을 동시에 똑같이 명철하게 볼 줄 아는 서글픈 능력을 가졌기에 나는 순간의 느낌과 믿음에 따라 행복하기도 하고 불행하기도 합니다. 당신을 처음 보았을 때, 나는 당신에게서 천사의 본성을 예감했습니다. 나는 불타는 내 가슴에 호의적인 공기를 들이마셨고, 절대 나를 속이지 않을 내 안의 목소리를 들었습니다. 그 목소리가 내게 행복한 삶을 알려주더군요. 그러나 우리를 갈라놓는 수많은 난관을 발견하고서 처음으로 세상의 편견이라는 것을 간파했습니다. 그 편협한 편견이 얼마나 널리 퍼져 있는지도 알았습니다. 행복의 시선은 나를 열광케 했지만, 그런 난관이 주는 두려움은 기쁨보다 훨씬 컸습니다. 나는 그런 반응이 끔찍하게 느껴졌고, 팽창하던 나의 영혼은 그 반응에 억압되었지요. 당신은 내 입술을 미소 짓게 했지만, 그 입술은 씁쓸하게 굳어버렸습니다. 그리고 나는 온갖 대립된 감정으로 인해 동요되어 피가 부글부글 끓어올랐지만 냉정을 찾으려고 애를 썼습니다. 나는 지난 이십삼 년 동안 숱하게 한숨을 삼켰고, 때로는 격한 감정을 드러내기도 했지요. 그렇게 이십삼 년을 보내면서도 익숙해지지 않았던 매섭고 날카로운 느낌을 마침내 깨닫게 되었습니다. 아! 그런데 폴린, 내게 행복을 알려주는 당신의 눈빛이 돌연 내 삶을 따뜻하게 해주었고 나의 불행을 행복으로 바꾸어놓았습니다. 아무리 많은 고통을 겪었다 해도 이제는 상관없습니다. 더 많은 고통을 겪었더라면 좋았을 것입니다. 그래야 지금의 행복이 얼마나 값진 것인지를 더욱 절실히 느낄 수 있을 테니까요. 나의 사랑은 갑자기 위대해졌습니다. 내 영혼은 태양의 은혜를 입지 못한 거대한 지대였습니다. 그런데 당신의 시선이 그곳에 빛을 던져주었습니다. 사랑하는 구세주여! 피붙이라고는 외삼촌 한 분밖에 없는 불쌍한 고아인 나에게 당신은 전부가 될 것입니다. 당신은 이미 나의 전 재산이자 온 세상입니다. 당신은 내게 가족 전체입니다. 당신이 보내주는 순결하고 넉넉하면서도 수줍은 시선은 내게 남자가 느낄 수 있는 모든 행복을 느끼게 하지 않았던가요? 그렇습니다. 당신은 내게 자신감을 갖게 해주었고, 믿기 어려울 만큼 나를 대담하게 만들었습니다. 이제 나는 무엇이든 할 수 있습니다. 나는 절망에 빠진 채 블루아로 돌아왔습니다. 파리 한가운데에서 했던 오 년간*의 연구는 내게 감옥 같은 세상을 보여주었습니다. 나는 모든 학문을 통달했지만 감히 아무것도 말하지 못했습니다. 내게 영광이란 진정 위대한 영혼을 가진 사람들은 결코 끼어들 수 없는 속임수와도 같았습니다. 그러니까 내 생각은 언론의 발판 위에 올라가 경멸하는 바보들에게 큰 소리로 말할 수 있을 만큼 파렴치한 사람의 비호 아래에서만 펼쳐질 수 있는 것이었지요. 그런 파렴치함이 내게는 없었습니다. 나는 그 군중의 결정에 낙심했고 그들이 절대 내 말을 듣지 않을 거라는 사실에 절망했지요. 나는 너무 낮거나 너무 높았던

---

* 앞에서 작가는 랑베르의 파리 체류 기간이 삼 년이었다고 말한 바 있다. 따라서 이 부분은 오류인 듯하다.

겁니다! 다른 이들이 모욕을 삼키듯이 나는 내 사유를 삼켰습니다. 결국엔 학문이 실제 행복에 아무런 도움을 주지 못한다는 사실을 비난하면서 학문을 경멸하기에 이르렀습니다. 그런데 어제부터 나에게 모든 것이 변했습니다. 당신을 위해 승리의 영광과 재능의 성공을 갈망합니다. 당신에게 내 머릿속에 든 것을 모두 바쳐 세상 사람들의 주목을 받고 싶습니다. 마치 모든 생각과 권력을 내 사랑에 담고 싶은 것처럼 말입니다! 네, 그렇습니다! 나는 뜻만 있으면 당신에게 월계수나무로 침대도 만들어줄 수 있습니다. 그러나 학문에 보내는 조용한 갈채만으로 만족하지 못하신다면, 다른 사람들처럼 검을 쥐고 말을 달려 명예와 야망을 향해 돌진하겠습니다! 폴린, 말해주세요, 무엇이 되었든 당신이 원하는 사람이 되겠습니다. 나의 단단한 의지만 있으면 무엇이든 할 수 있습니다. 사랑받고 있으니까요! 이런 생각을 가진 남자라면 모든 것이 자기 앞에 고개 숙이게 할 수 있지 않을까요? 모든 것을 원하는 자에게는 모든 것이 가능합니다. 성공한 사람에게 주어지는 상이 되어주십시오. 그러면 나는 내일이라도 경기에 출전하겠습니다. 당신이 내게 보내주신 그런 시선을 받기 위해서라면 가장 깊은 심연이라도 뛰어넘겠습니다. 당신이 내게 기사들의 전설적인 사랑 이야기와 『천일야화』의 환상적인 이야기를 들려주었지요. 이제 나는 사랑에 관한 환상적이고 과장된 이야기도, 포로들이 자유를 얻기 위해 탈출을 시도해 성공한 이야기도 모두 믿습니다. 당신은 내 안에 잠들어 있었던 수많은 미덕을 일깨워주었습니다. 인내심, 인종(忍從), 마음의 용기, 영혼의 힘 같은 것을 말입니다. 나는 당신에 의해, 당신을 위해 살고 있습니다. 이 얼마나 즐거운 생각인가요. 이제는 내 삶의 모든 것이 의미를 가집니다. 이제 나는 모든 것을, 부에 대한 허영심마저도 이해합니다. 나도 모르게 인도의 모든 진주를 당신 발치에 쏟아붓고 있는 나를 발견합니다. 가장 아름다운 꽃들 사이에, 혹은 가장 보드랍고 폭신한 천 위에 비스듬히 누워 있는 당신을 보는 것은 내게 큰 행복입니다. 지상의 그 어떤 찬란함도 당신보다 강렬하지는 않습니다. 당신을 위해 천사의 하프가 빚어내는 화음과 하늘의 별들이 보내는 천상의 빛을 소유하고 싶습니다. 하지만 나는 연구에 몰두하는 불쌍한 시인에 불과합니다! 그러니 말로나마 내가 가지지 못한 보물들을 당신께 바칠 수밖에요. 내 마음밖에는 당신께 드릴 것이 없습니다. 그러나 그 마음은 영원히 당신의 지배를 받을 것입니다. 그것이 내가 가진 전 재산입니다. 하지만 당신을 영원히 존경하는 마음속에는, 변함없는 행복으로 인해 내 얼굴을 떠나지 않는 갖가지 미소 속에는, 사랑스러운 당신의 영혼이 바라는 소망이 무엇인지 알아맞히기 위한 내 사랑의 지속적인 관심 속에는 수많은 보물이 존재하지 않을까요? 천상의 시선은 우리 사이가 영원히 좋을 것이라고 말하지 않았던가요? 그러니 이제 나는 매일 저녁 신께 기도합니다. 당신으로 가득 찬 기도를. "사랑하는 나의 폴린이 행복하게 해주세요!" 당신이 이미 나의 마음을 꽉 채웠듯이 나의 하루하루도 가득 채워주지 않으시렵니까? 안녕히! 나는 이제 오로지 신께만 당신을 맡깁니다.

III

폴린! 어제 내가 당신을 불쾌하게 했나요? 말해주세요. 사랑하는 이에게 받은 고통을 혼자서 참고 견디려는 자존심을 버리세요. 나를 꾸짖어주세요. 당신으로 인해 달콤하고 행복한 삶이었건만, 어제 이후로 당신의 마음을 상하게 한 것만 같은 막연한 두려움 때문에 내 삶은 슬픔으로 가득합니다. 종종 두 영혼 사이에 드리워진 얇디얇은 베일이 견고한 장벽이 되어버리기도 합니다. 사랑에는 가벼운 잘못이란 없답니다! 만일 당신네 여자들이 사랑이라는 아름다운 감정을 안다면, 사랑의 아픔 또한 느낄 수 있을 것입니다. 그러니 우리 남자들은 경솔한 말로 당신들의 마음을 다치지 않도록 항상 조심해야겠지요. 그러니까 만일 잘못이 있다면 그 잘못은 나로 인한 것일 겁니다. 애정 넘치고 한없이 헌신적인 여인의 마음을 이해한다고 우쭐대려는 것이 아닙니다. 다만 당신 가슴속에 담긴 비밀이 내게 말하려는 바가 얼마나 중요한 것인지 알고자 할 뿐입니다. 말해주세요, 빨리 답해주세요. 무엇인가 잘못되었다는 생각으로 견딜 수 없이 우울합니다. 그것은 삶 전체를 뒤덮고 모든 것을 의심하게 합니다. 오늘 아침 내내 움푹 팬 길가에 앉아 빌누아의 망루를 바라보았습니다. 우리가 가끔 갔던 울타리까지는 차마 갈 수가 없었습니다. 내가 내 영혼 속에서 무엇을 보았는지 당신이 아신다면! 그 차가운 기운이 내 우울한 기분을 더 짙게 만드는 잿빛 하늘 아래, 지독히도 슬퍼 보이는 환영들이 내 앞을 지나가는 것이 보였습니다. 불길한 예감이 들더군요. 당신을 행복하게 해줄 수 없을까봐 두려웠습니다. 사랑하는 나의 폴린, 당신에게 모든 것을 말해야겠지요. 내게 활기를 주는 정신이 내게서 멀어지는 듯한 순간이 있습니다. 나 자신의 힘에 의해 내가 버려지는 것만 같습니다. 그러면 모든 것이 무겁게 느껴지고, 내 몸의 모든 섬유조직은 무감각해지고, 모든 감각은 느슨해지고, 시선은 몽롱해지고, 혀는 굳어버리고, 상상력은 사라지고, 욕망은 죽어버립니다. 그리고 인간이 가진 가장 나약한 힘만이 남습니다. 그럴 때면 당신이 가장 아름다운 모습으로 나타나, 내게 가장 순수하고 맑은 미소를 보내고, 가장 부드러운 말을 건네더라도, 어떤 나쁜 힘이 솟아나 내 눈을 멀게 하고 가장 매혹적인 화음도 불협화음으로 듣게 할 것입니다. 그런 순간에는 알 수 없는 추론 능력을 가진 자가 내 앞에 나타나, 지극한 화려함 속에서 '무'를 보게 합니다. 적어도 나는 그렇게 생각합니다. 그 무자비한 악마는 꽃들을 모두 꺾어버리고, 내게 "그래? 좋아, 그래서 어떡하자는 거야?"라고 말하면서 가장 달콤한 감정마저 비웃습니다. 최고의 작품들 앞에서 그 작품에 내재하는 법칙을 내게 보여주면서 작품을 퇴색시킵니다. 그리고 사물들이 만들어낸 조화로운 결과는 내게 숨긴 채 그 사물들의 메커니즘만을 파헤칩니다. 악마가 내 존재를 사로잡는 그런 끔찍한 순간이면, 이유도 알 수 없이 천상의 빛이 내 영혼 속에서 잦아들 때면, 슬프고 고통스럽습니다. 내 눈이 멀고 귀가 먹어버렸으면 좋겠습니다. 차라리 죽어버리고 싶습니다. 죽음은 휴식을 줄 테니까요. 이 의혹과 불안의 시간, 적어도 자만하지 말 것을, 정신적 도약으로 하늘나라에서 두 손 가득 새로운 생각을 거두어들였다 할지라도 우쭐해하지 말 것을 내게 가르쳐준 그 의혹의 시간이 어쩌면 필요한지도 모르겠습니다. 항상 한없이 넓은 지성의 들판을 오랜 시간 돌아다닌 후, 그리고 빛을 발하는 명석한 사색을 한 후 기진맥진해져서야 나는 지옥의 가장자리인 혼돈 상태를 이리저리 떠돌아다니니까요. 내 천사여, 이 순간, 한 여인은 분명 나의 애정을 의심할 것입니다. 그럴 수 있을 테지요. 종종 변덕스럽고 병약하고 슬픔에 잠기는 그녀는 끝없는 애정을 요구할 것입니다. 그러나 나는 그녀를 위로할 만한 다정한 시선을 보낼 수 없어요! 아, 폴린, 만일 그런 상황이 내게 닥친다면 나는 당신과 함께 울 수밖에 없다는 것을, 아무리 해도 웃을 수 없다는 것을 당신에게 고백하면서 이루 말할 수 없는 수치심을 느낍니다. 하지만 여인은 사랑 속에서 자신의 고통을 숨길 수 있는 힘을 발견합니다! 사랑하는 사람을 위해 그리 하듯 자신의 아이를 위해 고통 속에서도 미소 지을 줄 알지요. 폴린, 내가 당신을 위해 숭고하고도 세심한 그런 여인을 흉내 낼 수 있을까요? 어제부터 나 자신을 의심하고 있습니다. 한 번이라도 당신을 불쾌하게 했던가요? 내가 당신을 이해하지 못했던가요? 그랬다면 내 안에 있는 피할 수 없는 치명적 존재인 악마에게 떠밀려 행복한 이 세상 밖으로 쫓겨날까봐 두렵습니다. 내게 그런 끔찍한 순간이 많다면, 끝없는 내 사랑이 내 삶의 불행한 시간을 보상해줄 수 없다면, 지금 이 상태 그대로 사는 것이 내 운명이라면?…… 치명적인 물음이군요! 힘이란 일종의 덕목이지만 그 위력은 치명적입니다. 그럼에도 불구하고 내 안에 그 힘이 존재함을 느낍니다. 폴린, 나를 멀리하세요. 나를 버려주세요! 나로 인해 당신이 불행해지는 것을 보느니 차라리 삶의 온갖 고통을 견디겠어요. 그런데 어쩌면 내 영혼에 대한 악마의 지배력이 그리 크지 않았는지도 모르겠습니다. 악마를 추방하고 나를 구원해줄 최고 부드러운 손이 아직 내게는 존재하지 않았으니까요. 어떤 여인도 내게 위안의 말을 건넨 적이 없습니다. 무기력한 이 순간에 사랑이 내 머리 위에서 날갯짓을 한다면 내 마음에 새로운 힘을 퍼뜨릴 수 있을지도 모르겠습니다. 이 잔인한 우울증은 아마도 고독의 결과일 것입니다. 버림받은 영혼에 가해지는 고통의 한 양상일 것입니다. 버려진 내 영혼은 신음하며, 알 수 없는 고통으로 인한 혹독한 시련을 견딥니다. 기쁨이 적으면 고통도 적고, 행복이 크면 불행도 한이 없는 법이지요. 얼마나 기막힌 생각인가요! 그것이 사실이라면, 우리는 너무도 행복한 우리 자신 때문에 몸서리처야 하지 않을까요? 물건이 그 가치대로 팔리는 것이 자연법칙이라면, 우리는 어떤 심연 속에 빠지게 될까요? 아! 가장 완벽한 사랑을 나눈 사람들이란 한창 젊을 때, 가장 사랑하는 순간에 함께 죽는 사람들일 것입니다! 얼마나 슬픈 일인가요! 나의 영혼이 불행한 미래를 예견하는 것일까요? 스스로 반성하면서 나 자신에게 묻습니다. 아주 작은 것이라도 당신을 근심에 빠지게 할 무엇인가가 내 안에 존재하는 것이 아닌지 말입니다. 당신에 대한 내 사랑이 이기적인가요? 그럴지도 모르겠습니다. 내 애정으로 당신의 마음은 감미로움을 느끼겠지요. 하지만 당신 머리 위에 지워진 짐이 주는 무게의 고통이 그 감미로움보다 더 클지도 모릅니다. 내 안에 내가 복종할 수밖에 없는 어떤 냉혹한 힘이 존재한다면, 당신이 두 손 모으고 기도할 때 나는 저주를 퍼붓는다면, 당신과 함께 놀기 위해 어린아이처럼 당신 발밑에 엎드리고 싶을 때 어떤 서글픈 생각이 나를 사로잡는다면, 당신은 이 욕심 많고 막무가내인 이상한 사람을 열망하지 않겠지요? 나의 여인이여, 내가 온전히 당신 것이 되지 못할까 봐 두렵다는 것을 아시나요? 영원히 당신만을 생각하기 위해, 우리의 달콤한 사랑 속에서 아름다운 삶과 시를 보기 위해, 그 사랑 속에 나의 영혼을 다 던지고 내 모든 힘을 삼켜버리기 위해, 매 순간 우리가 느껴야 할 기쁨을 요구하기 위해, 나의 모든 지배권과 이 세상의 모든 영광을 기꺼이 포기할 거라는 사실을 아시나요? 이제야 숱한 사랑의 추억이 되살아나는군요. 슬픔의 구름은 사라질 것입니다. 안녕히 계십시오. 보다 당신 사람이 되기 위해 당신을 떠납니다. 사랑하는 나의 영혼이여, 내 마음에 평화를 가져다줄 한 개의 단어, 한 마디의 말을 기다립니다. 사랑하는 나의 폴린을 슬프게 했나요? 아니면 당신 얼굴에 떠오른 애매한 표정 때문에 내가 잘못 생각한 것인가요? 알고 싶습니다. 당신과 함께 행복한 순간을 보냈지요. 지금 와서 사랑 가득한 미소도 짓지 않고 달콤한 한마디 말도 하지 않은 채 당신에게 갔던 나 자신을 비난하고 싶지는 않습니다. 사랑하는 여인을 슬프게 하는 것, 폴린, 내게 그것은 죄악입니다. 진실을 말해주세요. 너그러운 거짓말은 말아주세요. 부디 잔인한 마음은 누그러뜨리고 용서해주세요.

단편(斷片)

더없이 완벽한 애정은 행복일까요? 네, 그렇습니다. 왜냐하면 몇 년간의 고통으로도 한 시간의 사랑을 살 수는 없을 테니까요. 어제 당신의 슬픈 모습이 그림자가 스치듯 빠르게 내 영혼을 스치고 지나갔습니다. 슬펐나요? 고통스러웠나요? 나는 고통스러웠습니다. 이 슬픔은 어디서 온 것일까요? 빨리 답장을 보내주세요. 왜 나는 미리 짐작하지 못했을까요? 우리의 생각이 아직 완전히 하나가 되지 못했던가요? 당신과 멀리 떨어져 있거나 가까이 있거나, 나는 당신의 고통과 아픔을 느꼈어야 했습니다. 우리가 같은 삶, 같은 마음, 같은 생각을 가질 만큼 서로의 삶이 친밀하게 결합하지 못한다면 내가 당신을 사랑하는 거라고 생각하지 않겠습니다. 당신이 있는 곳에 내가 있고, 당신이 보는 것을 내가 보고, 당신이 느끼는 것을 내가 느끼며, 내 생각 속에는 항상 당신이 존재합니다. 당신의 마차가 전복되어 당신이 죽을 뻔했다는 것을 내가 먼저 알지 않았던가요? 그러니까 그날도 나는 당신을 떠나지 않았고, 당신을 보고 있었던 것입니다. 삼촌은 내게 왜 그렇게 창백해졌느냐고 물으셨지요. 그때 나는 말했습니다. "빌누아 양이 쓰러졌어요!" 이처럼 마음으로도 나는 당신을 따라다닙니다. 그런데 어제는 왜 당신의 마음을 읽지 못했을까요? 슬픔의 이유를 내게 숨기고 싶었나요? 하지만 나를 얼어붙게 하는 그 무서운 살로몽 아저씨 곁에서 당신이 나를 위해 몹시 애썼다는 사실을 나는 간파했다고 생각했습니다. 그는 우리와 같은 하늘 아래 있지 않습니다. 당신은 왜 그 누구의 행복과도 다른 우리만의 행복이 이 세상의 법칙을 따르기를 원하나요? 물론 나는 당신의 더할 나위 없는 정숙함과 당신의 종교, 당신의 미신 같은 생각조차 다 사랑합니다. 그래서 당신이 부리는 아주 작은 변덕에도 복종할 수밖에 없습니다. 당신의 행동은 모두 옳습니다. 숭고한 영혼이 내비치는 당신의 얼굴보다 더 아름다운 것은 이 세상에 없는 것처럼 당신의 생각보다 더 순수한 것도 없습니다. 당신이 내게 허락한 감미로운 순간을 찾아 길을 떠나기 전에 당신의 편지를 기다립니다. 아! 우리의 친구, 우리의 이야기를 다 들어주던 유일한 친구인 달빛에 에워싸인 망루의 모습이 내 가슴을 얼마나 뛰게 하는지 당신이 안다면!

IV

영광이여, 안녕! 미래여, 안녕! 내가 꿈꾸던 삶이여, 안녕! 사랑하는 여인이여, 이제는 당신 사람이 되고 당신에게 걸맞은 사람이 되는 것, 그것이 나의 영광입니다. 나의 미래는 당신을 보는 희망 속에서만 온전히 존재합니다. 그리고 나의 삶은? 그것은 당신 발치에 머무는 것, 당신이 창조한 하늘 밑에서 당신 시선 아래 누워 마음껏 숨 쉬는 것이 아니던가요? 내 모든 능력과 생각은 당신 것이어야 합니다. 내게 "당신이 수고해주었으면 좋겠어요"라는 황홀한 말을 해준 당신에게 말입니다. 연구에 시간을 바치는 것, 이 세상에 새로운 생각을 부여하는 것, 시인에게 시를 바치는 것, 그런 것들은 마치 사랑에서 기쁨을, 행복에서 순간을, 당신의 숭고한 영혼에서 감정을 훔치는 것과 같지 않을까요? 아니요, 아니요, 내게 소중한 사람이여, 당신을 위해 모든 것을 남겨두겠습니다. 당신에게 내 영혼의 꽃을 모두 바치겠습니다. 물질적으로, 그리고 지적으로 소중한 것들 중에 당신의 마음처럼 부유하고 순수한 마음을 축복할 수 있을 만큼 아름답고 찬란한 것이 있을까요? 감히 내 마음을 순결한 당신의 마음과 결합하려 했지요. 네, 나는 종종 당신이 주는 사랑만큼 나도 줄 수 있다고 자만했습니다. 그러나 아닙니다. 당신은 천사 같은 여인입니다. 그러니 당신이 표현하는 감정은 언제나 더 매혹적일 것이며, 당신의 목소리는 언제나 더 조화롭고, 당신의 미소는 언제나 더 우아하며, 당신의 시선은 내 시선보다 언제나 더 순결할 것입니다. 그래요, 당신은 내가 사는 곳보다 더 높은 곳에서 태어난 사람이라고 생각하도록 나를 내버려두세요. 당신은 그 높은 곳에서 내려왔다는 자부심을 가지세요. 나는 당신에게 걸맞은 사람이라는 자부심을 갖겠습니다. 이 가난하고 불행한 나에게로 내려온 당신은 필경 은총을 잃지는 않을 것입니다. 네, 그렇습니다. 한 여인에게 가장 아름다운 은신처가 그녀만을 향하는 마음이라면, 당신은 항상 내 마음을 지배하는 주군이 될 것입니다. 당신이 그 안에 머무는 한—항상 그곳에 머물러주겠지요?—그 어떤 생각도, 그 어떤 행동도 사랑으로 가득한, 성역과도 같은 이 마음을 퇴색시킬 수는 없을 것입니다. 지금 그리고 앞으로도 영원히!라는 달콤한 말을 당신이 내게 해주지 않았던가요? 의식 때 쓰는 이 말을 당신의 초상화 밑에 새겨두었습니다. 이 말은 신에게 걸맞듯이 당신에게도 잘 어울리는 품위 있는 말이며, 내 사랑처럼 지금 그리고 앞으로도 영원히 존재할 겁니다. 아니요, 아니요, 나는 절대로 당신에게 느끼는 감정, 거대하고, 무한하고, 끝이 없는 이 감정을 고갈시키지 않을 것입니다. 부분을 보고 공간 전체의 넓이를 짐작하듯이, 나는 이 감정의 한 조각을 재보고도 그 무한한 크기를 알아맞힐 수 있었습니다. 그래서 이루 말할 수 없는 기쁨을 느꼈지요. 당신의 몸짓 하나만 떠올려도, 당신의 말 중 단 한 문장의 억양만 생각해도 달콤한 명상의 시간을 보낼 수 있었습니다. 감미롭고 친근했던 한 시간의 추억이 나를 기쁨에 겨워 눈물짓게 합니다. 그 추억은 나를 감동시키고, 내 영혼 속으로 파고들어 고갈되지 않는 행복의 원천이 됩니다. 그 추억들이 떠오를 테지요. 그러면 나는 그 무게에 짓눌려 죽고 말 겁니다. 사랑하는 것, 그것은 천사의 삶입니다! 당신을 보며 느끼는 즐거움은 결코 고갈되지 않을 것 같습니다. 그것은 가장 소박한 즐거움이나 그것을 느끼기에는 항상 시간이 부족합니다. 그 즐거움은 내게 영원한 명상을 가르쳐주었습니다. 그 명상 속에는 신 앞의 천사들과 정령들이 머물러 있지요. 그 명상에서 새로운 감정의 빛이 솟아나 찬란하게 빛나는 것, 그보다 더 자연스러운 것은 없습니다. 그 빛은 당신 눈에서, 당신의 위엄 어린 이마에서, 천사의 영혼을 지닌 당신의 아름다운 전체 모습에서 발산되는 빛만큼이나 강렬합니다. 또 하나의 우리 자신인 이 영혼, 그 순수한 형태는 절대 사라지지 않을 것이며, 우리의 사랑을 영원하게 할 것입니다. 감미로운 사랑이 다시 생겨났음을 당신께 표현할 수 있도록 내가 쓰는 언어와는 다른 언어가 존재했으면 좋겠습니다. 하지만 우리가 새로운 언어를 창조한다면, 우리의 시선이 생생한 언어가 된다면, 가슴에 스며드는 강렬한 마음의 질문이나 대답을 듣기 위해 상대방을 눈으로 보아야 하지 않을까요? "아무 말도 하지 마세요!"라던 당신 말에 내가 침묵했던 어느 저녁처럼 말입니다. 기억하나요? 내 생명 같은 여인이여! 정신이 나간 채 암흑 속을 헤매고 있을 때, 내가 느끼는 신성한 느낌을 인간의 언어로는 표현할 수 없음에도 나는 그 부족한 언어를 쓸 수밖에 없지 않을까요? 적어도 단어들은 내 영혼에 새겨진 느낌의 흔적을 표시해주기는 하니까요. '신'이라는 단어가 불완전하게나마 그 신비로운 근원에 대한 우리의 생각을 요약해주는 것처럼 말입니다. 그렇지만 언어학이 발달하고 언어에 무한한 능력이 있다 해도, 부드러운 포옹을, 내 삶이 당신 삶 속으로 녹아들게 하는 그 포옹을 표현할 수 있는 말은 도저히 찾을 수가 없군요. 그리고 당신 곁에 머문 채 당신에게 글 쓰는 일을 멈추려면 어떤 말로 편지를 끝내야 할까요? 죽음을 의미하지 않는다면 아듀라는 이별의 말은 무엇을 의미할까요? 죽음이 곧 이별일까요? 죽는다면 내 영혼과 당신의 영혼이 더욱 친밀하게 결합하지 않을까요? 오, 나의 영원한 사유여! 옛날에 이미 나는 당신 앞에 무릎을 꿇고 나의 마음과 생명을 바쳤습니다. 지금 당신에게 바친 꽃들, 내 영혼 속에 피어나는 새로운 감정의 꽃들은 어떤 것일까요? 당신에게 보내는, 완전히 당신 것인 내 마음의 일부가 아닐까요? 당신은 나의 미래가 아니던가요? 지나간 과거가 얼마나 후회스러운지요! 우리가 서로를 알지 못했던 그 세월을 당신에게 모두 돌려주고 싶습니다. 그리고 당신이 지금 나의 삶을 지배하듯 그 세월도 지배하게 하고 싶습니다. 내가 당신을 알지 못했던 그 시간들은 도대체 무엇일까요? 설사 내가 그렇게까지 불행하지는 않았다 해도 그것은 아무런 의미 없는 시간, 일종의 '무'일 것입니다.

단편

사랑하는 천사여! 어제저녁은 얼마나 즐거웠던가요! 사랑스러운 당신의 마음은 얼마나 부자였던가요? 그러니까 내 사랑처럼 당신의 사랑도 고갈되지 않는군요. 당신의 한마디 한마디는 내게 기쁨을 주었고, 당신의 시선 하나하나는 그 기쁨을 더욱 크게 만들었습니다. 당신의 고요한 표정 덕분에 우리의 사유는 끝없이 펼쳐졌습니다. 네, 모든 것은 하늘처럼 끝이 없었고, 파란 하늘빛처럼 부드러웠지요. 사랑스러운 당신 얼굴에서 배어나는 우아함은 알 수 없는 마법 때문에 당신의 상냥한 행동에서도, 아주 작은 몸짓에서도 우러납니다. 나는 당신이 더없이 고상하고 더없이 사랑스럽다는 것은 알고 있었습니다. 그러나 당신이 모든 면에서 그렇게 우아한지는 몰랐습니다. 모든 것이 내게 관능적인 간청을 하라고, 여인이 처음으로 보여주는 호의를 요구하라고 충고합니다. 여자들은 항상 처음에는 사랑의 호의를 거부하지만, 그것은 아마도 남자가 그 사랑을 쟁취하도록 내버려두고 싶어서일지도 모릅니다. 아니요, 아니요, 내 삶의 사랑스러운 영혼인 당신, 당신은 당신이 내 사랑을 위해 무엇을 줄 수 있는지 결코 미리 알지 못할 겁니다. 하지만 당신은 원치 않더라도 헌신하게 될 겁니다. 당신은 진실한 여인이며, 마음의 목소리에만 복종하니까요. 당신의 부드러운 목소리는 고요한 하늘과 맑은 공기가 이루어내는 조화와 어쩜 그다지도 잘 어울리던 지요! 새들의 노랫소리도 바람 소리도 들리지 않았습니다. 우리는 고독과 함께 있었지요! 나뭇잎들은 어두운 듯하면서도 빛나는 석양의 아름다운 색채 속에서 미동도 하지 않았습니다. 온갖 감정을 품고 있던 당신, 내게 답하지 않으려고 눈을 들어 하늘을 보곤 하던 당신, 당신은 그 천상의 시를 느꼈겠지요! 자존심 강하지만 늘 웃고 있던 당신, 겸손하면서도 독재자 같은 당신, 영혼과 사유의 모든 것에 전념하면서도 가장 수줍은 애무조차 피하던 당신! 사랑스러운 마음의 애교여! 어린아이의 말처럼 약간 더듬거리는 듯한 달콤한 애교 섞인 그 말들은 늘 내 귓전을 울리며 떠나지 않을 것입니다. 그것은 약속의 말도, 고백의 말도 아닙니다. 그것은 두려움도 고통도 없이 아름다운 희망만을 주는 그런 말입니다. 얼마나 순결한 추억인가요! 영혼 깊은 곳에서 꽃들이 피어나는 것과 같지 않은가요? 아무것도 그 꽃을 퇴색시킬 수 없을뿐더러 모든 것이 그 꽃에 활기를 주고 그 꽃을 풍성하게 합니다! 영원히 그럴 것입니다. 그렇지 않나요, 내 사랑? 오늘 아침 이 순간에 솟아오르는 생생하고도 싱그러운 즐거움을 되새기며 영혼의 행복을 느낍니다. 이 행복은 영원하면서도 항상 새로운 감정의 바다와 같은 진정한 사랑을 품게 합니다. 그리고 나는 이 행복에 점점 빠져듭니다. 매일매일이, 한마디 한마디 말이, 모든 포옹과 시선이 내가 느끼는 행복에 더 큰 기쁨을 줍니다. 네, 그렇습니다. 아무것도 잊어버릴 수 없을 만큼 위대한 영혼은 매 순간 가슴이 떨릴 때마다 미래를 약속하는 행복 뿐 아니라 과거의 행복도 느껴야 합니다. 바로 이것이 내가 과거에 꿈꾸던 행복입니다. 그러나 이제 그것은 더이상 꿈이 아닙니다. 드디어 내가 지상의 모든 기쁨을 알게 해줄 천사를 만난 것이 아닐까요? 그 천사는 과거에 내가 겪은 지상의 모든 고통을 보상해주기 위해 내게로 와준 것이 아닐는지요? 하늘의 천사여, 입맞춤으로 당신을 영접합니다. 내 마음에서 우러나오는 이 찬가를 당신께 보냅니다. 그래야만 했습니다. 그러나 이 글은 당신에 대한 감사의 마음도, "믿으세요!"라는 숭고한 한마디 말로 내게 마음의 복음을 전하는 여인에게 매일 바치는 아침 기도도 제대로 표현하지 못할 것입니다.

V

뭐라고요, 내 사랑, 난관이 없어졌다고요! 이제 우리 두 사람은 매일, 매 시간, 매 순간, 영원히 아무런 구속도 받지 않고 자유로울 수 있겠군요. 아주 가끔씩 몰래 그랬던 것처럼, 일생 동안 하루 종일 함께 있을 수도 있다니요! 세상에! 그렇게 순수하고 그렇게 깊은 우리의 감정이 이제 내가 그렇게도 꿈꾸던 달콤한 애무로 표현될 수 있겠군요. 당신의 작은 발은 나를 위해 신발을 벗고, 당신은 온전히 내 여자가 될 것입니다. 이 행복감이 나를 죽이고 짓누릅니다. 내 머리는 너무도 나약하여, 격렬한 생각들로 터져버릴 것만 같

습니다. 나는 엉엉 울다가도 크게 웃곤 합니다. 매 순간의 쾌락은
마치 불화살과도 같아서, 나를 찌르고 불태웁니다! 상상 속에서 당
신은 관능을 드러내는 다양하고 변덕스러운 모습으로 내 눈앞을 지
나갑니다. 그 모습에 내 눈은 현혹되어 넋이 빠져버립니다. 마침내
우리 삶이 바로 여기, 내 앞에 있군요. 삶의 급류와 삶의 휴식과 삶
의 기쁨과 함께 말입니다. 우리의 삶은 끓어넘치고, 펼쳐지고, 휴식
을 취합니다. 그러고 나면 삶은 젊고 신선한 모습으로 다시 깨어납
니다. 같은 발걸음으로 함께 걷고, 같은 생각을 나누고, 항상 서로
를 마음에 담은 채, 서로를 이해하면서, 마치 메아리가 소리를 듣고
따라 하듯 서로 말을 주고받으면서, 그렇게 결합하는 우리를 본답
니다. 우리는 이토록 격렬한 우리의 삶을 매 순간 견디면서 오래오
래 살 수 있을까요? 첫키스를 나누는 순간에 죽어버리는 것은 아닐
까요? 우리의 모든 힘을 빼앗아 가버린 그날 저녁의 부드러운 키스
로 우리 두 영혼이 이미 하나가 되었다면, 길지 않은 그 키스, 내 모
든 욕망의 대단원인 그 키스, 우리가 헤어져 있는 동안 내 영혼으로
부터 흘러나왔지만 마치 회한처럼 가슴속에 담아둔 수많은 기도의
의미는 도저히 해석해주지 못할 그 키스는 이제 과연 무엇일까요?
당신이 성으로 돌아갈 때의 발소리를 들으려고 나는 울타리로 가서
눕곤 했지요. 그러던 내가 이제는 내 마음대로 움직이면서, 웃으면
서, 놀면서, 이야기하면서, 오가면서, 마음껏 당신을 찬미할 수 있
게 되었군요. 끝없는 기쁨이여! 오가는 당신을 바라보면서 느끼는
즐거움이 얼마나 큰지 당신은 모릅니다. 남자만이 그 심오한 감정
을 느낄 수 있으니까요. 당신의 몸짓 하나하나는 즐겁게 놀거나 혹

은 곤히 잠든 아이를 바라보는 어머니가 느낄 수 있는 것보다도 더 큰 기쁨을 내게 줍니다. 이 세상에 존재하는 모든 사랑의 이름으로 당신을 사랑합니다. 아주 사소한 몸짓이라도 당신의 몸짓이 보여주는 우아함은 항상 새롭습니다. 당신의 숨결을 마시기 위해서라면 며칠 밤이고 샐 수 있을 것 같습니다. 당신 삶의 모든 움직임 속으로 슬며시 들어가고 싶습니다. 당신 사유의 본질 자체이고 싶습니다. 당신 자체이고 싶습니다. 나는 절대 당신을 떠나지 않을 것입니다! 인간의 어떤 감정도 우리의 사랑을 방해하지 못할 것입니다. 그 사랑은 변형되지만 무한하고, 하나로 결합된 모든 것이 그렇듯이 순수한 사랑입니다. 바다처럼 넓고, 하늘처럼 광활한 우리의 사랑! 당신은 나의 것입니다! 온전히 내 것입니다! 당신 눈 속에 숨었다가 나타나곤 하는 당신의 영혼을 꿰뚫어보기 위해, 그리고 그 눈 속에서 당신의 욕망을 엿보기 위해 당신 눈 속에 담긴 깊은 시선을 바라볼 수 있겠지요! 사랑하는 여인이여! 지금껏 차마 당신에게 하지 못한 내 이야기를 들어주세요. 지금에야 당신께 고백합니다. 나는 무엇인지 알 수 없는 영혼의 순수함 같은 것을 느꼈습니다. 그 때문에 내 감정을 완전히 드러낼 수 없었지요. 그래서 그 감정을 느끼기보다는 생각하려고 애썼습니다. 그러나 지금은 내 마음을 고스란히 드러내고 싶습니다. 내 열정 어린 꿈을 말하고 싶습니다. 내가 겪고 있는 고독으로 인해 고양된, 행복의 기대로 타오르는, 그토록 아름다운, 또한 그렇게도 매력적인 당신에 의해 일깨워진 내 감각으로부터 끓어오르는 갈망을 당신에게 다 밝히고 싶습니다! 하지만 사랑하는 여인을 소유했을 때 느끼는 미지의 행복을 내가 얼마나 갈구하는지 설명할 수 있을까요? 사랑으로 단단하게 결속된 두 영혼은 억제할 수 없는 응집력을 지고의 행복으로 여긴답니다. 나의 폴린이여, 당신을 향한 욕망이 하도 격렬하여 나는 애무를 나누는 느낌에 빠져 몇 시간이나 계속 혼미한 상태로 있었음을 당신은 알아야 합니다. 바닥도 없는 깊은 심연 속으로 빠져 들어가는 듯한 느낌이었습니다. 그 순간, 내 삶 전부와 나의 사유, 그리고 나의 힘은 모두 녹아 소위 욕망이라고 하는 것 속에서 하나가 됩니다. 욕망이라는 말밖에는 그 열광과 흥분을 표현할 수 있는 말이 없군요! 이제야 당신에게 고백할 수 있습니다. 당신이 그토록 아름다운 몸짓으로 나에게 내밀던 손을 거부한 날, 서글픈 현명함으로 당신은 내 사랑을 의심했지요. 그날 나는 한 여인을 소유하기 위해 살해를 생각하는 그런 광기에 사로잡혀 있었습니다. 네, 그렇습니다. 당신이 내게 다가와 지그시 기댈 때 나는 당신의 목소리가 내 가슴속에 울려 퍼질 때만큼이나 생생한 감미로움을 느꼈지만, 한편으로는 나의 격렬한 욕망이 나를 어디까지 끌고 갈지 알 수 없을 정도였습니다. 당신에게 아무 말도 하지 않은 채 혼자 괴로워할 수도 있습니다. 내 명상이 현실이 될 텐데 무엇 때문에 그 고통을 말하겠습니까? 그러니 이제 일생 중 단 한 번의 애무만이 내게 허락되겠군요! 사랑하는 여인이여! 당신의 검은 머리를 비추는 빛에 끌려 나는 눈물을 머금은 채 한참 동안 당신 모습을 하염없이 바라볼 것입니다. 당신이 돌아서서 "그만 하세요. 당신은 나를 부끄럽게 하는군요"라는 말만 하지 않는다면 말입니다. 내일이면 모든 사람들이 우리의 사랑을 알게 되겠지요! 아! 폴린, 우리는 타인의 시선을 묵묵히 견더야만 하겠지요? 사람들의 호기심에 가슴이 아픕니다. 빌누아로 갑시다. 모든 것을 멀리한 채 그곳에 머무릅시다. 폴린, 나는 사람의 얼굴을 한 그 누구도 당신이 온전히 내 여자가 될 그 성전에 들어오지 않기를 바랍니다. 심지어 그 성전이 우리 이후에는 존재하지 않기를, 파괴되어버리기를 바랍니다. 네, 그렇습니다. 우리만이 이해하고 우리만이 느끼는 행복을 자연으로부터 빼앗아 오고 싶습니다. 그 행복이 너무도 크기에 그 속에 빠져 죽을 지경입니다. 그것은 심연입니다. 이 편지를 적신 눈물을 보고 놀라지 마십시오, 이것은 기쁨의 눈물이니까요. 나의 유일한 행복이여, 그러니 우리 이제는 헤어지지 맙시다!

1823년 나는 승합마차를 타고 파리에서 투렌 지방으로 가고 있었다. 메르에서 마부는 블루아로 가는 승객 하나를 태웠다. 내가 탄 마차 안으로 그를 안내하면서 마부는 농담조로 "비좁지는 않으실 겁니다, 르페브르 씨"라고 말했다. 사실 마차 안의 승객은 나 하나였다. 그 이름을 듣고, 적어도 여든 살은 되었을 법한 흰 머리의 노인을 바라보니 자연스럽게 랑베르의 외삼촌이 떠올랐다. 몇 가지 질문을 하고 나자 내 추측이 틀리지 않았음을 알게 되었다. 그는 메르에서 포도 수확을 마치고 블루아로 돌아가는 길이었다. 나는 얼른 옛 친구의 소식을 물었다. 그런데 내 질문에 그의 얼굴이 슬프고 어둡게 변했다. 그러잖아도 그는 숱한 고통을 겪은 군인처럼 근엄하고 엄격한 표정을 띤 얼굴이었다. 이마의 주름이 가볍게 일그러졌다. 그는 입술을 깨물었다. 그러고는 내게 모호한 시선을 던지면서 물었다. "기숙학교에서 헤어진 후로는 다시 만나지 못했소?"

"네, 그렇게 되었습니다. 하지만 서로를 잊었다면 그건 우리 둘 모두의 잘못이지요. 아시다시피 젊은이들의 삶이란 것이 일단 학교 벤치를 떠난 후에는 워낙 모험적이기도 하고 정열적이기도 해서, 서로가 여전히 우정을 간직하고 있는지 확인하려면 다시 만나야만 하지요. 그러지는 못했지만 종종 어린 시절의 추억이 되살아납니다. 완전히 잊어버릴 수는 없지요. 특히 저와 랑베르처럼 무척 친했던 친구와의 우정은 절대 잊을 수가 없지요. 사람들은 우리를 시인과 피타고라스라고 불렀답니다!"

나는 내 이름을 밝혔다. 그러자 노인의 얼굴이 더 어두워졌다.

"그러니까 댁은 그의 소식을 전혀 모르는가보구려. 불쌍한 내 조카는 블루아에서 가장 부유한 상속녀와 결혼하기로 되어 있었다오. 그런데 결혼식 전날 밤 미쳐버렸지요."

"랑베르가 미쳤다고요!" 나는 너무 놀라 소리쳤다. "왜죠? 제가 만난 사람들 중 그 누구보다도 좋은 기억력에 논리적인 사고방식과 가장 예리한 판단력을 가진 그가 미치다니요? 왜요? 그는 천재입니다. 어쩌면 지나칠 정도로 신비주의에 열광했는지는 몰라도 말이죠! 그에게 뭔가 특별한 일이 있었던 겁니까?"

"댁은 그 아이를 잘 알았던 것 같구려." 노인이 말했다.

메르에서 블루아까지 가면서 우리는 불쌍한 내 친구에 대해 이야기를 나누었다. 그와의 긴 대화를 통해 나는 랑베르의 특성을 알게 되었다. 그것은 내가 이미 말했던 것들로 그에게 일어났던 일들을 순서대로 언급하면서 흥미롭게 전해주었다. 나는 그의 외삼촌에게 우리가 어떤 공부를 했고 조카의 관심사는 무엇이었는지 이야기했고, 그는 내가 학교를 떠나면서 랑베르와 이별한 후 랑베르에게 일어난 일들을 말해주었다. 르페브르 씨에 따르면, 랑베르에게는 결혼 전에 이미 광기의 조짐이 있었다고 했다. 그러나 그런 징후는 열정적으로 사랑하는 사람들에게는 흔히 나타날 수 있는 것이어서, 그의 격렬한 사랑과 빌누아 양에 대한 이야기를 들었을 때 나는 그 징후라는 것이 별로 특별할 것 없다고 생각했다. 새로운 생각이라고는 거의 찾아볼 수 없는 시골에서는 루이처럼 체계적이고 새로운 생각으로 가득한 사람은 적어도 유별난 사람 취급을 받을 수도 있었을 것이다. 그의 언어는 사람들을 놀라게 했을 것이다. 게다가 그는 말을 거의 하지 않는 편이어서 더욱 그랬을 것이다. 다른 사람들은 '우리는 오랫동안 함께하지 않을 것이다'라는 뜻으로 "우리는 아주 적은 양의 소금조차 함께 먹지 않을 것이다"라고 말할 때, 그는 "이 사람은 나와는 다른 하늘 출신이다"라고 말했다. 재능을 가진 사람에게는 자신만의 고유한 어법이 있다. 재능이 많은 천재일수록 다양한 **독창성**을 가진 별난 행위는 더욱 두드러져 보인다. 시골에서는 독특한 사람은 거의 미친 사람 취급을 받는다. 그래서 르페브르 씨의 말을 들었을 때 처음에는 내 친구가 미쳤다는 사실을 믿지 않았다. 노인의 말을 다 듣고 난 후, 나는 그가 한 말을 마음속으로 가만히 되새겨보았다. 가장 심각한 증세는 두 연인의 결혼식 며칠 전에 나타났다고 한다. 루이는 매우 특이한 강경증 발작을 일으켰다. 그는 쉰아홉 시간 동안 시선을 한 곳에 붙박은 채 꼼짝 않고 먹지도 말하지도 않았다고 한다. 격렬한 열정에 빠진 사람들에게 일어날 수 있는 신경증 증세였다. 대단히 드문 현상이긴 해도 의사들에게는 널리 알려져 있었다. 놀라운 것은 그가 종종 빠졌던 무감각 상태나 그의 사고의 특성으로 미루어 봤을 때 루이에게 이미 그런 질병의 발작 증세가 몇 번 있었던 게 아니었을까 하는 의심이 든다는 사실이었다. 그러나 외적으로나 내적으로 완벽했던 그의 인격은 그때까지 자신의 힘이 남용되는 것에 저항했을 것이다. 최고의 육체적 쾌락에 대한 기대감이 가져다주었을 흥분 상태가 그런 발작을 일으키게 했을 수도 있다. 단지 순수한 육체와 영혼의 위력에 의해서만 흥분을 느끼던 그였으니까. 그 발작의 결과에 대해서는 원인만큼이나 알려진 바가 없다. 게다가 우연히 보관하게 된 그의 몇몇 편지는 그가 과거에 지향했던 순수 이상주의에서 가장 예민한 감각주의로 옮겨 갔음을 잘 보여준다. 그 옛날 학창 시절에, 우리는 인간에게 일어날 수 있는 그 현상이 참으로 대단한 것이라고 생각했다. 루이는 그 현상 속에서 인간에게 존재하는 두 가지 본성이 우연에 의해 분리될 수 있음을 보았으며, 알 수 없는 이유로 그때까지 경험하지 못했던 자신의 생소한 능력을 사용하면서 정신이 완전히 부재하는 징후의 가능성을 감지했을 것이다. 잠처럼 깊은 심연에 빠진 상태인 그 병은 랑베르가 『의지론』에서 제시한 바 있는 이론과 관련이 있다. 르페브르 씨가 루이의 첫번째 발작에 대해 이야기할 때, 나는 루이와 함께 의학 서적을 읽은 후 그 문제에 대해 나누었던 대화가 갑자기 생각났다.

"깊은 명상, 황홀한 무감각 상태는 아마도 여물지 않은 상태인 강경증 같은 것일 거야." 이야기를 마치면서 루이는 이렇게 결론을 내렸었다.

자신의 사유를 아주 짧게 표명한 어느 날, 그는 순전히 동물적이고 본능적인 단순한 동작에서 시작해 사유의 집합을 거쳐 비교와 심사숙고와 명상에, 그리고 마침내 무감각과 강경증의 상태에 이르는 지성의 모든 행위를 한걸음 한걸음 따라가 결과의 고리를 가지고 정신적 현상들을 서로 연결하고자 했다. 하긴 많은 사람들, 특히 순전히 기계적인 노동에 모든 힘을 소비하는 사람들에게는 본능적이고 동물적인 동작으로 족할 터였다. 필시 랑베르는 젊은 나이의 순진한 생각으로 인간의 내적 능력의 다양한 단계를 배치함으로써 훌륭한 저서의 구상을 마쳤다고 생각했던 것이다. 한번은 우리가 순교자 명부*를 발견했던 것이 기억난다. 그것은 숙명을 믿게 하는 일종의 운명의 힘 덕분이었다. 그 속에는 내적 능력의 절정에 이르렀을 때 인간이 도달할 수 있는 육체적 삶의 완전한 소멸에 대한 아주 흥미로운 사실이 담겨 있었다. 열광의 결과에 대해 깊이 생각하면서, 루이는 우리가 감정이라 부르는 관념의 집합이 인간의 신체 기관이 생식에 필요한 물질을 흡수하는 방식에 따라 비교적 넉넉하게 생산하는 어떤 유체의 물질적 분출일 수도 있다고 생각하기에 이르렀다. 우리는 마치 아이들이 어떤 계획을 세워놓고 열광하듯이 강경증에 열광했다. 우리는 **다른 것을 생각하면서** 고통을 견딜 수 있는지 시험했다. 지난 세기에 얀센 파의 열광적 신도들이 그랬던 것처럼, 여러 가지 경험을 하면서 몸을 혹사했다. 이 종교적 열광이 훗날 인류의 과학에 이바지할 것이라고 우리는 믿었다. 예를 들어 내가 몇 분 동안 루이의 배에 올라 버티고 있었는데도 그는 아무런 고통도 느끼지 않았다. 그러나 이런 터무니없는 시도에도 불구하

---

* 로마 시대 기독교 순교자들의 이야기가 담긴 『로마의 순교자 명부』는 1586년에 출판되었다.

고 우리에게는 어떤 강경증 발작도 일어나지 않았다. 이 여담은 내가 처음 느꼈던 의혹을 설명하는 데 필요한 것이었다. 그러나 르페브르 씨는 내 의견을 완전히 일축했다.

"발작을 멈추었을 때, 내 조카는 깊은 공포에 빠져 있었소. 그것은 어떤 것으로도 돌이킬 수 없는 우울증 같은 것이었지. 그는 자신이 무능력하다고 생각했소. 나는 어머니가 아이들을 돌보듯 조심스럽게 그를 감시하기 시작했다오. 그리고 다행히도 거세를 시도하려는 바로 그 순간 그를 기습해 막았다오. 오리게네스*가 자신의 재능은 바로 그 거세 덕분이라고 생각하지 않았소. 나는 얼른 그를 파리의 에스키롤** 박사에게 맡겼소. 파리로 가는 동안 루이는 내내 최면 상태에 빠져 있었다오. 나를 알아보지도 못했소. 파리의 의사들은 그를 불치 환자로 취급했소. 그러고는 이구동성으로 내게 충고하기를, 치유의 가능성은 별로 보이지 않지만 그래도 치료에 도움이 되도록 깊은 고독 속에 그를 두라고 했소. 또한 햇빛이 너무 강하지 않고 부드러운 빛이 드는 시원한 방에 있게 하라고도 말했소. 나는 빌누아 양에게는 루이의 상태를 알리지 않았다오." 그는 눈을 지그시 감고는 이렇게 말했다. "그런데 결혼이 무산되자 그녀가 파리로 왔고, 의사들이 어떤 진단을 내렸는지 알게 되었소. 그녀는 내 조카를 보고 싶어했소. 그는 그녀를 겨우 알아보았소. 그녀는 아름다운 영혼을 소유한 사람들이 으레 그

---

* 이집트 알렉산드리아 학파의 대표적 신학자(185~254). 여성들에게 교리를 가르치기 위해 스스로 거세했다는 일화가 전해진다. "하느님의 왕국으로 들어가기 위해 스스로 거세된 자들이 있도다"(마태복음 19장 12절).
** 프랑스의 정신의학자(1772~1840).

렇듯 루이의 병을 치료하는 데 모든 정성을 다하기 위해 자신을 희생
하겠노라고 말했소. '만일 그가 내 남편이었다면 당연한 일 아니겠어
요? 남편이 아닌 연인이라고 해서 당연한 것이 당연하지 않게 되는
건가요?' 그리하여 그녀는 루이를 빌누아로 데려갔고, 그는 그곳에서
이 년째 머물고 있다오."

나는 여행을 계속하는 대신 루이를 보기 위해 블루아에서 길을 멈
췄다. 르페브르 씨는 내가 그의 집이 아닌 다른 곳에서 머무는 것을
허락하지 않았다. 그 집에서 그는 조카의 방과 책들과 모든 소지품들
을 보여주었다. 물건 하나하나에 노인은 고통에 찬 탄식을 자아냈다.
그 탄식에는 랑베르가 일찍이 지녔던 재능에 대해 그가 품었던 희망
과 더불어, 그를 다시 되돌릴 수 없는 상실에 빠뜨린 끔찍한 현실에
대한 애도의 마음이 담겨 있었다.

"그 아이는 모르는 것이 없었다오, 선생." 그는 책상에 스피노자의
글이 담긴 책을 내려놓으면서 말했다. "그다지도 잘 조직된 두뇌가 어
떻게 그렇게 삐걱할 수 있단 말이오?"

"하지만 신부님, 어쩌면 너무 엄격하게 조직되었기에 그런 것은 아
닐까요? 그가 진정 어떤 방식으로도 아직 연구된 바 없는, 우리가 그
저 광기라 부르는 발작에 사로잡혔다면, 저는 그 광기의 원인이 그의
열정에 있다고 봅니다. 그의 연구, 삶의 방식은 그의 힘과 능력을 위
력의 단계까지 끌어올렸습니다. 그런데 아주 미미한 극도의 흥분으로
인해 그는 그 단계를 넘어섰고, 그래서 힘과 능력을 잃었습니다. 사랑
은 그 힘과 능력을 꺾어버릴 수도, 아니면 우리가 잘 알지도 못한 채
규정하고 비방했던 새로운 표현에까지 이르게 할 수도 있었겠지요.

아마도 그는 결혼의 기쁨에서 내적 감각의 완성과 정신 세계로의 비상을 방해하는 무엇인가를 보았던 모양입니다."

내 말을 주의 깊게 듣던 노인이 말했다. "선생, 당신의 추론은 대단히 논리적이오. 그러나 내가 그것을 이해한다고 해서 조카를 잃은 내 슬픔이 위안이 되겠소?"

루이의 삼촌은 가슴으로만 사는 사람이었다.

다음 날 나는 빌누아로 갔다. 그 선량한 노인은 블루아 성문까지 나를 바래다주었다. 빌누아로 가는 길에 이르렀을 때 그는 발길을 멈추고 내게 말했다. "짐작했겠지만 나는 그곳에 거의 가지 않는다오. 그런데 말이오, 내가 당신에게 한 말을 절대 잊지 마시오. 빌누아 양 앞에서는 루이가 미쳤다는 것을 알은체하지 말아주시오."

그는 나와 헤어진 그 자리에서 움직이지 않은 채, 내가 시야에서 사라질 때까지 나를 바라보면서 한참을 서 있었다. 빌누아 성을 향해 가면서 나는 깊은 감정의 혼란에 빠졌다. 나는 루이가 수없이 걸어 다녔을 그 길을 가면서, 가슴에는 그를 만나리라는 희망을 담고 영혼은 사랑의 감정으로 고양된 채, 매 걸음 상념에 사로잡혔다. 관목 덤불들, 나무들, 가장자리가 군데군데 움푹 팬 구불구불한 길들은 매우 흥미로웠다. 그 길에서 내 친구가 받았을 인상과 마음에 품었을 사유를 발견하고 싶었다. 아마도 빌누아 양은 저녁이면 오솔길 가에 있는 루이를 찾아와 함께 대화를 나누면서, 그토록 고귀하고 넉넉한 영혼을 갖게 되었을 것이다. 몇 년 전의 나 또한 그랬으니까.

그러나 내가 가장 알고 싶었던 것은, 그리고 나를 신앙심에 가까운 마음으로 그곳까지 이끈 수많은 감정 중에서 가장 중요했던 것은, 루이의 외삼촌이 말한 빌누아 양의 놀라운 믿음이었다. 결국 그의 광기가 그녀에게 전염된 것일까? 그녀도 같이 미쳐버린 것일까? 아니면 그의 영혼 깊숙이 들어가 그의 모든 생각을, 가장 혼란스러운 생각까지도 이해하기에 이른 것일까? 가장 아름다운 사랑의 영감도, 가장 아름다운 헌신도 넘어서는 그녀의 놀라운 사랑의 감정에 대해 나는 갈피를 잡을 수 없었다. 그에 비하면 사랑하는 사람을 위해 죽는 것은 오히려 평범한 희생이다. 유일한 사랑에 충실하게 사는 것, 그것은 뒤퓌 양을 영원히 살게 한 영웅적 행위이다. 나폴레옹 황제와 바이런 경은 사랑하는 여인들에게서 자손을 얻었다. 그러나 아이도 없었던 볼링브룩*의 미망인인 뒤퓌 양은 찬양받을 수 있으리라. 그녀는 그래도 몇 년간의 추억 덕분에 살 수 있었을 것이다. 그러나 사랑이 주는 처음의 감동과 설렘만을 알았던 빌누아 양은 가장 넓은 의미에서 전형적인 헌신의 예를 보여주었다. 거의 미치다시피 했다고 할 수 있지만 그녀는 숭고했다. 광기를 이해하고 설명하는 그녀에게서 나는 위대한 마음의 아름다움뿐 아니라 대단한 열정을 보았다. 그 열정은 실로 연구할 만한 가치가 있는 것이었다. 빌누아 성의 작은 탑이 나타나자 내 가슴은 몹시 들떴다. 그 탑을 보고 필시 루이의 가슴도 두근거렸을 것이다. 말하자면 나는 우리가 젊은 시절 함께 겪은 온갖 사건을 떠올리면서 그의 삶을 함께 나누고 그의 입장이 되어보기도 한 것이다. 이윽고 황량한 넓은 마당에 이르러 성 입구 쪽으로 들어갔다. 그때까지 아무도 만나지 못했다. 내 발소리에 나이 든 부인 하나가 나왔고, 나는

---

* 영국의 정치가이자 철학자(1678~1751). 발자크는 당시 유명했던 그들의 사랑을 『레 마라나』에서도 언급한다.

그녀에게 르페브르 씨가 빌누아 양에게 쓴 편지를 건넸다. 잠시 후 부인이 다시 와서는 흑백의 대리석이 깔리고 차양이 내려진 천장 낮은 방으로 나를 안내했다. 방 안 깊숙한 곳에서 나는 희미하게나마 루이 랑베르를 볼 수 있었다.

"앉으세요, 선생님." 마음으로부터 나오는 부드러운 목소리가 내게 말했다.

어느새 빌누아 양이 내 옆에 와 있었다. 그러고는 조용히 내게 의자를 내밀었다. 그러나 나는 선뜻 앉지 못했다. 너무 어두워서 처음에는 빌누아 양과 루이가 마치 어두컴컴한 분위기의 심연에서 솟아오른 두 개의 검은 덩어리처럼 보였다. 어느 교회의 어두운 아치형 통로 아래 섰을 때 우리를 사로잡는 알 수 없는 어떤 감정이 엄습하는 것 같았다. 그 감정에 사로잡힌 채 나는 그녀가 내민 의자에 앉았다. 강한 태양빛 아래에 있다가 갑자기 어두운 곳으로 들어가는 바람에 그 인공적인 밤에 익숙해지기까지 한참이 걸렸다.

"이분은 당신 학교 친구예요." 그녀가 랑베르에게 말했다.

랑베르는 대답하지 않았다. 나는 드디어 그를 볼 수 있었다. 그 모습은 영원히 내 기억에서 지워지지 않을 것이다. 그는 나무판자로 만든 돌출 부분에 양 팔꿈치를 기대고 서 있었는데, 무거운 머리 때문에 고개가 처져 있어 상반신이 구부정해 보였다. 여자처럼 긴 그의 머리카락은 어깨까지 흘러내려와 얼굴을 덮고 있어, 마치 루이 14세 시대 위인들의 흉상과 닮아 보였다. 그의 얼굴은 새하얬다. 그는 습관적으로 다리 하나를 다른 쪽 다리에 대고 비벼댔다. 그의 무의식적인 동작을 말릴 수 있는 것은 아무것도 없었다. 두 개의 뼈가 계속 부딪치면서 소름 끼치는 괴상한 소리를 냈다. 그의 곁에는 나무판자 위에 스펀지 매트리스가 놓여 있었다.

"거의 눕지를 않아요." 빌누아 양이 내게 말했다. "하지만 일단 잠들었다 하면 며칠씩 잔답니다."

루이는 내 눈에 보이는 그대로 낮이고 밤이고 시선을 한 곳에 둔 채, 눈꺼풀을 깜박이지도 않고 서 있었다. 빌누아 양에게 조금만 더 방을 밝게 해도 루이가 고통스러워하지 않을지 물어보았다. 괜찮다는 그녀의 대답을 듣고, 나는 차양을 아주 조금 열었다. 그제야 친구의 모습을 볼 수 있었다. 세상에! 주름이 가득하고, 머리는 다 세고, 게다가 장님처럼 흐릿해진 눈에서는 아무런 광채도 찾아볼 수 없었다. 마치 머리 위에서 무엇인가가 얼굴을 잡아당기기라도 한 듯, 발작 때문에 그의 얼굴에 있는 모든 윤곽선이 당겨 올려진 것처럼 보였다. 나는 여러 번 그에게 말을 걸어보려고 했다. 그러나 그는 내 말을 듣지 못했다. 그의 모습은 마치 무덤에서 파내 온 시체와도 같았다. 그것은 죽음에 대한 삶의 승리, 혹은 삶에 대한 죽음의 승리였다. 나는 뭐라 말할 수 없는 상념에 빠진 채, 온갖 비통한 생각에 사로잡혀 한 시간가량 그곳에 있었다. 나는 빌누아 양이 이 요람 속 아이의 삶을 상세히 말해주는 것을 듣고 있었다. 갑자기 루이가 다리를 비벼대던 몸짓을 멈췄다. 그러더니 천천히 이렇게 말했다. "천사들은 하얗다!"

그 말, 그렇게도 사랑스럽던 그 목소리의 음색을 듣고 받은 충격을 설명할 방법이 없다. 비통한 마음으로 기대했던 그 말의 억양은 영원히 사라져버린 것만 같았다. 나도 모르게 두 눈 가득 눈물이 고였다. 생각지 못했던 예감이 머리를 스쳤고, 나는 루이가 이성을 잃은 것은 아니라는 생각이 들었다. 그렇지만 그는 나를 보고 있지 않았으며, 내 목소리도 듣지 못하는 것이 분명했다. 그러나 그의 조화로운 목소리는 그가 느끼는 신성한 행복을 말해주는 듯했고, 그 말들에 저항할 수 없는 어떤 힘을 부여했다. 그의 말은 한밤중에 들리는 장엄한 교회 종소리처럼 알 수 없는 세계에 대한 불완전한 계시와도 같이 우리의 영혼에 울려 퍼졌다. 이제 더는 빌누아 양이 루이가 완전히 정상적인 통찰력을 가졌다고 믿고 있다는 사실이 놀랍지 않았다. 아마도 영혼의 삶이 육체의 삶을 무화한 듯했다. 아마도 그녀는 내가 그랬던 것처럼, 우리가 총칭하여 '하늘나라'라 부르는, 선율이 아름답고 꽃이 만발한 생기 있는 자연에 대한 막연한 직관을 가졌던 모양이다. 그 여인, 그 천사는 태피스트리 수예품을 손에 들고 여전히 그곳에 앉아 있었다. 그녀는 한 땀 한 땀 수를 놓을 때마다 서글프면서도 부드러운 감정을 드러내며 랑베르를 바라보았다. 빌누아 양처럼 숨겨진 모든 비밀을 알아차릴 수 없는 나로서는 그 비통한 광경을 차마 볼 수 없어 방을 나왔다. 그리고 그녀와 함께 잠시 산책을 하면서 랑베르에 대한 이야기를 나누었다.

"분명 루이가 미친 것처럼 보일 테죠." 그녀가 말했다. "하지만 광인이라는 단어가 단지 알 수 없는 이유로 뇌가 손상되어 자신의 행동을 전혀 의식하지 못하는 사람을 지칭하는 것이라면, 그는 미치지 않았어요. 내 남편에겐 모든 것이 완벽하게 질서정연하답니다. 그가 육체적으로 당신을 알아보지 못했다고 해서 당신을 보지 못했다고는 생각지 마세요. 그는 자기 육체에서 벗어나는 데 성공한 거예요. 그러니까 다른 형태로 우리를 보는 거지요. 그것이 어떤 형태인지는 저도 모룹니다만. 그는 말할 때 굉장한 것들을 표현해요. 단지, 아주 종종, 자신의 머리에서 시작된 생각을 말로 완전히 표현하기도 하고, 내면에서 완성한 명제에 대한 논의를 시작만 하고 끝을 내지는 않는 경우도 있지요. 다른 사람들에게는 그가 정신 나간 사람으로 보이겠지만, 그의 사유 속에서 살고 있는 저에게는 그의 모든 생각이 명쾌하기만 하답니다. 저는 그의 정신이 만든 길을 따라갑니다. 비록 그 미로 같은 길들을 모두 알지는 못할지라도, 저는 그와 함께 목적지에 다다를 수 있어요. 누구나 수차례에 걸쳐 쓸데없는 것을 생각해내기도 하지만 서로 뒤얽히는 생각이나 추억을 통해 중대한 사유를 이끌어내기도 하지 않나요? 종종 사색가는 어떤 명상의 단순한 출발점이 되기도 하는 가벼운 주제를 이야기하다가 결론에 이르게 하는 추상적인 연관성을 잊어버리거나 아니면 그것에 대해 침묵하곤 합니다. 그러다가도 이어지는 사색의 연결고리 중에서 마지막 고리만을 보여주면서 다시 말을 잇곤 하지요. 이러한 재빠른 정신적 비전을 알지 못하는 평범한 사람들은 영혼 내부에서 일어나는 일을 알지 못하고 몽상가를 비웃습니다. 그리고 그런 종류의 망각에 익숙한 그를 광인으로 취급하지요. 루이는 항상 그랬어요. 그는 사유의 공간을 끊임없이 날아다니고, 제비처럼 날쌔게 돌아다녔어요. 저는 그가 다니는 구불구불한 길들을 따라다닐 수 있답니다. 이것이 루이의 광기에 관한 이야기입니다. 어쩌면 루이도 우리가 살고 있는 이 세상으로 돌아올지도 모르지요. 그런데 우리가 그곳에 가는 것이 허락되기 전에 그가 먼저 하늘의 공기를 마시고 있는 거라면, 어째서 우리는 우리가 사는 이곳에서 그를 다시 보기를 바라는 것일까요? 그의 심장 뛰는 소리를 듣는 것으로 만족하는 저에게 가장 큰 행복은 그의 곁에 있는 것입니다. 그는 완전히 제 것이 아닌가요? 삼 년 동안 딱 두 번 며칠에 걸쳐 그를 차지했답니다. 스위스에 데려갔고, 해수욕을 위해 브르타뉴의 외진 시골에 있는 한 섬으로 제가 그를 데려갔지요. 저는 그렇게 두 번 아주 행복했답니다! 그 추억만으로도 살 수 있어요."

"그런데 그가 한 말을 기록하시나요?" 내가 물었다.

"왜요?" 그녀가 되물었다.

나는 아무 말도 하지 않았다. 인문학이란 그 여인 앞에서는 참으로 빈약한 것이었다.

"그가 말문을 열었을 때, 첫 문장들은 받아 적었던 것 같아요. 하지만 그만두었습니다. 당시 아무 말도 들을 수가 없었거든요."

나는 그것을 보여달라고 눈으로 부탁했다. 그녀는 나를 이해했다. 그리하여 내가 망각으로부터 구할 수 있었던 것은 다음에 기록된 단상들이다.

I

이 세상에 존재하는 모든 것은 '전기', '열', '빛', '평류(갈바니) 전기 유체', '자기' 등의 이름으로 알려진 여러 현상에 공통적으로 기초가 되는 에테르성(性) 물질로 만들어졌다. 이 '물질'은 보편적으로 변환이 용이하며, 그 변환에 의해 속칭 물질이라 불리는 것이 구성된다.

II

두뇌는 일종의 용기이다. **동물**은 각 신체 기관이 실체로부터 흡수할 수 있는 것을 흡수하여 그 용기 안으로 운반한다. 그리고 그것은 그 속에서 의지로 변형되어 나온다. 의지란 유체이다. 그것은 운동 능력이 있는 모든 존재의 속성이다. 운동을 통해 **동물**은 수많은 형태를 만들어내는데, 그 형태들은 **실체**와의 조합의 결과이다. 동물의 본능은 그 동물이 성장한 장소가 동물에게 부과한 필요의 산물이다. 그로부터 다양성이 생긴다.

III

인간에게 의지란 인간 고유의 힘이며, 그 강도는 다른 모든 종의 의지를 능가한다.

IV

의지는 **실체**로부터 계속 영양을 공급받기 때문에 실체와 관계를 맺는다. 그 실체는 의지가 변형된 **실체**와 결합된 인간 의지의 특별한 산물인 사유를 통해 모든 형태의 변화 속으로 침투해 들어가 찾아낸 것이다.

V

인간의 신체 조직은 어느 정도 완벽하기 때문에, 사유를 통해 셀 수 없을 만큼 많은 형태가 생겨난다.

VI

의지는 소위 오감이라는 감각기관을 통해 발휘된다. 그러나 다섯 개의 감각은 단 하나, 즉 보는 능력일 뿐이다. 미각, 촉각, 후각, 청각, 이 모든 것은 시각이 實體의 변형에 적응한 것이다. 인간은 그 實體를 변형하거나 변형하지 않은 두 가지 상태에서 그 實體를 파악한다.

VII

모든 형태의 사물들은 시각 능력이라는 유일한 감각의 영역에 이르며, 그 원칙이 공기 속에, 빛 속에, 혹은 공기와 빛의 원칙 속에 있는 몇 가지 기본 물질로 귀착된다. 소리는 공기의 변형이요, 모든 색채는 빛의 변형이며, 모든 향기는 공기와 빛의 조합이다. 따라서 인간과 관련된 물질의 네 가지 표현, 즉 소리, 색채, 향기, 그리고 형태는 근원이 동일하다. 왜냐하면 공기의 원칙 속에서 빛의 원칙과의 연관성을 찾을 수 있는 날이 멀지 않았기 때문이다. 빛과 관련된 사유는 소리와 관련된 말로 표현된다. 따라서 사유에서 모든 것은 **실체**로부터 유래하며, 실체의 변형은 **숫자**에 의해서만, 적절한 조합에 의해서만 이루어진다. 그 조합의 비율에 따라 소위 동식물의 세계를 나타내는 계(界)에 존재하는 개인이나 사물이 만들어지는 것이다.

VIII

실체가 그 자체로 충분한 절대적인 어떤 **숫자**에 흡수될 때, 그 실체로 인해 인간은 거대한 힘을 가진 조직이 된다. 거대한 힘을 가진 조직으로서의 인간은 **실체**의 원칙 자체와 연결되며 작은 것을 흡수하는 큰 흐름의 방식으로 구성된 자연에 영향을 주기도 한다. 의욕은 사유와 무관한, 집중된 힘을 통해 **실체**의 몇 가지 속성을 얻는 힘을 사용한다. 그 속성의 예로는 전기의 침투나 물체를 가득 채우는 능력 같은 것을 들 수 있다. 그리고 그 능력에는 지혜를 덧붙여야 할 것이다. 그러나 인간에게는 그 어떤 분석도 허용하지 않는 근본적이고 지배적인 하나의 현상이 존재한다. 인간을 통째로 분해하면 아마도 사유와 의지의 요소들을 발견할 수 있을 것이다. 그런데 내가 항상 부딪히는 또 하나의 알 수 없는 그 무엇이, 해결할 수 없는 그 무엇이 존재한다. 그것은 바로 말(파롤)이다. 말의 교류는 그 말을 받아들일 준비가 안 된 사람들을 불태우고 집어삼킨다. 말은 끊임없이 **실체**를 만들어낸다.

IX

모든 열정적인 표현과 마찬가지로 분노는 인간에게 급속히 작용하는 힘의 흐름이며, 그 힘은 전기와도 같다. 분노가 발산될 때 그 충격은 그 자리에 있는 사람들에게 가해진다. 분노의 목적이나 이유가 그들을 향한 것이 아니라 할지라도 말이다. 자신의 의욕을 방출함으로써 다수의 감정을 집약할 수 있는 사람들은 없을까?

X

광신을 포함한 모든 감정은 생생한 힘이다. 어떤 이들에게는 그 힘이 모든 것을 결합하고 끌고 가는 의지의 흐름이 된다.

XI

공간이 존재한다면, 어떤 능력은 그 공간을 넘어갈 권한을 준다. 그러나 너무도 빠른 속도로 넘어가기에 그 결과는 소멸과 다르지 않다. 당신의 침대에서 세상 끝까지의 거리는 겨우 두 걸음이다. 그것은 의지와 믿음의 거리이다.

XII

사실이란 아무것도 아니다. 그것은 존재하지 않는다. 우리에게는 관념만이 존재할 뿐이다.

XIII

관념의 세계는 세 가지 영역으로 나뉜다. 본능의 세계, 추상의 세계, 그리고 신비의 단계인 특수성의 세계가 그것이다.

XIV

대다수 인류는 본능의 영역에서 산다. 그들은 가장 약한 자들이다. 본능적인 사람들은 태어나서, 일하고, 죽는다. 그들은 인간 지성의 두번째 단계인 추상의 영역에 오르지 못한다.

XV

지성을 의미하는 추상으로부터 사회가 생겨난다. 본능과 비교해 추상이 거의 신적인 힘이라 할지라도, 그것은 유일하게 신을 설명할 수 있는 특수성의 능력에 비하면 약하기 그지없다. 추상은 한 알의 씨앗이 땅에서 싹을 틔우고 자라나는 식물들의 체계보다 더 큰 잠재력을 지닌다. 추상으로부터 법, 예술, 이해관계, 사회 관념 등이 생겨난다. 그것은 인류의 영광인 동시에 재앙이다. 사회를 창조했다는 점에서는 영광이요, 무한의 세계인 특수성의 영역, 즉 신비의 단계로 들어가지 못하게 했다는 점에서는 재앙이다. 인간은 추상을 통해 선, 악, 미덕, 그리고 범죄와 같은 모든 것을 판단한다. 인간이 만든 법이라는 방식은 저울과도 같다. 법의 정의는 눈이 멀었다. 신의 정의는 모든 것을 본다. 모든 것이 거기에 있다. 본능적인 사람들의 세계와 지성적인 사람들이 사는 세계를 분리하는 중간적 존재가 필연적으로 존재한다. 그들에게 본능적인 것은 무한한 비율로 추상적인 것과 뒤섞인다. 어떤 이들은 추상적이라기보다는 본능적인 성향이 더 강하고, 또 어떤 이들은 그 반대이다. 그리고 또 다른 이들에게는 본능적 행위와 추상적 행위가 둘 다 동일한 힘으로 작용하면서 서로 상쇄되기도 한다.

XVI

신비의 단계에 이르는 특수성은 물질 세계의 사물뿐 아니라 정신 세계의 사물까지 본다. 정신 세계 사물의 경우 본래적이고 결과적인 하부 조직까지도 볼 수 있다. 천재적 인간 중에서 가장 아름다운 이들은 추상의 어둠에서 출발해 특수성의 밝은 빛에 이르는 사람들이다. ('스페시species', 시각, 관측하기, 모든 것을 단숨에 보기 등이 특수성이란 단어의 어원이다. 또한 이 특수성이란 단어에서 '스페쿨룸speculum'이라는 말이 파생되어 '검경(檢鏡)', 즉 전체를 보면서 사물을 평가할 수 있는 '거울' 혹은 '수단' 등의 단어가 되었다.) 예수는 신비의 단계에 이른 사람이었다. 그는 어떤 사실에 대해 그 뿌리부터 생산물까지, 그 사실이 생성된 과거와 사실이 나타나는 현재, 그리고 사실이 전개될 미래까지도 볼 줄 알았다. 그의 시선은 타인의 생각까지도 읽을 줄 알았다. 내적 시선의 완전성은 특수성의 능력을 잉태한다. 특수성은 직관을 가져온다. 직관은 특수화가 속성인 내적 인간의 능력 중 하나이다. 직관은 그 직관에 복종하는 사람은 알지 못하는 아주 미미한 감각에 의해 움직인다. 예를 들어 나폴레옹은 포탄이 날아오기 전에 본능적으로 자리를 피했다.

XVII

추상의 영역과 본능의 영역 사이가 그렇듯이, 신비의 단계인 특수성의 영역과 지성의 단계인 추상의 영역 사이에는 두 세계의 속성이 서로 뒤섞여 혼합된 존재를 생산하는 사람들이 있다. 그들이 바로 천재들이다.

XVIII

신비적 특수성은 인간의 가장 완벽한 표현이며, 보이는 세계인 이 세상과 저 세상을 연결하는 고리이다. 그것은 자신의 내면을 통해 행동하고, 보고, 느낀다. 추상적인 인간은 생각한다. 본능적인 인간은 행동한다.

XIX

그로부터 인간의 세 단계가 존재한다. 본능적 인간은 표준 척도 밑에 있다. 추상적 인간은 표준 척도 바로 그 지점에 있으며, 신비적 특수성은 그 위에 존재한다. 신비적 특수성은 인간이 진정으로 가야 할 길을 열어주며, 인간으로 하여금 무한에 이르게 한다. 거기에서 인간은 자신의 운명을 예감한다.

XX

세 가지 세계가 존재한다. 자연계, 정신계, 신계가 그것이다. 인류는 본질도 기능도 고정적이지 않은 자연계를 통과한다. 정신계의 경우 그 본질은 고정적이지만 기능은 가변적이다. 신계는 그 본질이나 기능에서 고정적이다. 따라서 필연적으로 물질 숭배, 정신 숭배, 그리고 신의 숭배가 존재하며, 이 세 가지 형태의 숭배는 행위, 말, 기도, 다시 말해 사실, 이해, 사랑으로 표현된다. 본능은 사실을 원하고, 추상은 사고에 관여한다. 신비적 특수성은 종말을 본다. 신비적 특수성은 신을 예감하고 바라본다. 그리고 신을 열망한다.

XXI

따라서 어쩌면 언젠가 "태초에 말씀이 계셨다"라는 의미를 뒤집으면, "육신이 말씀을 만들 것이며, 그것은 '신의 말씀'이 될 것이다"라고 말하는 새로운 복음을 요약하게 될 것이다.

XXII

부활은 이 세상을 쓸어버린 하늘의 바람에 의해 이루어졌다. 바람에 실려 날아온 천사는 "죽은 자들이여, 일어나라!"라고 말하지 않는다. 천사는 말한다. "산 자들아, 일어나라!"라고.

이것이 우리가 이해할 수 있도록 내가 윤곽을 잡아놓은 그의 사유들이다. 그리 쉬운 작업은 아니었다. 이 밖에도 이유는 모르겠지만 폴린이 특별히 기억하는 몇 가지 사유가 있어 내가 받아 적었다. 그 사유가 어떤 지성에 의해 생성되었는지를 알고 이해하고자 했을 때 나는 정신적으로 절망하지 않을 수 없었다. 그러나 그 사유가 고도의 지성이 만들어낸 산물임을 잘 아는 나로서는 이 작업을 마치기 위해 그 사유의 기록들을 인용하련다. 그것은 또한 랑베르가 이 세계를 이해한 방식은 동물의 운동에만 적용되는 것처럼 보이는 앞서 인용한 것들보다 지금 이 생각들에서 보다 잘 드러나기 때문이기도 하다. 그러나 드물기는 해도 지적 소용돌이 속에 빠지기를 즐기는 사람들의 눈에는 이 두 단상들 사이에 분명한 상관관계가 존재할 것이다.

I

지상의 모든 것은 운동과 숫자에 의해서만 존재한다.

II

운동이란 일종의 행동하는 숫자이다.

III

운동은 말에 의해, 그리고 물질이라는 저항에 의해 잉태된 힘의 산물이다. 저항이 없었다면 운동은 아무런 결과를 가져오지 못했을 것이며, 운동의 행위는 무한했을 것이다. 뉴턴의 인력은 하나의 법칙이 아니라 보편적 운동의 일반 법칙의 결과이다.

IV

운동은 저항에 의해 삶이라는 조합을 만들어낸다. 둘 중 어느 하나가 힘이 세지는 순간, 삶은 끝이 난다.

V

운동은 생산적이다. 도처에서 운동은 숫자를 만들어낸다. 그러나 그것은 광물이 그러하듯 더 큰 저항에 의해 무화될 수 있다.

VI

온갖 다양한 것들을 생산하는 숫자는 조화도 잉태한다. 그 조화
는 가장 큰 의미에서 부분들과 통합체의 관계이다.

VII

운동이 없다면 모든 것은 단 하나의 동일한 물체이다. 운동의 결
과는 본질에서는 동일하며, 숫자로만 구별된다. 어떤 숫자냐에 따
라 어떤 기능을 갖는지가 결정되기 때문이다.

VIII

인간은 기능을 중시하고, 천사는 본질을 중시한다.

IX

육체를 기본 행위와 결합하면서, 인간은 자신의 내면을 통해 빛과 결합할 수 있다.

X

숫자란 인간에게만 속하는 지적 증언이다. 숫자를 통해 인간은 말을 이해하기에 이른다.

XI

순수하지 못한 것이 뛰어넘지 못하는 숫자가 있다. 그것은 창조가 끝난 지점의 숫자이다.

XII

통합체란 생산된 모든 것들의 출발점이었다. 그것은 합성물의 결과이다. 그러나 그 끝은 시작과 동일해야 한다. 그것으로부터 합성된 통합체, 다양한 통합체, 고정된 통합체와 같은 서식이 탄생한다.

XIII

따라서 우주는 통합체 안에서의 다양성이다. 운동은 수단이며, 숫자는 그 결과이다. 결말은 모든 사물이 통합체로, 즉 신으로 회귀하는 것이다.

XIV

3과 7은 가장 영적인 두 개의 숫자이다.

XV

3이라는 숫자는 창조된 세계들의 서식이다. 그것은 주변을 나타내는 물질적 기호이면서 창조의 정신적 기호이다. 직선은 무한의 속성이다. 따라서 무한을 예감하는 인간은 인간이 만드는 것들 속에 직선을 재현한다. 2라는 숫자는 생식의 숫자이다. 3은 생식과 생산물을 포함하는 존재의 숫자이다. 거기에 4라는 숫자를 더하면 7이된다. 그 수는 하늘의 서식이다. 신은 그 위에 있다. 신은 통합체이다.

랑베르를 다시 한번 보러 다녀온 후 나는 빌누아를 떠났다. 그와의 만남으로 사회생활과 너무 동떨어진 사고에 사로잡혔던 탓에 빌누아 양과의 약속에도 불구하고 나는 다시 빌누아로 가지 않았다. 루이의 모습은 내게 뭐라 말할 수 없는 음산한 느낌을 주었다. 나는 그의 무감각 상태가 전염시키는 그 몽롱한 분위기에 다시 놓이게 될까봐 두려웠다. 불로뉴 숲의 어느 기지에서 한 병사가 자살한 뒤 그 초소의 병사들이 모두 자살했던 것처럼, 누구나 나처럼 무한 속으로 빠져들고 싶은 욕구를 느낄 때가 있을 것이다. 우리는 나폴레옹이 죽음의 독과도 같은 생각이 퍼진 그 숲을 불태워버려야만 했다는 것을 알고 있다. 어쩌면 루이의 방이 바로 그 초소와 같지 않았을까?

루이의 단상들은 의지의 전달에 대한 루이의 이론을 더욱 견고하게 하는 증거일지도 모른다. 나는 거기서 이상야릇한 동요를 느꼈다. 그것은 커피나 차, 아편, 잠이나 열 등 우리의 머리를 흥분시키는 엄청난 반응을 주는 요인들에 의해 생기는 효과를 능가하는 묘한 동요였다. 어쩌면 나는 오로지 그 밑바닥을 보고자 하는 희망을 가지고 심연의 가장자리에 서본 적이 있는 사람만이 이해할 수 있는 이 사유의 단편들을 모아 완전한 한 권의 책으로 만들 수도 있었으리라. 제국이 너무 넓으면 도처에서 삐걱거리듯, 너무나도 굉장한 머리를 가졌기에 혼란스럽기만 했던 루이의 삶은 그 책 속에서 너무 강하면서도 약한 존재인 그의 통찰에 대한 이야기를 통해 전개될 수도 있었을 것이다. 그러나 나는 시적인 작품을 쓰기보다 그저 내가 받은 인상을 설명하고자 했다.

랑베르는 1824년 9월 25일, 스물여덟의 나이로 연인의 품에 안겨

죽었다. 그녀는 그를 빌누아 숲에 있는 어느 섬에 묻었다. 그의 무덤에는 이름도 사망 날짜도 새겨지지 않은 초라한 돌 십자가가 하나만 세워져 있었다. 심연의 가장자리에서 피어난 꽃은 미지의 향과 색채를 담고 이 세상에 알려지지도 못한 채 심연 속으로 떨어져버렸던 것이다. 이해받지 못한 많은 사람들처럼 그 역시 거만하게 자기 삶의 비밀을 모두 내던진 채 무(無) 속에 빠지고 싶었던 것이 아닐까! 그렇다 해도 빌누아 양이라면 그 십자가에 자기 이름과 랑베르의 이름을 함께 새겨 넣을 권리는 있었을 터였다. 남편을 잃고 난 후 그 새로운 형태의 결합이 매 순간 그녀에게 희망을 줄 수 있지 않았을까? 하지만 성실한 영혼을 가진 사람들은 고통의 허망함을 알지 못한다. 빌누아 성은 폐허가 되었다. 랑베르의 부인은 더이상 그곳에 살지 않았다. 그러나 그곳을 떠났다 할지라도 그녀는 결코 예전에 살았던 그곳을 떠난 것이 아니다. 오히려 그곳을 떠남으로써 더더욱 그곳에 머무는 자신의 존재를 느낄 수 있었을 것이다. 그녀는 이렇게 말했다고 한다. "나는 그의 마음을 가졌어요. 그러니 그의 재능은 신께 바쳐야지요!"

1832년 6~7월, 사셰 성에서

절대적 사유를 향한 열정, 그리고 광기

19세기와 발자크

오노레 드 발자크는 프랑스 역사에서 가장 격동적이었던 19세기 전반부를 살았던 작가이다. 프랑스 대혁명 이후 나폴레옹의 등장(1799~1815), 왕정복고와 구귀족의 재등극(1815~1830), 7월 혁명과 더불어 탄생한 입헌왕정 체제의 7월 왕정(1830~1840), 그리고 1848년 2월 혁명으로 인한 공화정 수립 등으로 이어지는 역사적 소용돌이 속에서 발자크는 프랑스 사회가 정치적, 사회적, 그리고 경제적으로 급변하고 있음을 직시했다. 대혁명 이후 프랑스 사회는 하루가 다르게 변화하면서 성공과 파멸의 모험이 펼쳐지던 곳이었다. 자유사상과 함께 근대라는 개념이 형성되고 계급상승 욕구가 충만하던 그 사회의 젊은이들은 너 나 할 것 없이 야망을 키우고 꿈과 환상을 좇았다. 평민집안 출신이면서 출세를 위해 법학을 택했으나, 곧 그 길을 포기하고 펜으로 이 세상을 정복하고자 했던 발자크는 그 누구보다도 예리한 관찰력과 통찰력을 가지고 변화무쌍한 당시 사회의 모습을 적나라하게 그려낼 줄 알았던 작가였다.

젊은 시절 가명으로 통속소설을 쓰던 발자크가 자신의 이름을 내걸고 발표한 첫 작품 『마지막 올빼미 당원 혹은 1800년 브르타뉴』를 시작으로 1850년 죽기 전까지 발표한 그의 작품총서 『인간극』에 담긴 백 편 가까운 소설 속에는 2500여 명의 인물들이 살아 있다. 정치가, 법관, 은행가, 창녀, 배우, 신문기자, 작가, 사형수, 사기꾼, 수전노, 그리고 귀족과 부르주아, 농민과 노동자 등 당시 사회의 모든 직업, 모든 계층을 총망라하는 인물들은 종횡무진으로 『인간극』의 여러 작품에 등장한다. 그는 펜으로 세상을 정복했을 뿐 아니라, 펜으로 하나의 사회를 창조했던 것이다.

『인간극』은 발자크가 1834년 인물재등장 기법을 고안한 후 1839년경 그때까지 산발적으로 발표했던 자신의 소설들에 하나의 체계를 부여함으로써 세계와 인간을 총체적으로 이해하고자 자신의 작품총서에 붙인 제목으로, 단테의 『신곡』에서 영감을 받은 것이다. 그는 이제까지 발표했던 작품들을 재편성하고 체계적으로 분류함과 동시에 그 체제에 맞는 새로운 작품을 구상하면서 자신이 창조한 사회 속에 인물들이 살아 숨 쉬게 한다. 그렇게 탄생한 『인간극』은 '풍속 연구', '철학 연구', 그리고 '분석 연구'로 구성되어 있으며, '풍속 연구'는 다시 '사생활' '파리 생활' '지방 생활' '정치 생활' '군대 생활' '농촌 생활' 등 여섯 개의 '장면'으로 이루어져 있다. '풍속 연구'에는 주변에서 일어나는 여러 현상들을 연구하기 위한 작품들이 담겨 있다. 그리고 '철학 연구'는 그 이면에 숨어 있는 원인을 찾는 것을 목적으로 한다. '분석 연구'는 그 현상과 원인에 대한 원리를 살펴보고 어떤 원칙을 세우기 위한 연구라고 할 수 있다.

일반적으로 발자크의 진정한 가치를 '풍속 연구'에 속하는 일군의 사회적인 작품에서 찾는다. 일찍이 루카치는 발자크가 왕정주의자임에도 불구하고 귀족사회의 몰락과 부르주아 사회의 도래를 예견했음을 지적하면서 그를 19세기 최고의 작가로 평가했다. 그리고 골드만은 발자크에게서 진정한 부르주아 사상의 표현을 보았다. 그는 모든 신성함을 부정하고 어떤 초월적 가치도 배제한 발자크의 사상에 주목했던 것이다. 『고리오 영감』『외제니 그랑데』『골짜기의 백합』『잃어버린 환상』등 한국 독자들에게 잘 알려진 대부분의 작품들은 모두 '풍속 연구'에 속한다. 그러나 발자크가 처음 글쓰기를 시작할 때 철학소설에 몰두했던 사실이나 철학소설에 대한 그의 남다른 애착 등은 발자크 작품에서 철학소설이 가진 중요성을 다시 한번 생각하게 한다. 특히 『루이 랑베르』는 또 하나의 철학소설 『세라피타』와 함께 발자크에게 가장 많은 고통을 안겨준 작품인 동시에 그의 최고 야심작이기도 하다. 『루이 랑베르』에 대한 플로베르의 찬사는 이 작품의 중요성과 위대성을 증명해준다.

절대탐구, 파멸, 광기

'철학 연구'는 대부분 발자크 집필 초기인 1830년에서 1835년 사이에 쓰였다. 총 20여 편에 달하는 '철학 연구'에는 환상소설, 범죄소설, 신비소설 등이 있다. 여기에는 최고의 예술, 과학, 철학을 추구하는 예술가, 과학자, 철학자, 그리고 초월적인 힘과 영원한 생명을 얻고자 하는 인물 들이 존재한다. 이들은 모두 절대를 추구하기 위해 인간의 한계를 넘고자 한다. 그러나 그 결과는 파멸일 수밖에 없다. 『나귀 가 죽』의 라파엘은 자신이 욕망함에 따라 줄어가는 가죽과 그에 따른 생명의 소진이라는 운명 앞에 저항하지만 결국 욕망 앞에 굴복당한 후 죽고 만다. 『미지의 걸작』의 프렌호퍼는 예술적 이상을 추구하다가 열광 속에서 작품과 함께 죽는 미치광이 예술가이다. 『절대탐구』의 주인공 발타자르 클라에스의 과학에 대한 열정은 가족을 파멸시키고 자신도 절망 속에서 죽게 만든다. 『강바라』의 주인공 또한 절대적인 음악이라는 사고에 의해 파멸한다. 루이 랑베르의 지식과 사유는 그를 광기로, 그리고 죽음으로 몰고 간다. 절대적 사유에 이름으로써 인간조건의 한계를 극복하고자 하는 인간의 욕망과 그것의 필연적인 실패가 『루이 랑베르』의 주제이며, 이것은 철학소설을 비롯한 발자크 작품 전체의 일관된 주제이기도 하다.

청년기 때인 1818년과 1819년에 썼던 '철학수첩'에서 발자크는 인간의 이중성을 인식한다. 즉 인간에게는 물질적 성향과 정신적 성향이 공존하며 그들 사이에는 끊임없는 갈등과 투쟁이 존재한다는 것이다. 발자크는 그들 간의 화해를 통해 통일성에 이르고자 한다. 그런데 통일성에 이르는 이 과정은 절대적인 지식을 통해 가능하며, 결국 이 투쟁에서 우위를 차지하는 것은 정신이다. 그리고 물질, 즉 육체는 파멸하고 만다. 『루이 랑베르』는 그러한 발자크의 철학사상이 가장 잘 표현된 작품이라고 할 수 있다. 철학자 루이는 최고의 지성을 소유했지만, 과도한 그의 지성은 결국 그의 육체를 파멸로 몰아가고, 그에게는 정신만 남는다. 한편 『루이 랑베르』에서 구상한 영혼의 비상과 다른 세계에서의 삶이라는 주제는 그후 쓰인 『세라피타』에서 더욱 발전된다.

『루이 랑베르』는 1832년 『새 철학 콩트』에 「루이 랑베르에 대한 약력」이란 제목으로 처음 나온 후, 많은 수정을 가하여 일 년 뒤인 1833년에 『루이 랑베르의 지적 이야기』로 출판되었다. 그러나 이에 만족하지 못한 발자크는 그것을 보완하여 1835년 『철학 연구』에 수록했다. 한편 발자크는 『철학 연구』의 작품들 중 『루이 랑베르』 『추방자』 『세라피타』를 따로 묶어 1835년 말엽에 『신비소설』을 출판하였다.

『루이 랑베르』는 발자크의 작품 중 가장 자전적인 소설이다. 특히 방돔 기숙학교 시절 작가가 느꼈던 고독과 회의는 『루이 랑베르』를 통해 잘 묘사되고 있다. 작가는 서술자를 내세워 마치 그가 자신인 듯 가장하면서 제3자의 입장에서 루이 랑베르를 묘사하지만 독자들은 서술자와 더불어 랑베르에게서도 발자크의 모습을 본다. 즉 소설 속에서 '시인과 피타고라스'라는 별명으로 불리는 서술자와 루이는 문학과 철학을 추구하는 작가 자신의 모습인 것이다.

『루이 랑베르』에서 발자크는 인간의 과도한 지적 활동이 물리적 활동과 마찬가지로 에너지를 탈진시켜 인간을 광기와 죽음에 이르게 한다는 것을 보여준다. 작품의 이해를 돕기 위해 랑베르의 지적 발달과 정신분열증의 발전 단계를 네 단계로 설명하고자 한다.

제1단계는 유년기 시절이다. 1797년 피혁제조인의 아들로 태어난 루이 랑베르는 부모의 지극한 사랑을 받는다. 그러나 루이의 부모는 피상적으로 묘사될 뿐, 그들에 대한 구체적인 언급은 거의 찾아볼 수 없다. "여리고, 신경질적이고, 지극히 섬세하며, 사랑스러운" 루이의 어머니는 "자신의 모든 능력을 모성애에 쏟은 후 젊은 나이에 죽"는다. 어머니의 사랑을 받지 못해 고독했던, 그래서 평생 어머니를 증오했던 발자크는 자전적인 이 작품에서 상상의 어머니를 창조한 후, 자신이 창조한 이상적 어머니가 일찍 죽도록 만들었던 것이다. 한편 루이의 아버지는 거의 부재한다.

다섯 살 때 구약과 신약을 접했으며 열 살이 되어서는 성직자가 되려고 신부인 외삼촌 집으로 들어간다. 그러고는 지적 삶의 안내자 역할을 한 스탈 부인을 만난다. 루이의 탁월한 지적 능력에 감탄한 스탈 부인은 그가 방돔 기숙학교에서 공부할 수 있도록 주선한다.

제2단계는 방돔 기숙학교 시절이다. 행복했던 유년기는 막을 내리고 그에게 불행이 시작된다. 그의 학창시절은 광기의 잠재적 시기라고 볼 수 있다. 넓은 들판의 시원한 공기와 자유에 익숙해 있던 그에게 엄한 규율과 사방을 둘러싼 벽은 견디기 힘든 것이었다. 그리하여 그는 왼쪽 팔을 책상에 괴고 손으로 머리를 받친 채 몇 시간이고 마당의 나무와 하늘의 구름을 바라보곤 했다. 그러나 이러한 그의 명상은 선생님들과의 끊임없는 투쟁을 유발한다. 선생님들의 꾸지람과 더불어 그는 늘 벌을 받아야 했다. 동료학생들과 선생님들의 몰이해와 적대감 속에서 그는 고독한 삶을 영위하면서 점점 더 자신의 내면으로 몰두하게 된다. 그러고는 자신만의 철학적 사유를 발전시킨다.

자신의 특별한 능력을 인식하는 계기가 된 로샹보 성에 대한 에피소드 이후 루이는 『의지론』을 집필하기로 결심한다. 그는 이 작품을 통해 정신주의와 물질주의를 하나로 용해시키는 일원론적 사고를 완성하고자 한다. 그러나 정신주의자였던 루이는 사고의 물질성을 인정하려는 노력에도 불구하고 육체를 받아들일 수 없었기에 끝내 이 책을 완성하지 못한다. 결국 루이의 사고를 이해하지 못하는 신부에게 원고를 빼앗기게 되고 이로 인해 루이는 큰 상처를 입는다.

제3단계는 루이의 파리체류 기간이다. 18세가 된 루이는 방돔 기숙학교를 떠나 자신의 철학적 사고를 발전시키기 위해 파리로 간다. 그러나 돈이 모든 것을 지배하는 파리에서 그는 황금만능주의에 환멸을 느낀다. 부모님은 이미 세상을 떠난 뒤였고, 정신적인 지주였던 스탈 부인을 찾아간 바로 그날 그녀마저 세상을 떠난다. 파리에서의 가난과 고독은 그의 삶을 비참하게 만들었으며 파리의 사치와 쾌락 속에서 루이는 자신이 사막에 던져진 것 같은 느낌을 받는다. 어느 날 파리의 극장에서 한 여인에게 욕망을 느낀 그는 그녀의 애인을 죽이고 싶다는 강렬한 충동에 사로잡힌다. 루이는 자신의 내부에 그런 동물적인 파괴욕망이 존재한다는 사실에 놀라면서 죄의식을 느낀다. 동시에 파리의 체류에 대해 회의를 느낀 그는 1820년 파리를 떠나 블루아의 외삼촌댁으로 돌아온다.

제4단계는 블루아 칩거시기이다. 부유한 유대인 상속녀인 폴린 드 빌누아와의 만남, 그리고 그녀와의 사랑은 루이가 정신분열을 일으키는 결정적인 계기가 된다. 그녀와의 사이에 거대한 심연이 존재함을, 따라서 그들의 사랑은 불가능한 것임을 인식하면서도 루이는 폴린과의 이상적인 사랑을 희구한다. 그러나 정작 그녀와의 결혼이 성사되자, 결혼을 며칠 앞두고 그는 미쳐버린다. "쉰아홉 시간 동안 시선을 한 곳에 붙박은 채 꼼짝 않고 먹지도 자지도 않"는 그의 카탈렙시 징후는 정신분열의 세 가지 형태인 분열증, 긴장증, 편집증 중에서 긴장증에 속한다. 발자크 자신이 말하듯이 이러한 징후는 과도한 정열의 소유자들에게서 흔히 나타날 수 있는 정신병의 상태이다. 카탈렙시 상태에서의 깊은 명상을 통해 루이의 육체와 정신은 분리된다. 육체적 삶은 완전히 소멸되고 그의 정신은 내적인 삶으로 인도되는 것이다. 육체의 무게를 감당할 수 없어 정신과 육체의 분리를 꾀한 루이는 자기거세를 통해 육체적 결핍을 스스로 시도한다. 이에 놀란 외삼촌은 그를 파리로 데려가 당시 유명한 정신과 의사인 에스키롤 박사의 진단을 받게 한다. 그러나 루이의 병은 치유 불가능한 것으로 진단된다. 그에게 필요한 처방은 단지 깊은 고독, 고요함, 햇빛이 강하지 않은 어둠, 시원함 등일 뿐이다. 결국 루이는 그러한 환경 속에서 폴린의 모성적인 보살핌을 받는다. 육체가 완전히 떠나고 정신만 남은 루이는 무덤에서 꺼낸 시체와 다름없다. 그러나 폴린은 자신과 루이의 영적인 결합에 대해 확신한다. 그녀에게는 루이가 결코 미친 것이 아니다. 그의 담화는 부조리하지도 비논리적이지도 않다. 그에게는 모든 것이 정돈되어 있으며, 자신의 육체를 벗어버린 그는 육체가 아닌 다른 형태로 타인을 바라보고 있는 것이다. 폴린은 루이와의 행복한 시간에 대한 추억을 간직하면서 살아간다.

　루이 랑베르를 광기와 죽음으로 몰고 가는 것은 그의 지식이요, 그의 사유이다. 그렇다면 발자크 사유의 개념은 무엇일까? 루이 랑베르에 따르면 인간의 삶에는 근원적으로 영기를 가진 물질이 존재하며, 그것은 기본적인 정신 에너지를 만든다. 그리고 이 물질이 변화되어 '의욕(volution)'의 근원인 '의지(volonté)'가 된다. '의지'는 일군의 힘인데 그 힘에 의해 인간은 자기도 모르게 자신의 삶을 형성하는 행위들을 재현한다. '의욕'이란 인간이 의지를 사용할 수 있도록 하는 그 행위를 말한다. 랑베르에게 '사유(pensée)'는 의지의 산물들의 진수를 의미한다. 그것은 또한 사유의 본질인 '관념(idée)'이 만들어지도록 하는 매개체이기도 하다. 관념은 행위를 구성하며 그 행위에 의해 인간은 사유할 수 있다. 이렇게 의지와 사유는 두 가지 기본능력이며, 의욕과 관념은 그 두 가지 활동에 따른 두 가지 결과이다. 그런데 루이 랑베르가 집필하고자 했던 『의지론』에 대한 이와 같은 내용은 쇼펜하우어의 『의지와 표상으로서의 세계』를 연상시킨다. 이 책에서 쇼펜하우어는 '의지'라는 용어를 사용하는데, 의지란 '활력'을 가지는 것으로서 '생명의 원리'이다.

한편 루이는 대부분의 생물체에 존재하는 두 가지 운동을 관찰하고 탐색한 후, 그것들을 인간의 본성으로 인식한다. 그러고는 '행동(능동적 작용, action)'과 '반응(수동적 반작용, réaction)'이라는 대립적인 용어를 사용하여 이 두 가지 운동을 설명한다. 그에 따르면 '의욕'과 '관념'의 총체는 '행동'을 구성하고, 밖으로 드러난 외적 행위의 총체는 '반응'을 구성한다는 것이다. 그것은 근대과학의 기계론적 역학에서 물체들의 관계를 충돌에 따른 작용과 반작용으로 이해하는 것과 같은 논리이다. 마치 당구공이 충돌할 때 작용과 반작용이 생기는 것과 같다. 마찬가지로 인간의 감정은 능동적 감정과 수동적 감정으로 구분된다. 스피노자는 이 감정을 형이상학적으로 연구하여 '능동', '수동'의 개념으로 발전시킨다. 그는 기쁨을 능동적인 개념으로 슬픔을 수동적인 개념으로 이해하면서, 기쁨을 개발하여 능동성을 회복함으로써 자유로운 지성이 될 수 있다고 주장한다. 그는 이것을 수동화된 병든 지성을 건강하게 하는 심리병리학적 치료술로서 제시한다. 그의 『지성개선론』의 '개선(Emendatio)'은 원래 의학에서 치료라는 의미이다.

한편 발자크는 광기에 빠진 루이의 입을 통해 사유의 세계를 '본능의 세계', '추상의 세계', 그리고 '특수성의 세계'라는 세 영역으로 분리한다. 대부분의 인간은 본능의 영역에 산다. 그들은 태어나고, 일하고, 죽는다. 그들 중 소수의 인간은 추상의 단계에 이르는데, 이 단계에서 사회가 시작되고 법과 예술과 사회적 관념이 생겨난다. 신비의 단계에 이르는 특수성의 세계에 존재하는 인간은 물질세계의 사물뿐 아니라 정신세계의 사물도 본다. 다시 말해서 내적 시선의 완벽성은 특수성의 능력을 잉태하는 것이다. 특수성은 내적 인간의 능력 중 하나인 직관 능력에 기인한다. 특수성은 인간의 가장 완벽한 표현이며, 보이는 세계와 초월적 세계를 연결하는 고리이다. 그런데 세 영역에 대한 발자크의 논의는 베르그송의 생물진화의 세 단계를 연상시킨다. 베르그송에 따르면 곤충은 본능의 세계에 살며, 인간은 지성의 단계에 속한다. 인간은 지성적 의식을 확장하여, 자기 내부, 우주 내부로부터 생명의 힘을 직관할 수 있는 능력을 지니게 된다. 하지만 인간은 동시에 본능에 가까워지면서 생명의 힘에 공감할 수 있다. 성자(聖者)들은 그것을 완벽하게 성취한 사람들이다. 발자크에게서 그보다 후대의 철학자인 베르그송의 이론을 엿볼 수 있다는 점이 흥미롭다.

그러나 베르그송 역시 쇼펜하우어의 영향을 많이 받은 철학자라는 점을 상기할 때 그 두 사람에게서 유사한 이론이 발견되는 것은 우연이 아닐 것이다. 참고로 역자가 대본으로 삼은 텍스트는 *Louis Lambert*, texte présenté, établi et annoté par Michel Lichtlé, in *La Comédie Humaine* (Nouvelle édition publiée sous la direction de Pierre-Georges Castex, [Bibliothèque de la Pléiade], t. XI, 1980) 임을 밝혀둔다.

『루이 랑베르』는 이제까지 알려진 발자크의 다른 면을 보여주는 작품으로서 많은 작가들이나 비평가들에 의해 그 중요성이 강조됨에도 불구하고 국내에 번역이 되지 않아 늘 안타깝게 생각하고 있었다. 그러던 차에 문학동네에서 세계문학전집을 기획하면서 이 작품을 소개하게 되었다. 그러나 이 책의 번역은 내게 기쁨인 동시에 커다란 짐이기도 했다. 심오한 철학적 지식을 담고 있어 이해하기 어려운 부분이 많았고, 또한 당시의 사회문화적 맥락을 이해하는 것도 쉬운 일이 아니었다. 내가 재직하고 있는 이화여대에 초빙교수로 계셨던 노벨상 수상작가 르 클레지오 선생님과 철학과 이규성 교수, 이 두 분의 도움이 없었더라면 이 책의 번역은 끝을 보지 못했을 것이다. 이 자리를 빌려 두 분께 특별한 감사의 마음을 전하고 싶다. 이 책의 독서가 발자크에 대한 총체적인 이해에 도움을 줄 수 있기를 바란다. 끝으로 처음부터 끝까지 꼼꼼하게 읽어가며 많은 조언을 해준 문학동네 편집부에도 감사의 마음을 전한다.

송기정

『인간극』의 작품은 책 형태의 초판본 출간 연도를 기준으로 표기하였다.

1799년   5월 20일(혁명력 7년 프레리알 1일) 투르에서 오노레 출생. 아
          버지 베르나르 프랑수아(1746~1829)는 나폴레옹 제정 시대의
          투르 주둔군 병참 담당 군속이었으며, 어머니 안 샤를로트 로
          르 살랑비에(1778~1854)는 프티부르주아층인 파리 상인의 딸
          이었다. 1797년 결혼한 부부의 나이 차는 32년. 오노레가 태어
          나기 전 이들 사이에 첫아들 루이 다니엘이 태어나 어머니가
          직접 키웠으나 얼마 안 돼 죽는다. 그런 연유로 오노레는 출생
          직후 유모가 맡아 양육한다. 오노레에 이어 1800년 첫째누이
          로르(1800~1871), 1802년 둘째누이 로랑스(1802~1825) 출생.
          1807년에는 아버지가 다른 남동생 앙리(1807~1858) 출생. 앙
          리의 생부는 발자크 집안의 친구인 사셰 성주(城主) 장 드 마르
          곤이다.
          오노레는 유소년 시절, 사생아인 동생 앙리에 대한 어머니의
          편애로 깊은 상처를 입는다. 이러한 정황은 『골짜기의 백합Le
          Lys dans la vallée』에 변용되어 나타난다. 그러나 동생 앙리는
          범용한 인물로서 오노레의 일생에 별다른 작용을 하지는 않는
          다. 후일 발자크는 어머니의 정부였던 장 드 마르곤과 깊은 교
          분을 나누고 그가 소유한 사셰 성에 자주 머물면서 작품활동을
          한다. 루아르 강 유역에 있는 사셰 성은 현재 발자크 기념관으
          로 활용되고 있다.
1807년   방돔 기숙학교에 입학하여 1813년 퇴교할 때까지 6년 동안 그

곳에서 생활한다. 후일 『루이 랑베르Louis Lambert』에 변용되어 나타나듯이 엄격한 훈육을 특징으로 하는 방돔 기숙학교는 발자크에게 그리 행복한 기억을 남기지 않는다. 1813년 심각할 정도로 건강을 잃어 집으로 돌아와 1년 정도 요양. 이듬해인 1814년 9월 투르 중등학교에 입학해 11월 파리로 이주할 때까지 두 달간 집에서 통학.

1814년   11월 아버지가 파리의 군수품 조달 회사 책임자로 임명되어 온 가족이 투르를 떠나 파리에 정착.

1816년   파리에서 중등교육을 마치고 9월 아버지의 친구인 변호사 기요네 메르빌의 사무실에서 견습 서기로 잠깐 일하다. 11월 소르본 법과대학 등록. 대학에서 기조, 빌맹, 빅토르 쿠쟁을 비롯한 여러 교수의 강의, 그리고 자연사박물관에서 조프루아 생틸레르의 강의를 듣는다. 후일 발자크는 이들에게서 영향을 받은 사상을 자신의 작품에 자주 언급한다.

1818년   아버지의 권유로 다시 공증인인 파세의 사무실에서 일하기 시작. 그 사무실은 발자크의 집과 같은 건물에 있었다. 그런 연유로 청소년기의 발자크는 집안의 통제를 많이 받는다. 이 무렵을 전후로, 미완에 그치긴 하나 「철학과 종교에 관한 소고」「영혼의 불멸성에 관한 소고」를 집필. 이 시기는 향후 발자크 세계의 주요한 한 흐름으로 자리잡는 철학적 사변 취향의 시발점이 된다. 데카르트, 말브랑슈, 스피노자, 돌바크 등을 읽기 시작하다.

1819년   아버지가 현역에서 은퇴하여 파리 북쪽 근교 빌파리시로 이사. 1월 법과대학 수료. 부모는 공증인이 되기를 바랐으나 작가가 되기로 결심. 8월 작가의 재능을 입증하기 위해 부모에게서 2년의 유예 기간을 얻어, 파리 레디기에르 거리 소재의 다락방에 홀로 칩거하면서 작품 집필에 몰두. 이때의 궁핍한 수련생활은 이후 그의 여러 소설 속 주인공들의 이력에 녹아드는데, 특히 『파시노 칸*Facino Cane*』(1837)의 앞부분이 유명하다. 그즈음 누이 로르에게 보낸 편지에서 "아무것도, 사랑과 명예 말고는 아무것도 내 가슴 속에 펼쳐진 이 드넓은 벌판을 채울 수 없다"고 토로.

1819~
1823년
자신의 재능을 입증할 작품으로 운문 비극 『크롬웰*Cromwell*』 집필 착수. "나는 내 비극 작품이 모든 왕과 민중의 애독서가 되기를 희망한다. 나는 걸작으로 등단하고 싶다. 그러지 못하면 내 목을 비틀리라"(편지). 1820년 봄 5막짜리 『크롬웰』을 완성하지만 한결같이 부정적인 반응을 보인다. 특히 콜레주 드 프랑스의 교수이자 작가인 앙드리외는 이 작품에 대해 발자크는 문학만 아니라면 어떤 분야에서도 성공을 거둘 것이라고 에둘러 비판하며 작가의 길을 포기할 것을 권고한다. 1820년 9월 당시의 징병 방식이었던 제비뽑기에서 운 좋게 병역을 면제받는다.

데뷔 작품의 참담한 실패, 부모의 재정 지원 중단 등으로 1821년 1월 다시 본가에 들어가다. 그러나 문학을 향한 뜻을 굽히지 않고 『팔튀른*Falthurne*』(1820) 『스테니 혹은 철학적 오류 *Sténie ou les Erreurs philosophiques*』(1821) 등 철학적 사변이 두드러지는 소설과 종교적이고 신비주의적인 영감이 진하게 나타나는 『기도론祈禱論 *Traité de la prière*』 『팔튀른 II *Falthurne II*』 등을 계속 집필하다.

1822~
1825년
발자크 스스로 나중에 '상업 문학'이라 부른 작품을 양산한 시기. 3년에 걸쳐 발자크는 처음에는 다른 사람과 공동 작업으로, 나중에는 혼자서 모두 여덟 편의 작품을 발표하는데, 본명이 아니라 '로르 훈'과 '오라스 드 생토뱅'이라는 가명을 사용한다.

1822년
빌파리시에 사는 이웃인 로르 드 베르니 부인과 내밀한 관계를 맺기 시작. 발자크는 자신보다 스물두 살이나 많고 어머니와 이름이 같은 이 여인을 '딜렉타'라는 애칭으로 부르기도 한다. 발자크에게 부인은 연인이자 모성애를 느끼게 해주는 또하나의 어머니라는 이중의 의미를 지닌다. 이 관계는 1836년 부인이 죽을 때까지 지속되며 부인은 발자크의 조언자와 후원자 역할을 겸한다.

1824~ 1825년	〈쾨유통 리테레르〉 신문과 관계를 맺어 저널리스트로서 첫걸음을 내딛는다. 이후 발자크는 1830년 무렵까지 간간이 저널리즘과 관계를 맺어 기사를 작성한다. 익명으로 몇 편의 에세이를 소책자로 출판. 「장자 상속권에 대하여」(1824) 「예수회파에 대한 불편부당한 역사」(1824) 「신사들의 규범」(1825).
1825년	다브랑테스 공작 부인과 사귀기 시작. 부인은 나폴레옹 시대 최고위 장군이었던 쥐노 다브랑테스 공작의 미망인으로 발자크를 레카미에 부인의 살롱 등 파리의 고급 사교계에 입문시키는 한편, 그에게 나폴레옹에 관한 세세한 정보를 알려준다. 두 사람은 문학 분야에서도 서로 교감을 가져 발자크는 후일 공작 부인의 자서전을 공동 집필하기도 한다.
1825~ 1828년	문학판을 떠나 인쇄업, 출판업, 활자주조업 등에 투신. 자본금은 가족과 베르니 부인에게서 충당. 몰리에르와 라퐁텐의 작품 축쇄판 발간. 그러나 결국 사업 실패로 6만 프랑(오늘날의 화폐 가치로 약 2억 원)의 빚을 진다. 베르니 부인의 아들과 동업하다 운영권을 넘긴 활자주조 업체는 이후 프랑스에서 가장 유명한 업체가 된다. 동시에 그는 이 시기에 엄청난 양의 독서와 지방 여행을 한다. 사업, 돈, 지방 탐사 등에 관련된 당시의 체험은 후일 『인간극La Comédie humaine』의 작가에게 무엇과도 비견할 수 없는 풍부한 자산을 남겨준다.

1828년	다시 문학으로 돌아와 역사물에 관심을 보인다. "나는 다시 펜을 잡을 것이다. 한 달 전부터 나는 아주 흥미로운 역사물에 착수했다"(편지). 『그림같이 생생한 프랑스 역사Histoire de France pittoresque』 기획.
1829년	3월 『마지막 올뻬미 당원 혹은 1800년 브르타뉴Le Dernier Chouan ou la Bretagne en 1800』 출간(나중에 전집으로 묶이면서 『올뻬미 당원 혹은 1799년 브르타뉴Les Chouans ou la Bretagne en 1799』로 제목이 바뀜). 나중에 『인간극』을 이루는 최초의 소설로 기록되는 이 작품은 그의 이름으로 출판한 최초의 소설이기도 하다. 6월 아버지 베르나르 프랑수아 사망. 여동생 로르를 통해 쥘마 카로 부인과 친분을 맺는다. 카로 부인은 오로지 진지한 문학의 조언자 역할을 하며 발자크에게 상당한 영향을 끼친다. 12월 익명으로 『결혼 생리학Physiologie du mariage』 발표.
1830년	저널리즘을 통해 왕성하게 시사 논평문을 발표하는 한편, 본격적인 문학작품 생산에 돌입하다. 이 시기에 그가 관여한 신문은 〈쾨유통 데 주르노 폴리티크〉〈라 카리카튀르〉〈르 탕〉〈라 실루에트〉〈라 모드〉〈르 볼레르〉 등이다. 소설은 잡지나 단행본을 통해 개별적으로 발표하기도 하고, 몇 편의 소설을 묶어 총서 형태로 발표하기도 한다.
	『사생활 장면Scènes de la vie privée』이라는 제목 아래 처음으로 여섯 편의 단편—「라 방데타La Vendetta」「불륜의 위험Les Dangers de l'inconduite」(나중에 「곱세크Gobseck」로 제목 변경), 「쏘의 무도회Le Val de Sceaux」「영광과 불행Gloire et malheur」(나중에 「샤 키 플로트 상회La Maison du chat-qui-pelote」로 제목 변경), 「덕성스러운 여인La Femme vertueuse」(나중에 「두 집 살림Une double famille」으로 제목 변경), 「가정

의 평화La Paix du ménage」— 을 두 권에 모아 발표.

1831년 4월 정치 논평「두 내각의 정치에 관한 앙케트」발표가 보여주
듯이 7월 혁명 직후 현실 정치 참여의 야심 표명. 이 해와 이듬
해에 국회의원 선거 출마를 계획하나 무위에 그치다.
8월 '철학 소설'이라는 부제가 붙은『나귀 가죽La Peau de cha-
grin』의 발표로 작가의 명성을 얻는다. 이 작품과『사라진
Sarrasine』『엘 베르뒤고El Verdugo』『저주받은 아이L'Enfant
maudit』『불로장생의 영약L'Elixir de longue vie』『추방자들Le
Proscrits』『미지의 걸작Le Chef-d'oeuvre inconnu』『징집 군인
Le Réquisitionnaire』『여인 연구Etude de femme』『두 개의 꿈
Les Deux Rêves』(나중에『카트린 드 메디치에 대하여Sur
Catherine de Médicis』3부로 편입),『플랑드르의 예수 그리스
도Jésus-Christ en Flandre』등을 묶어 총 세 권으로『철학 소설
과 콩트Romans et contes philosophiques』라는 모음집을 내다.

1832년 정통주의로의 정치적 전향을 표방. "내 정치적 견해가 형성되
었고, 내 신념이 완결되었다. 나는 한 인간이 자신의 나라와 그
법률, 그 풍속을 판단할 수 있는 나이에 이른 것이다"(편지). 카
스트리 공작 부인과 관계를 맺기 시작하다. 그녀와 함께 엑스
레뱅, 제네바 등지에 체류하고 구애를 하나 버림받는다. 그 쓰
라린 경험이 이듬해『랑제 공작 부인La Duchesse de Langeais』
의 모티프가 된다. 몇몇 여자와 결혼을 모색하나 모두 실패로
귀결. 이 해 초 발신지가 오데사라고만 표기되고 발신인은 '외
국 여인'이라고만 서명된 편지를 받는다. 이에 잡지〈가제트 드
프랑스〉를 통해 광고 형식으로 답신함으로써 나중에 그와 정식
으로 결혼하게 될 한스카 부인과 서신을 주고받기 시작. 작품
활동이 왕성해지는 동시에 사교계 출입도 활발해지고 호사스
러운 생활을 영위하다.

『사생활 장면』 2판이 초판에 아홉 편이 추가되어 발표.『전언傳言 Le Message』『돈주머니 La Bourse』『재판관 코르넬리우스 Maître Cornélius』『마담 피르미아니 Madame Firmiani』『붉은 여인숙 L'Auberge rouge』 등과 『루이 랑베르』 초고본 발표.『철학 소설과 콩트』의 증보판으로『새 철학 콩트 Nouveaux contes philosophiques』 발표.

1833~
1837년
몇 차례의 모음집 발간에서 보듯이 자신의 작품들을 하나의 체계 속에 집대성하려는 계획을 구체화하다. 이 기간 동안『사생활 장면』(네 권),『지방생활 장면 Scènes de la vie de province』(네 권),『파리생활 장면 Scènes de la vie Parisienne』(네 권)의 세 부분으로 이루어진 열두 권의『19세기 풍속 연구 Etudes de moeurs aux XIXᵉ siècle』에 모두 스물일곱 편의 작품을 수록.

1833년
마리아 다미누아와 관계를 갖다. 발자크는 1834년 6월 그 사이에서 딸을 얻는다. 그녀는 마리 카롤린 뒤 프레네란 이름으로 1930년까지 사는데 후손을 남기지 않는다. 9월에는 서신 교환만 하던 한스카 부인과 뇌샤텔에서 처음으로 상면한다. 발자크는 이어 1834년 제네바에서, 그리고 1835년 빈에서 다시 부인을 만나지만 이후 1843년 그가 상트페테르부르크로 찾아가 재회할 때까지 8년 동안 두 사람은 서로 만나지 못하며 서신만 주고받게 된다.
『시골 의사 Le Médecin de campagne』『외제니 그랑데 Eugénie Grandet』『명사 고디사르 L'Illustre Gaudissart』 발표.

1834년
다섯 권씩 네 차례에 걸쳐 총 스무 권의 분량으로 발표한『철학 연구 Etudes philosophiques』에 스물다섯 편의 작품 수록.

1834~
1840년
평생 그의 충실한 친구로 남을 기도보니 비스콘티 백작 부인과 교제. 쥘 상도를 문하생 겸 비서로 삼다. 10월 한스카 부인에게 보내는 편지에서 자신의 작품세계 전체의 구상을 밝히다. 이 편지에서 아직 '인간극'이라는 전체 제목은 등장하지 않지만, 인간사의 모든 결과를 담은 『풍속 연구*Etudes de moeurs*』, 그 결과의 원인에 대한 탐구인 『철학 연구』, 결과와 원인의 탐구에 이은 원칙의 수립인 『분석 연구*Etudes analytiques*』라는 큰 틀이 언급된다. 「19세기 프랑스 작가들에게 보내는 편지」를 통해 작가의 권리에 대한 각성을 촉구하다.

『레 마라나*Les Marana*』『페라귀스*Ferragus*』『도끼를 들지 마시오*Ne touchez pas la hache*』(나중에 『랑제 공작 부인*La Duchesse de Langeais*』으로 제목 변경), 『절대탐구*La Recherche de l'Absolu*』『바닷가의 비극*Un drame au bord de la mer*』『서른 살 여인*La Femme de trente ans*』 발표.

1835년   오스트리아 여행, 메테르니히 공 접견.

『고리오 영감*Le Père Goriot*』『완두콩 꽃*La Fleur des pois*』(나중에 『결혼 계약*Le Contrat de mariage*』으로 제목 변경), 『세라피타*Séraphîta*』『금빛 눈의 처녀*La Fille aux yeux d'or*』『회개한 멜모스 *Melmoth réconcilié*』 발표.

1836년   독자적인 발표 지면의 확보를 목적으로 정치 문예지 성격의 〈크로니크 드 파리〉를 거의 혼자서 발행, 많은 양의 평문과 소설을 발표. 그러나 6개월 정도 운영 후 파산, 다시 한번 상당한 재산 손실을 입는다. 5월 기도보니 비스콘티 백작 부인과 발자크 사이에 아들 출생. 7월 베르니 부인 사망. "그녀는 나에게 신과 같았습니다. 그녀는 어머니였고, 여자친구였고, 가족이었으며, 동시에 남자친구였고 조언자였습니다. 그녀는 작가를 키워냈으며 젊은이에게 위안을 주었고, 취향을 깨닫게 해주었으며 누이처럼 울고 웃었습니다. 그녀는 고마운 잠처럼 매일 찾아와 고통을 잠재웠습니다. 그녀는 그 이상을 해주었습니다. 그녀가 없었더라면 분명 난 죽었을 것입니다"(한스카 부인에게 보내는 편지). 7~8월 남장한 마르부티 부인을 대동하고 기도보니 비스콘티 백작의 상속 문제를 해결하기 위해 이탈리아 토리노 여행, 스위스를 거쳐 귀국.

『골짜기의 백합』『무신론자의 미사*La Messe de l'athée*』『금치산 선고*L'Interdiction*』『노처녀*La Vieille Fille*』(프랑스 최초의 연재소설) 발표.

1837년   자신의 전 작품을 총괄하는 제목으로 '사회 연구'를 생각하나 실행에는 옮기지 못함. "내 작품 전체를 아우르는, 나로서는 거대한 과업이 준비중입니다. 〔……〕 그 과업은 『풍속 연구』『철학 연구』『분석 연구』 전체를 '사회 연구'라는 총괄적인 제목으로 묶을 것입니다"(한스카 부인에게 보내는 편지). 2~3월, 두 번째로 이탈리아를 여행하는 중에 제노바에서 사르데냐의 은광산 개발을 구상하고 이듬해 현지를 직접 방문하나 다른 회사가 선점하다. 후일 사르데냐의 은광산은 엄청난 매장량을 가진 것으로 판명된다. 활자주조업과 함께 현실적인 사업가 발자크의 혜안과 한계를 동시에 보여주는 일화다.

『잃어버린 환상*Illusions perdues*』 1부 「두 시인」, 『파시노 칸』『세자르 비로토*César Birotteau*』 발표.

1838년   2월 말~3월 초, 노앙에 있는 조르주 상드의 저택에 머물며 문학적 교분을 나눈다. 상드는 발자크에게 『베아트릭스*Béatrix*』의 주제를 제공한다. "나는 조르주 상드를 동지로 여겼습니다. 〔……〕 우리는 사흘 내내 저녁식사를 마치고 오후 다섯시부터 다음날 새벽 다섯시까지 이야기를 나누었습니다. 〔……〕 그녀는 남자이고 예술가이며, 위대하고 통이 크며 헌신적입니다"(한스카 부인에게 보내는 편지).

7월, 파리 근교 세브르의 '레 자르디'에 땅을 사서 정착. 발자크는 그곳을 파인애플 농장으로 만드는 작업에 착수하나 막대한 비용만 탕진하고 물러난다. 그는 이때 진 빚을 평생 갚지 못한다.

『뉘싱겐 은행*La Maison Nucingen*』 『고매한 여인*La Femme supérieure*』(나중에 『관리들*Les Employés*』로 제목 변경) 발표.

1839년　8월, 작가회의 의장에 선임. 저작권 보호를 위해 맹렬한 활동을 펼치다. 페이텔 사건 변호. 12월, 아카데미 프랑세즈 회원직에 처음 출마하나 고배를 마신다(발자크는 이후 1842년 두 차례, 1848년 한 차례 등 세 차례에 걸쳐 다시 도전하나 모두 실패한다).

『이브의 딸*Une fille d'Eve*』 『감바라*Gambara*』 『골동품 진열실 *Le Cabinet des Antiques*』 『잃어버린 환상』 2부 「파리에 온 지방의 위인」, 『마시밀라 도니*Massimilla Doni*』 『베아트릭스』 1부와 2부, 『피에르 그라수*Pierre Grassou*』 발표.

1840년　연극 〈보트랭〉의 실패. 〈크로니크 드 파리〉의 실패 이후 다시 월간지 〈르뷔 파리지엔〉을 오로지 혼자 힘으로 발간하나 7~9월 세 호를 끝으로 종간. 발자크의 유명한 스탕달론(論) 「벨 연구」가 이 잡지에 실린다. 9월 마침내 '레 자르디'를 압류당하고 파시 지구의 바스 거리(현재 파리의 레이누아르 거리 47번지)에 있는 언덕배기 집으로 도피하듯 이주하다. 이 집은 오늘날 발자크 기념관인 '메종 드 발자크'로 쓰이고 있다. 1840년은 발자크에게 여러모로 위기의 한 해였다. "프랑스를 떠나 브라질에 내 뼈를 묻으러 가야 할 것 같습니다. [……] 쓸모없는 작업들은 이제 진력이 납니다. 내 모든 편지와 모든 원고를 불태우겠습니다. [……] 이건 아주 단호한 결정입니다"(한스카 부인에게 보내는 편지).

『Z. 마르카스*Z. Marcas*』 『피에레트*Pierrette*』 『카디냥 대공 부인의 비밀*Les Secrets de la princesse de Cadignan*』 발표.

1841년	10월 '인간극'을 제목으로 하는 자신의 작품 전집 출판 계약 체결. 9월 작가회의 의장 사임. 11월 한스카 부인의 남편인 한스키 백작 사망. 발자크는 이듬해 1월에야 그 소식을 듣는다. 『마을의 사제Le Curé de village』 발표.
1842년	『인간극』이 제작되기 시작하여 1846년 총 열여섯 권으로 출간. 1848년 제17권 추가, 1855년 작가가 죽은 뒤에 제18권이 출간되어 완결.

1841년   10월 '인간극'을 제목으로 하는 자신의 작품 전집 출판 계약 체결. 9월 작가회의 의장 사임. 11월 한스카 부인의 남편인 한스키 백작 사망. 발자크는 이듬해 1월에야 그 소식을 듣는다. 『마을의 사제Le Curé de village』 발표.

1842년   『인간극』이 제작되기 시작하여 1846년 총 열여섯 권으로 출간. 1848년 제17권 추가, 1855년 작가가 죽은 뒤에 제18권이 출간되어 완결.

한스키 백작의 사망 소식을 듣고 한스카 부인과의 결혼을 성사시키는 데 몰두하다. 7월과 12월 아카데미 프랑세즈 회원직에 출마하나 두 번 다 낙선한다. 「인간극 서문」 집필.

『두 젊은 부인의 서간Mémoires de deux jeunes mariées』『위르쥘 미루에Ursule Mirouët』『알베르 사바뤼스Albert Savarus』『속續 여인 연구Autre étude de femme』『라 라부이외즈La Rabouilleuse』 발표.

1843년   여름, 상트페테르부르크를 방문하여 두 달간 체류하며 8년 만에 한스카 부인을 만나다.

『미제未濟 사건Une ténébreuse affaire』『지방의 뮤즈La Muse du département』『잃어버린 환상』 3부 「발명가의 고뇌」 발표.

1844년   파리에 머물면서 집필에 몰두해 비교적 많은 작품을 생산.

『모데스트 미뇽Modeste Mignon』『인생의 첫출발Un début dans la vie』『창녀의 영광과 비참Splendeur et misères des courtisanes』『카트린 메디치에 대하여』『오노린Honorine』『떠돌이 왕자Un prince de la bohème』『농부Les Paysans』(미완. 발자크 사후 1855년 한스카 부인에 의해 미완인 상태로 재출간되어 『인간극』에 편입), 『프티부르주아Les Petits Bourgeois』(미완. 역시 1855년 『인간극』에 편입) 발표.

1845년   창작에 대한 부담을 토로. "참 딱한 일입니다. 나는 하루에 열여섯 시간을 일합니다만 아직도 빚이 10만 프랑이 넘습니다. 그리고 나이는 마흔다섯 살이구요! 슬프기 그지없는 일입니다"(편지). 그러나 정작 많은 일은 하지 못한다. 한스카 부인과 프랑스, 독일, 네덜란드, 벨기에, 이탈리아 등 각지를 여행하는 데 몰두하다. 레지옹 도뇌르 훈장 서훈. 『베아트릭스』 3부, 『부부 생활의 작은 불행Petites Misères de la vie conjugale』 발표.

1846년   한스카 부인과 이탈리아, 스위스 등지에서 생활. 퓌른 출판사에서 『인간극』 출간(『인간극』의 초판본으로서 '퓌른 판'으로 불린다. 발자크는 죽을 때까지 자신이 소장한 '퓌른 판' 책에 교정을 본다. 발자크가 죽은 뒤에 출판된 『인간극』은 대부분 세상에 단 한 질뿐인 이 소장본에 의거하는데 이를 '수정 퓌른 판' 이라 부른다). "6년 전부터 나는 내 시간의 반 이상을 『인간극』을 교정하는 데 매달려왔습니다. 이제 새로운 작품 생산에 몰두할 수 있으니까 아주 굉장할 것입니다"(한스카 부인에게 보내는 편지). 그러나 실제로 창작활동은 지지부진하게 진척된다. 한스카 부인의 임신 소식을 알고 결혼을 앞당길 수 있다는 기대에 부풀었으나 11월 사산 소식을 접하고 낙담하다. 창작 능력의 고갈과 자신의 작품에 대한 대중의 무관심에 고뇌하다. 『코미디언일 줄 모르는 코미디언들Les Comédiens sans le savoir』 『사업가Un homme d'affaires』 발표.

1847년   한스카 부인이 비밀리에 파리에 체류하다(2월~5월). 발자크는 6월에 자신의 유서를 작성한다. 9월 한스카 부인의 집이 있는 우크라이나의 비에르초브니아로 떠나다. 『친척 베트La Cousine Bette』 『친척 퐁스Le Cousin Pons』 『아르시의 국회의원Le Député d'Arcis』(미완. 1855년 『인간극』에 편입) 발표.

| 1848년 | 우크라이나에 6개월간 체류한 후 2월 파리로 귀환. 2월 혁명을 접하고 국회의원 선거 출마를 고려하기도 하나, 9월 다시 우크라이나로 떠나 1850년 4월까지 그곳에 체류. 아카데미 프랑세즈 회원직에 네번째로 도전하나 이듬해 1월 선거에서 위고의 적극적인 지지에도 실패. |

『현대사의 이면 *L'Envers de l'histoire contemporaine*』 발표.

| 1849년 | 1년 내내 비에르초브니아에 있는 한스카 부인의 집에 체류. 건강 악화. 한스카 부인은 러시아의 차르 황제에게 발자크와의 결혼을 청원해 막대한 상속 재산을 포기하는 조건으로 허락을 받는다. |

| 1850년 | 3월 한스카 부인과 결혼. 5월 한스카 부인과 함께 파리로 돌아와 신혼살림을 차리지만, 내내 와병중이던 발자크는 여러 날 의식불명 상태에 처해 있다가 8월 18일 세상을 뜬다. 페르 라셰즈 묘지에 안장. 위고의 유명한 조사 : "그 자신도 모르는 사이에, 그가 원했건 원하지 않았건, 그가 동의했건 동의하지 않았건, 『인간극』이라는 이 방대하고 비범한 작품의 저자는 혁명적인 작가들의 강력한 혈족에 속합니다." 바르베 도르비이는 8월 24일자 신문 기고에서 "그의 죽음은 정녕 지성사의 대재앙으로 바이런 경의 죽음 말고는 그 어떤 것도 거기에 비할 수 없다"고 애도한다. 한스카 부인은 발자크가 죽은 뒤에 홀로 살다가 1882년에 생을 마친다. |

문학동네 세계문학전집 발간에 부쳐

세계문학은 국민문학 혹은 지역문학을 떠나 존재하는 문학이 아니지만 그것들의 총합도 아니다. 세계문학이라는 용어에는 그 나름의 언어와 전통을 갖고 있는 국민문학이나 지역문학의 존재를 인정하면서 그것을 넘어서는 문학의 보편적 질서에 대한 관념이 새겨져 있다. 그 용어를 처음 고안한 19세기 유럽인들은 유럽문학을 중심으로 그 질서를 구축했지만 풍부한 국민문학의 전통을 가지고 있는 현대의 문학 강국들은 나름의 방식으로 세계문학을 이해하면서 정전(正典)의 목록을 작성하고 또 수정한다.

한국에서도 세계문학 관념은 우리 사회와 문화의 변화 속에서 거듭 수정돼왔다. 어느 시기에는 제국 일본의 교양주의를 반영한 세계문학 관념이, 어느 시기에는 제3세계 민족주의에 동조한 세계문학 관념이 출현했고, 그러한 관념을 실천한 전집물이 출판됐다. 21세기 한국에 새로운 세계문학전집이 필요하다는 것은 명백하다. 우리의 지성과 감성의 기준에 부합하는 세계문학을 다시 구상할 때가 되었다.

문학동네 세계문학전집은 범세계적으로 통용되는 고전에 대한 상식을 존중하면서도 지난 반세기 동안 해외 주요 언어권에서 창작과 연구의 진전에 따라 일어난 정전의 변동을 고려하여 편성되었다. 그래서 불멸의 명작은 물론 동시대 세계의 중요한 정치·문화적 실천에 영감을 준 새로운 작품들을 두루 포함시켰다.

창립 이후 지금까지 한국문학 및 번역문학 출판에서 가장 전문적이고 생산적인 그룹을 대표해온 문학동네가 그간 축적한 문학 출판 경험을 바탕으로 새로운 세계문학전집을 펴낸다. 인류가 무지와 몽매의 어둠 속을 방황하면서도 끝내 길을 잃지 않은 것은 세계문학사의 하늘에 떠 있는 빛나는 별들이 길잡이가 되어주었기 때문이다. 우리가 자부심과 사명감 속에서 그리게 될 이 새로운 별자리가 독자들의 관심과 애정에 힘입어 우리 모두의 뿌듯한 자산이 되기를 소망한다.

문학동네 세계문학전집 편집위원
민은경, 박유하, 변현태, 송병선, 이재룡, 홍길표, 남진우, 황종연

세계문학전집 038
루이 랑베르

1판 1쇄 2010년 5월 17일
1판 6쇄 2023년 12월 22일

지은이 오노레 드 발자크 | 옮긴이 송기정

책임편집 이승희 | 편집 신선영 오동규 | 독자모니터 이동은
디자인 랄랄라디자인 송윤형 한충현 최미영 | 저작권 박지영 형소진 최은진 서연주 오서영
마케팅 정민호 서지화 한민아 이민경 안남영 왕지경 황승현 김혜원 김하연 김예진
브랜딩 함유지 함근아 고보미 박민재 김희숙 박다솔 조다현 정승민 배진성
제작 강신은 김동욱 이순호 | 제작처 영신사

펴낸곳 (주)문학동네 | 펴낸이 김소영
출판등록 1993년 10월 22일 제2003-000045호
주소 10881 경기도 파주시 회동길 210
전자우편 editor@munhak.com | 대표전화 031)955-8888 | 팩스 031)955-8855
문의전화 031)955-1927(마케팅), 031)955-1916(편집)
문학동네카페 http://cafe.naver.com/mhdn
인스타그램 @munhakdongne | 트위터 @munhakdongne
북클럽문학동네 http://bookclubmunhak.com

ISBN 978-89-546-1096-4 04860
      978-89-546-0901-2 (세트)

www.munhak.com

● 문학동네 세계문학전집은 계속 출간됩니다